Federica de Cesco
Das Feuerpferd

Außerdem sind von Federica de Cesco
im Ensslin Verlag erschienen:

Mari reitet wie der Wind
Mein Sommer mit Donnervogel
Im Wind der Camargue
Der Schicksalsritt
Pferde, Wind und Sonne
Wildpferde in Gefahr
Wilde Pferde, weites Land
Das Mondpferd

Federica de Cesco
war von ihrer frühesten Jugend an immer mit Pferden zusammen und hat diese Liebe zu den edlen Tieren in viele ihrer Romane einfließen lassen. Ein weiteres wichtiges Hobby ist für sie das Reisen. Zahlreiche Länder auf verschiedenen Kontinenten hat sie bereits besucht und oft mehrere Monate in der Fremde verbracht, um verschiedene Kulturen kennenzulernen. Auch davon erzählen ihre Geschichten.
Ihre Bücher wurden in zahlreiche Sprachen übersetzt.
Für ihr schriftstellerisches Schaffen wurde Federica de Cesco mehrfach ausgezeichnet.

Federica de Cesco

Das Feuerpferd

Zwei Pferderomane
in einem Band:
Solal, das Feuerpferd
Milas Zauberlied

ENSSLIN

In neuer Rechtschreibung

1. Auflage 2009

Covergestaltung: Frauke Schneideer unter Verwendung eines Fotos
von Stockbyte © Getty Images
Gesamtherstellung: westermann druck Braunschweig GmbH
ISBN 978-3-401-45387-3

www.arena-verlag.de

Solal, das Feuerpferd

1

Seitdem Amalia nicht mehr da war, freute ich mich nicht auf die Ferien. Amalia kam aus Portugal. Sie saß neben mir im Unterricht und war zwei Jahre lang meine Freundin gewesen. Wir hatten nie Krach gehabt. Aber dann hatte Amalias Vater Arbeit in Marseille gefunden. Die Familie hatte Audon – unser Dorf – verlassen; seitdem hatte ich keine Freundin mehr und würde auch nie eine finden. Nicht hier, nicht in Audon, die Sache war von vornherein hoffnungslos. Die neue Lehrerin, Madame Florier, kannte zum Glück meine Geschichte noch nicht und behandelte mich nicht von oben herab, wie alle anderen. Sie sagte zu mir: »Du hast keine Seifenblasen im Kopf«, und meinte es als Lob. Ihre besondere Redensart – Seifenblasen oder keine Seifenblasen im Kopf – kannte inzwischen jeder.

Ob darüber gegrinst wurde oder nicht, war Madame Florier egal. Madame Florier war überhaupt vieles egal und von ihr habe ich gelernt, dass mir auch vieles egal sein kann.

Zum Glück war Monsieur Martin – unser früherer Lehrer – auch nett zu mir gewesen. Während der Ferien, wenn die Schulbibliothek, die er nebenamtlich betreute, geschlossen wurde, hatte ich ein besonderes Abkommen mit ihm getroffen. Als er im vergangenen Jahr in Rente ging, hatte ich den größten Schiss gehabt. Was, wenn jetzt ein Lehrer kam, der mich nicht mochte? Und dann stand Madame Florier vor der Klasse, langbeinig, groß gewachsen, mit krausen Locken und kaffeebrauner Haut. Sie sagte freundlich: »Guten Tag, ich bin die neue Lehrerin«, und ließ zwei Reihen perlenweißer Zähne blitzen. Hier in Audon ticken die Uhren langsam, man lebt noch wie vor fünfzig Jahren und Madame Florier, die von den Antillen stammt, erregte Aufsehen. Aber die Schüler gewöhnten sich schneller an sie als die Eltern. Oft frage ich mich, ob Erwachsene schon früher so unvorstellbar blöde waren oder ob sie das erst später geworden sind – eben weil sie erwachsen wurden. Klar waren in der Klasse echt fiese Kerle, so richtige Schlägertypen, von denen ich mich in Acht nehmen musste. Ich bin ziemlich stark: Mit einem Jungen werde ich gut fertig, aber nicht mit vier oder fünf. Das ist eben das Problem: Feiglinge fühlen sich nur in Gruppen wohl und sicher.

Dann kam der letzte Schultag. Die Zeugnisse wurden

ausgeteilt. Es gab die übliche Abschlussfeier, der Bürgermeister zeigte sich, alle Eltern kamen; nur meine Großmutter nicht. Sie erschien nie zu solchen Anlässen. Der Schulleiter hielt eine Rede, der Schulchor trat auf und ein Mädchen, dessen Stimme sehr gelobt wurde, sang ein Lied von Georges Brassens: »Ach wie mutig trabt das Pferd im Wind«, wobei ich an Pardaillan denken musste und mein Herz schwer wurde.

Als alles vorbei war und die Schüler sich mit ihren festlich gekleideten Eltern verstreuten, wartete ich auf Madame Florier, die sich von ihren Lehrerkollegen verabschiedete. Sie musste noch den Blumenstrauß vom Bürgermeister holen, den Nicolas für sie ins Klassenzimmer gebracht hatte. Ich wartete vor der Tür, in der brütenden Hitze. Später würde der Hausmeister kommen, der alte Theo mit seinem zu kurzen Bein, würde ein letztes Mal die alten Holzböden putzen, die Papierkörbe leeren und alle Schulzimmer schließen. Bald entfernten sich die Stimmen. Wagentüren wurden zugeschlagen, Reifen knirschten auf dem Kies. Ich hörte Madame Floriers Schritte auf der Steintreppe hallen; eilig kam sie den Gang entlang. Sie trug ein rotes Leinenkostüm und ebenfalls rote Sandalen mit hohen Absätzen, die gut zu ihren langen Beinen passten.

»Leonie! Was machst du denn hier?«

Ich schluckte und sagte: »Ich . . . ich muss Sie etwas fragen.«

»Was ist denn, Leonie? Und warum so düster! Freust du dich nicht auf die Ferien?«

»Nein, Madame.«
Die Antwort hatte sie nicht erwartet, das sah ich an ihrem Gesicht.
»Ach, da bist du wohl die Einzige. Und warum nicht, Leonie?«
Sie drückte die Klinke herunter und ging ins Klassenzimmer. Ich schlurfte hinterher.
»Kein Wunder, dass du Pferde magst, du gehst ja selbst wie ein Pferd«, hatte Isabelle, eine Mitschülerin, mal abschätzend zu mir gesagt.
Madame Florier setzte sich hinter ihren Tisch, auf dem der Blumenstrauß lag.
»Hübsch ist der«, meinte sie. »Ich mag gelbe Rosen. Du auch?«
Ich verneinte.
»Die stechen.«
»Ist schon geschehen.«
Sie zeigte mir lachend ihren Finger, an dem ein winziger Blutstropfen perlte.
»Aber die Sonnenblumen sind schön«, sagte ich, um etwas Nettes zu sagen.
»Ja, das finde ich auch.«
Sie deutete auf einen Stuhl.
»Nun setz dich doch.«
Ich tat, was sie sagte. Stühle und Tische waren schon alt. Schüler hatten ihre Namen eingeritzt und neuerdings auch andere Sprüche. Monsieur Martin hatte das Kummer gemacht, aber die neue Lehrerin nahm solche Sachen nicht einmal zur Kenntnis.

»Es ist wegen der Bücher«, sagte ich.
Sie runzelte fragend die Stirn.
»Welche Bücher?«
»Die Bücher aus der Bibliothek.«
Madame Florier schnippte mit den Fingern.
»Ach ja, natürlich.«
Monsieur Martin war immer der Meinung gewesen, dass die Schüler mehr lesen sollten, statt vor der Glotze zu sitzen. Er hatte es geschafft, den Eltern Geld für eine Buchspende aus der Tasche zu locken, und so nach und nach eine Schulbibliothek eingerichtet, wobei er gewissenhaft Kartei geführt und jedes zerfledderte Buch mit höchster Sorgfalt neu eingebunden hatte. Jeden Samstag saß er dann in »seiner« Bibliothek und wartete – meistens vergeblich – auf Leser. Die Schüler fanden Computerspiele oder ihre Motorräder spannender. Immerhin kamen manche Erwachsene. Und auch einige Schüler. Ich gehörte dazu.
»Ja, und was ist mit den Büchern?«, fragte die Lehrerin. »In den Ferien ist die Bibliothek doch geschlossen?«
Ich zögerte.
»Ich . . . ich hatte den Schlüssel.«
Sie machte ein erstauntes Gesicht.
»Du hattest den Schlüssel zur Bibliothek? In den Ferien?«
Ich nickte. Einsilbig, wie ich war, hatte ich mit jedem Wort Mühe.
»Seit zwei Jahren schon. Das ist, weil ich so gerne lese . . .«

Dass vom Pausenhof aus die Tür direkt zur Bibliothek führte, wusste sie ebenso gut wie ich.
»Monsieur Martin gab mir den Schlüssel und ich konnte mir so viele Bücher ausleihen, wie ich wollte. Ich musste selbst Kartei führen – ich weiß, wie man das macht – und jedes Mal die Tür gut abschließen.«
Sie sah mich interessiert an.
»Was machst du denn in den Ferien? Nur lesen?«
Ich schüttelte den Kopf.
»Nein, ich reite.«
»Hast du ein eigenes Pferd?«
Wieder ein Kopfschütteln.
»Nein, es gehört Onkel Pierre. Der hat einen Bauernhof und braucht Pardaillan zum Arbeiten.«
»Pardaillan?«
»Das ist das Pferd. So heißt es. Ich kann nur am Sonntag oder abends mit ihm ausreiten. Aber Pardaillan ist schon alt, viel älter als ich.«
Ich stockte, biss mir auf die Lippen. Von meinen Sorgen wollte ich nicht reden.
»Pardaillan?« Die Lehrerin schmunzelte. »Ein erstaunlicher Name für ein Pferd.«
»So hieß ein Ritter«, sagte ich. »In einem Buch von Paul Féval. Meine Mutter fand den Namen schön und hat das Pferd so genannt.«
Sie lächelte etwas sonderbar.
»Das Buch kenne ich zufällig. Ein gewaltiger Schmöker! Über tausend Seiten, soweit ich mich entsinne.«
»Ich mag dicke Bücher«.

Sie betrachtete mich nachdenklich.
»Leonie, du bist ein seltsames Mädchen. So verschlossen! So schwer zu durchschauen. Wie kommt das nur?«
Ich wurde rot. Was sollte ich dazu sagen?
»Ich merke das schon eine ganze Weile und finde das schade«, fuhr sie fort. »Du stößt alle immer wieder vor den Kopf.«
Ich starrte hartnäckig auf meine Füße.
»Sie sollen mich in Ruhe lassen.«
Doch sie ließ nicht locker.
»Jetzt mal ehrlich, Leonie, hast du Probleme zu Hause?«
Ich zog die Schultern hoch.
»Eigentlich nicht.«
»Ich habe deine Mutter nie gesehen. Auch heute nicht.«
Ich fuhr zusammen. Eine Sekunde lang wurde mir schwindlig.
»Die lebt nicht hier«, sagte ich, als ich wieder sprechen konnte.
»Sind deine Eltern getrennt? Geschieden?«
Ich schüttelte stumm den Kopf.
»Dein Vater? Ist er nicht hier?«
Es schien für sie ganz natürlich, mit mir über diese Dinge zu sprechen.
Mein Herz schlug so laut, dass sie es hören musste. Doch ich bemühte mich, meine Stimme gleichgültig klingen zu lassen.
Ich schwieg.
»Wo lebst du denn? Bei deinem Onkel?«
»Nein, bei meiner Großmutter.«

Sie wirkte erfreut.
»Oh, kommst du gut mit ihr aus?«
Bei jeder anderen hätte ich den Mund gehalten. Aber Madame Florier brachte mich zum Reden.
»Ja, sehr gut.«
Sie nickte; ich sah im Sonnenlicht den weichen Schimmer ihrer Augen.
»Weißt du, meine Eltern sind früh gestorben. Ich bin auch von meiner Großmutter erzogen worden. Sie war eine starke Frau. Meine Brüder gingen vor Sonnenaufgang zum Fischfang und meine Großmutter stand jeden Morgen auf dem Markt. Sie hatte furchtbare Rückenschmerzen. Aber sie hat sich abgerackert, damit ich auf die höhere Schule kam. Und später habe ich ein Stipendium bekommen.«
Ich hörte aufmerksam zu. Ich war plötzlich neugierig geworden.
»Ein Stipendium? Was ist das?«
»Wenn Schüler besonders begabt sind, zahlt der Staat das Schulgeld, damit sie studieren und einen guten Beruf ergreifen können.«
»Auch hier in Frankreich?«
»Ja, natürlich.«
»Ich will auch ein Stipendium«, sagte ich.
Sie sah mich interessiert an.
»Ja, wer weiß? Vielleicht schaffst du es? Was möchtest du denn werden, Leonie? Auch Lehrerin?«
»Nein, Tierärztin.«
»So? Wie kommst du darauf?«

»Ich mag Tiere«, sagte ich. »Die lügen nicht.«
»Menschen lügen also? Ist es das, was du sagen willst?«
Ich erwiderte fest und voll ihren Blick.
»Ja.«
Jetzt zuckte ein Lächeln um ihre vollen Lippen.
»Zweifellos hast du nicht unrecht«, meinte sie.
Sie schien zu überlegen, bevor sie ihre Handtasche öffnete. Sie suchte einen Schlüssel, an dem ein kleines Schild befestigt war. Ich hielt den Atem an. Ja, diesen Schlüssel kannte ich gut.
»Zu den gleichen Bedingungen wie bei Monsieur Martin, ja?«
»Danke«, flüsterte ich rau und nahm den Schlüssel aus ihren Händen. Mehr brachte ich nicht über die Lippen.
Sie blickte mich an, als hätte sie mich noch nie gesehen.
»Wenn du mal lächelst, hast du ein ganz anderes Gesicht. Wie eine Sonnenblume.«
Sie nahm den Blumenstrauß, zog eine Sonnenblume heraus und hielt sie mir hin.
»Schöne Ferien, Leonie! Wir sehen uns im September.«

2

Wir wohnten in einem alten Steinhaus, drei Kilometer südwärts von Audon. Außer Onkel Pierres Bauernhof war nur die *Villa Theotime* in der Nähe, ein eindrucksvolles Haus, seit Jahren unbewohnt. Das schmiedeeiserne Tor wurde durch eine dicke Stange in einer Halterung geschlossen. Beiderseits standen Säulen mit Steinlöwen, die den verwilderten Garten zu bewachen schienen. Gleich nach dem Löwentor verengte sich die Straße, war kaum noch breiter als der Fuhrweg, der sie jahrhundertelang gewesen war.

Unser Haus kam gleich nach der Kurve. Es war aus gutem, solidem Stein gebaut; nur das Dach war mehrmals ausgebessert worden. Das Haus war mindestens hundertfünfzig Jahre alt, sagte Großmutter. Wir hatten ein kleines, ummauertes Gartenstück, einige Obstbäume und ein großes Beet mit Rhabarber, Gemüse und allen möglichen Kräutern. Noch heute machte Großmutter lange Spaziergänge im Wald, sammelte Schoten, Samen, Blätter, Nüsse und Beeren. Ich hatte mich eigentlich nie gewundert, dass bei uns auch im Winter schmackhafte Marmelade auf den Tisch kam, dass unser einfaches Essen immer mit Pilzen, Zwiebeln, Anis und Minze gewürzt war. Die vielen Schränke in unserer

Wohnküche waren mit verkorkten Fläschchen, Blechdosen, Säckchen, Steinkrügen, kleinen und großen Schachteln vollgepackt. Einer dieser Schränke enthielt Pasten und Salben, Öle und Tinkturen und alle möglichen Teesorten. Hatte ich Zahnschmerzen oder Bauchweh, gab mir Mamie Lucie einen besonderen Tee zu trinken, der jedes Mal anders schmeckte; und nach wenigen Stunden ging es mir besser. Sie hatte mir strengstens verboten, die Fläschchen oder Behälter zu öffnen. Ich durfte nicht einmal daran schnuppern. Als ich sie einmal fragte, warum, antwortete sie knapp: »Es gibt viele Anwendungen. Du kennst den richtigen Gebrauch nicht.«

Ich holperte mit dem Fahrrad über den Weg; vor dem Tor sprang ich ab und schob das Fahrrad in den Garten. Mamie Lucie jätete gerade das Zwiebelbeet. Sie bückte sich auf eigentümliche Art, wobei sie die Beine ganz steif hielt und den Oberkörper tief vornüberbeugte. Nun richtete sie sich auf, die flache Hand an die Hüfte gepresst.

»Nun?«

Ich stellte das Rad vor dem Schuppen ab.

»Alles gute Noten«, rief ich zufrieden.

Sie stapfte zu ihrem Stuhl neben der Haustür und ließ sich schwerfällig nieder. Ich setzte mich auf einen Hocker und lehnte den Kopf an ihre Knie. Abends saßen wir öfters dort und sahen zu, wie die Sonne unterging.

»Noch zwei Jahre und du bist aus der Schule«, sagte sie.

Sie sprach, als ob sie laut dachte. Ihre Stimme klang

nicht unbedingt glücklich. Ich hatte plötzlich ein komisches Gefühl in der Magengegend. So als ob ich unterwegs wäre und nicht wüsste, wohin.
»Eigentlich möchte ich auf die höhere Schule.«
Sie streckte die Hand aus, kraulte zärtlich mein Haar. Ich liebte diese Geste.
»Kind, ich kann dir kein Geld fürs Studium geben.«
»Ich werde mir eine Stelle suchen. Und vielleicht bekomme ich ein Stipendium.«
Ich erzählte ihr von dem Gespräch mit Madame Florier und sie hörte aufmerksam zu.
»Ich bin froh, dass du weißt, was du tun willst.«
Ich lachte ein wenig und schüttelte den Kopf.
»Ich habe keine Ahnung, ob ich es schaffe. Wenn ich obendrein arbeite und todmüde bin.«
Sie kniff beide Augen zu. Das war ihre Art zu lächeln.
»Du kannst alles lernen, wenn du es wirklich willst. Was du brauchst, ist Vertrauen.«
»Vertrauen?«
Sie nickte gelassen.
»Vertrauen ist, wenn du glaubst, die Dinge kommen schon in Ordnung.«
Ein tiefes Glücksgefühl durchströmte mich. Ja, das war die Art von Gedanken, die mich weiterbrachte. Nach einer Weile sagte Mamie Lucie: »Da ist wieder ein Brief für mich gekommen. Er liegt auf dem Tisch.«
»Soll ich ihn vorlesen?«
»Ja, die Schrift ist zu klein.«
Mamie Lucie war längst über siebzig; ihre Augen waren

noch gut, aber manchmal brauchte sie Hilfe. Eine Brille wollte sie nicht tragen. »Ich kann das Gestell auf dem Gesicht nicht haben«, sagte sie immer.
Ich holte den Brief. Er war in Avignon aufgegeben worden. Ich zog ihn aus dem Umschlag und las ihn laut vor.
»Liebe Frau Demestre. Ich habe viel von Ihnen gehört und möchte Sie sehen. Ich leide seit Monaten unter einer Gürtelrose. Können Sie etwas für mich tun? Bitte, schreiben Sie mir zurück. Pierrette Arlan.«
Mamie Lucie hob den Kopf. Im Gegenlicht konnte ich die vielen Jahre erkennen, die ihr Gesicht gezeichnet hatten. Die tiefen Linien um Mund und Augen, die faltige Haut, die scharfe Kante des Kinns.
»Schreib ihr, sie soll am Sonntag kommen. Um vier. Wenn du den Brief gleich zur Post bringst, hat sie ihn noch morgen.«
Unser Haus hatte keinen Telefonanschluss, das war das Problem. Als meine Mutter so alt war wie ich, hatten wir weder Strom noch fließendes Wasser. Wenn Leute meine Großmutter sehen wollten, ging ich zu Onkel Pierre telefonieren. Die Leute wunderten sich oft, dass ein Mädchen anrief. Ich sagte, ich sei die Enkelin, das beruhigte sie zumeist. Aber manche bestanden ausdrücklich auf einer schriftlichen Antwort. Der Besuch bei meiner Großmutter war ihnen peinlich; sie befürchteten, dass sich die Sache herumsprach.
Ich ging in die Küche und trank ein Glas Wasser. Dann setzte ich mich an den Tisch und schrieb, was mir Mamie Lucie beauftragt hatte.

»Wir haben kein Brot mehr«, sagte sie, als ich gerade losfahren wollte, um den Brief einzuwerfen. »Aber der Bäcker wird schon geschlossen haben.«
»Macht nichts«, sagte ich. »Ich gehe zum Supermarkt.«
»Sei vorsichtig«, mahnte Mamie Lucie.
Ich wusste genau, was sie meinte. Der Supermarkt lag gleich neben dem Spielsalon. Da trieben sich immer unangenehme Typen herum. Die leider alle wussten, wer ich war. Ich nickte ihr beruhigend zu.
»Ich will sehen, ob ich Pardaillan haben kann.«
Fünf Kilometer hin und zurück mit dem Fahrrad waren eigentlich kein Problem für mich, ich kannte die Abkürzungen. Nur im Winter, wenn Schnee lag, musste ich auf der Landstraße bleiben; aber es schneite zum Glück nicht oft. Ein steiniger Pfad, zuerst durch die Weinberge, dann durch den Kastanienwald, lief geradewegs auf Onkel Pierres Haus zu. Ein großes Holztor war in der Mauer eingelassen. Die Zweige eines Feigenbaumes hingen über die Mauer, Wasser plätscherte. In einer Rinne floss ein Bach unter freiem Himmel; weiter unten, im Dorfzentrum, hatte man ihn mit Steinplatten bedeckt. Ich ging durch das Tor in den Hof. Neben den Kühen hielt Onkel Pierre Ziegen, Kaninchen, Gänse und Truthähne. Der Hof gehörte eigentlich Pierres Frau Mireille. Ihre Eltern besaßen Maulbeerhaine, Früchteplantagen und zehn Hektar Land: Mais, Korn und Roggen. Mireille war das einzige Kind. Der Vater war früh gestorben und Brüder hatte sie keine.
Neben dem Haus stand eine Hundehütte. Cachu, der al-

te Schäferhund, kam würdevoll wedelnd auf mich zu. Ich streichelte ihn hinter den Ohren. Seine feuchte Nase zog meinen Geruch ein, während er die halb blinden Augen zu mir emporhob. Pardaillan war noch vor den Milchkarren gespannt. Onkel Pierre kam gerade aus dem Kuhstall und winkte mir zu.

»Gute Noten?«

»Geschafft«, rief ich fröhlich zurück.

»Kluges Mädchen!«

Pierre war ein großer, stämmiger Mann mit einem dunklen Gesicht und Augen, tiefbraun wie Baumrinde. Die breiten Wangenknochen und die scharfe Nase verrieten Stärke, doch die freundlich geschwungenen Lippen zeigten Sanftheit. Dass ich gut in der Schule war, erfüllte ihn mit Stolz. Er selbst hatte das gehabt, was man Legasthenie nennt – Schwierigkeiten beim Erlernen des Lesens und Schreibens. Als er ein Kind war, sah man das als Beschränktheit an. Und keine Behörde hatte sich eingeschaltet, als man ihn mit vierzehn aus der Schule nahm.

»Kann ich Pardaillan reiten?«, fragte ich.

»Ja, wir sind fertig für heute.«

Ich ging zur Pardaillan, der geduldig wartete. Er spitzte die Ohren, als er mich hörte. Er war ein großer dunkler Wallach. Seine Mähne war halb schwarz, halb grau, genauso wie das Haar eines alternden Menschen. Pardaillan kannte meine Mutter – und kannte mich; er gehörte zu meiner verlorenen Kindheit. Pardaillan wusste, dass mein innerstes Ich in Schweigen lag, verschlossen und dunkel, unzugänglich. Da waren Dinge, über die ich nicht nachdenken wollte, über die ich nicht reden wollte, die ich mit mir selber ausmachen musste. Pardaillans Zuneigung gab mir Kraft dazu.

Ich streichelte ihn und rieb mein Gesicht an seinem Kopf. Er wieherte leise und freundlich.

»Wir reiten jetzt zusammen aus, ja?«, flüsterte ich. »Wir machen einen Spaziergang. Nicht zu schnell, damit du nicht zu müde wirst.«

Pardaillan sah mich von der Seite an; ich bemerkte das rötliche Adernetz um seine Augen. Die Blutgefäße kamen mir dunkel und erweitert vor.

»Findest du nicht, dass er schlecht aussieht?«, fragte ich Pierre.

»Mir scheint er eigentlich recht gut in Form.«

Da trat Mireille mit ihrem kleinen Sohn Christian auf dem Arm aus dem Haus. Sie nickte mir zu, weder freundlich noch unfreundlich.

»Ferien? Da bist du sicher froh.«

»Klar«, sagte ich, um ihr eine Freude zu machen. Sie war eine Frau mit dunklen, strähnigen Haaren und erschreckend schwarzen Augenbrauen. Sie sah immer aus, als ob sie ihre Kleider zum Schlafen nicht ausgezogen hätte. Wir mochten uns nicht besonders, was an verschiedenen Dingen lag. Wir hatten keinen Krach, nein. Es war nur einfach so, dass wir uns aus dem Weg gingen.

Mireille züchtete Seidenraupen; sie hatte viele Reihen von dünnen Holzrahmen auf dem Speicher, an denen netzartige Geflechte hingen, bedeckt mit Seidenraupen. Bevor sie sich in ihren ovalen weißen und gelben Kokons einspannen, waren die Seidenraupen die reinlichsten kleinen Geschöpfe der Welt. Mireilles Vorfahren hatten viel Geld mit der Seidenspinnerei verdient. Sie besaß noch heute einen besonderen Ofen für das Abtöten der Larven. Mit ihrem alten Spinnrad verspann sie ihre kleine Kokonernte und verwob sie zu Seidenstoffen, die in Avignon an Touristen verkauft wurden.

Inzwischen nahm Pierre dem Pferd das Geschirr ab, führte es aus der Deichsel. Pardaillan ritt ich immer ohne Sattel, weil Pierre keinen hatte. Außer den Zügeln, die ziemlich verschlissen waren, verwendete ich nur einen geflochtenen Lederriemen, der über der Zunge des Pferdes lag und unter dem Kinn verschnürt wurde. Mamie Lucie hatte mir gesagt, man dürfe einem Pferd kein schweres Gebiss aufzwingen. Das hatte sie – vor vielen Jahren – von einem Zigeuner gelernt. Der Mann arbeitete in einem Zirkus und kannte sich gut mit Pferden aus. Er hatte ihr erklärt, dass ein Pferdemaul sehr empfindlich ist und ein Reiter, der sich auf ein Kräftemessen mit seinem Pferd einlässt, das Vertrauen des Tieres nie richtig gewinnen kann. Er hatte einen solchen Lederriemen für sie angefertigt, zum Dank dafür, dass sie seine Verbrennungen geheilt hatte.

Pardaillan wusste, dass ich bei ihm nur diesen Lederriemen verwendete und ihn oft nur mit einem Zügel lenkte. Meine Wünsche drückte ich meistens mit Hochziehen der Knie oder mit einem leichten Zurücklehnen aus. Bei Pardaillan genügte das; er konnte vorausfühlen, was ich wollte. Jetzt ergriff ich die Zügel, legte die Hand auf seine Schulter. Dann nahm ich einen kurzen Anlauf, schwang mich auf seinen Rücken, wobei ich die Zügel ganz locker in der Hand hielt. Pierre wunderte sich immer wieder, wie ich das fertig brachte, denn Pardaillan war – im Grunde – kein freundliches Tier. Er mochte nur mich.

»Wo willst du denn hin?«, fragte Mireille.

»Zur Post und dann zum Supermarkt. Brot kaufen.«

Sie runzelte die Stirn.

»Mit dem Pferd? Musst du unbedingt auffallen?«

»Auf dem Besen kann ich ja nicht reiten.«

»Hör mit dem blöden Zeug auf«, sagte sie gereizt. »Kein Wunder, dass du Probleme hast.«

»Mir egal.«

Ich ließ Pardaillan wenden und ritt aus dem Tor. Ich wusste, dass der Wallach keine Mühe hatte, mein leichtes Gewicht zu tragen. Während ich durch den Wald ritt, streichelte ich liebevoll seinen Nacken. Pardaillan schnaubte und ich hatte das Gefühl, dass er und ich ein einziges Wesen waren. Es war fast schon dunkel, aber ich mochte die Dunkelheit lieber als die pralle Sonne. Als wir den Wald hinter uns hatten, ließ ich Pardaillan eine Weile traben. Als wir die ersten Häuser erreichten, ging er wieder im Schritt. »Vieil Audon« – das »Alte Audon«, wie sein voller Name lautete, war tatsächlich ein sehr altes Dorf, mit gewundenen Straßen und wuchtigen Mauerresten. Die Bewohner lebten früher von der Ziegenzucht; der im Ort hergestellte Käse war berühmt.

Während ich mich der Kirche näherte, hallten Pardaillans Hufe auf dem Kopfsteinpflaster. Touristen fanden nur selten den Weg nach Audon, selbst jetzt nicht, zur Hauptsaison im Sommer. Die Händler schlossen bereits ihre Geschäfte, brachten ihre Körbe mit Gemüse und Obst vom Stand in die Läden. Einige alte Männer saßen auf der Steinbank am Brunnen. Die Bar mit dem Perlenvorhang vor dem Eingang war noch offen. Ein paar Männer spielten Dame, beugten sich in kleinen Gruppen über ihre Gläser. Ich dachte oft, dass Pardaillan, genauso wie ich, den Ort als Gefängnis empfinden musste.
An der Post kaufte ich eine Briefmarke am Automaten und schob den Brief in den Kasten. So, das wäre gemacht! Dann wartete ich, bis die Ampel grün wurde, und ritt über den Platz. Der Supermarkt befand sich etwas außerhalb der Ortschaft; dort war zugleich die Haltestelle der Buslinie nach Avignon. Für ein paar Minuten musste ich an der Schnellstraße entlangreiten. Pardaillan störte das nicht. Er wusste genau, dass die Autos immer in dieselbe Richtung fuhren und für uns nicht gefährlich waren, auch wenn sie viel Lärm machten. Die roten Neonlichter vor dem Spielsalon zuckten und ich fühlte eine tiefe Unruhe. Nur schnell weg von hier!, war mein einziger Gedanke. Vor dem Supermarkt saß ich mit einem leichten Sprung ab. Pardaillan würde sich nicht von der Stelle rühren, das wusste ich. Trotzdem knotete ich die Zügel um einen kleinen Pfosten vor dem Eingang. Im Supermarkt waren nur ein paar Leute, viel Brot gab es auch nicht mehr. Noch während ich vor der

Kasse wartete, hörte ich draußen das kreischende Aufheulen von Motorrädern, die lauten Stimmen übermütiger Jugendlicher. Mein Herz tat einen Sprung. Ich zählte das Kleingeld mit zitternden Händen, steckte das Brot in den Rucksack und trat nach draußen. Die Kerle hatten ihre Maschinen auf der anderen Straßenseite angehalten, lachten und lärmten. Ich wusste genau, wer sie waren. Eilig band ich Pardaillan los und sprang auf. Kaum hatte ich die Zügel aufgenommen, ging es auch schon los. Die Kerle hatten mich erkannt. Sie grölten, klatschten in die Hände und sangen das bekannte Spottlied, das mir Schauer des Entsetzens über den Rücken jagte.

»Hexenkind, Hexenkind,
Hol 'ne tote Ratte schnell!
Häng sie an die Kirchentür,
Zieh 'n Kreis und tanze nackt . . .«

Mein Herz hämmerte. Ich biss die Zähne zusammen, holte tief Luft. Jetzt ruhig bleiben, ganz ruhig. Sie nicht beachten. Als ob du nichts gesehen, nichts gehört hättest. Mach, dass du wegkommst, und reite durchs Dorf, da werden sie dir nicht folgen.

Ich ließ Pardaillan wenden; statt die gewohnte Strecke neben der Schnellstraße nahm ich das steile Straßenstück, das in einer Kurve zum Dorf führte. Immer noch hörte ich hinter mir das höhnische Lied.

»Hexenkind, Hexenkind . . .«

Dann kurze Stille, bevor sämtliche Motoren wie Pistolenschüsse knatterten. Die Fahrer gaben Gas, brausten davon. Zum Glück in die andere Richtung. Rasch entfernte sich der Lärm. Wahrscheinlich fuhren die jetzt nach Pont d'Arc, in die Disco. Ich atmete erleichtert auf. Bald war das Aufschlagen der Hufe das einzige Geräusch. Mal wieder Glück gehabt! Ich lenkte Pardaillan im schnellen Schritt; erst nach der Kurve ließ ich ihn langsamer gehen. Der Halbmond leuchtete jetzt. Ich betrachtete unseren dunklen Schatten auf dem Weg, wie ein fliegender Vogel kam er mir vor, der nicht von unserer Seite wich. Nach einer Weile legte ich meine Hand auf den gewölbten Nacken des Pferdes und flüsterte mit einer Stimme, in der die Angst noch nachklang: »Alles überstanden, Pardaillan! Die tun uns jetzt nichts mehr.«
Ich hatte es kaum gesagt, als die Stille explodierte. Lichter durchbohrten die Dunkelheit. In heulender Fahrt rasten mir zwei Motorräder entgegen. Zwei andere näherten sich von der Seite, wobei sie mit halsbrecherischer Geschwindigkeit über den steinigen Hang brausten. Die hüpfenden Lichtkegel warfen gespenstische Schatten. Einen Atemzug lang war ich wie gelähmt. Dann begriff ich: Sie hatten Zeit gehabt, den Hügel von Audon zu umfahren, und schnitten mir jetzt von der anderen Seite den Weg ab. Wohin jetzt? Der Bach! An dieser Stelle war er schmal genug. Schaffte Pardaillan den Sprung auf die andere Seite, war ich gerettet. Ich drückte dem Wallach die Fersen in die Flanken, und wie immer verstand Pardaillan sofort, was ich vorhatte. Schon

waren die Maschinen so nahe, dass ich das Gefühl hatte, ihnen nicht mehr ausweichen zu können. Die Scheinwerfer warfen zuckende Lichtbahnen. Die Motoren kreischten. Inzwischen hatten die beiden anderen Motorräder den Hang erklommen, die Straße erreicht. Oben angekommen, beschrieben sie Kreise in Form einer Acht, um mir den Rückweg zu versperren. Das Heulen der Motoren schien die ganze Welt in Stücke zu reißen. Ich hatte das Gefühl, mein Trommelfell würde platzen. Schon raste uns der erste Fahrer entgegen, sauste so dicht an uns vorbei, dass der heiße Atem des Motors uns streifte. Jedes andere Pferd hätte mich abgeworfen, wäre in wilder Panik davongestürzt. Pardaillan nicht. Ein Wiehern erschütterte seinen mächtigen Körper, ein Wiehern voller Kraft und Angriffslust. Seine Ohren lagen flach am Kopf. Er bäumte sich zu seiner ganzen Größe auf; die Hufe schlugen in die Luft. Dann fiel er so schwer auf die Vorderfüße zurück, dass die Erde bebte. Sein mächtiger Rücken spannte sich. Wie eine Masse zornig geballter Kraft sprang er dem Motorrad entgegen. Der angegriffene Fahrer schlug einen Haken. Pardaillan wendete blitzschnell, ging erneut auf ihn los. Ich konnte das Tier nicht mehr lenken, fühlte mich hilflos mitgerissen. Ein Stoß, ein brutaler Schwung. Die Maschine schien sich vom Erdboden zu lösen. Bremsen kreischten. Das Motorrad schlängelte in Zickzack über die Straße, kippte über den Hang und löste einen Steinsturz aus. Vom Geröll erfasst, überschlug sich das Motorrad, krachend und scheppernd. Benzin floss aus dem

Tank, stinkender schwarzer Qualm stieg auf. Der Fahrer war aus dem Sattel geschleudert worden; ein paar Sekunden lag er benommen da, bevor er sich auf die Seite wälzte und weg von der verunglückten Maschine kroch. Die anderen hatten am Straßenrand angehalten, riefen und gestikulierten. Schnell sollte er machen, bevor der Tank explodierte! Da – ein dumpfer Knall, dunkelrote Flammen. Der Fahrer kam auf die Füße, lief taumelnd weiter. Doch ich sah nicht mehr hin. In großen Sätzen stürmte Pardaillan über den Hang dem Bach entgegen. Ein Stoß, ein kurzes Schweben, schon ließ Pardaillan den Bach hinter sich. Erst jetzt – als die Gefahr vorüber war – verlangsamte er seinen Schritt. Schaum stand ihm vor dem Maul, klebriger Schweiß bedeckte seine Flanken. Wir beide waren am Ende unserer Kraft. Mein ganzer Oberkörper bebte von den Schlägen meines Herzens. Ich warf beide Arme um den Hals des Tieres, drückte meine Wange an seinen klebrigen Hals und schluchzte vor Dankbarkeit und Erschöpfung.

»Oh, Pardaillan, mein gutes Pferd«, flüsterte ich, »du hast mich gerettet.«

Allmählich beruhigte sich mein Zittern, während Pardaillan im schwachen Mondlicht über den Weinberg schritt und allmählich wieder zu Atem kam. Er war alt, ich durfte ihm solche Strapazen gar nicht zumuten. Aber was, wenn die Kerle mich vom Pferd geholt hätten? Vor drei Jahren, mitten in der Nacht, waren sie auf ihren Motorrädern vor unserem Haus hin und her gefahren, immer wieder das Spottlied grölend. Sie hatten Steine geworfen,

eine unserer Fensterscheiben zerschlagen. Mamie Lucie war an die Tür gegangen; sie sollen jetzt verschwinden, hatte sie gerufen. Da hatte sie ein spitzer Stein neben dem Auge getroffen. Am nächsten Tag war Mamie Lucie mit mir zur Polizei gegangen, um Anzeige zu erstatten. Man hatte den Tätern eine Verwarnung aufgebrummt. Seitdem hatten sie uns in Ruhe gelassen. Zurück blieb ein schmerzhaft bitteres Gefühl. Plötzlich kam mir meine Mutter in den Sinn und mir wurde übel. Ich spürte, wie mein ganzes Gesicht zuckte. Nein, ich durfte nicht an meine Mutter denken. Nicht hier. Nicht jetzt.
Ich murmelte: »Nimm dich zusammen!«
Alles war still; ich hörte nur meinen Atem und das Schleifen der Hufe auf dem trockenen Boden. Im Gebüsch raschelte ein Igel. Ich hatte gute Augen und sah die stachelige Kugel hastig über den Weg tapsen. Jetzt noch ein paar Augenblicke und wir erreichten den Hof. Das Tor stand weit offen. Der Schäferhund spitzte die Ohren und winselte. Sein Schwanz schlug auf den Boden. Im Haus brannte Licht. Ich sah durch die Scheiben die hohe Standuhr mit dem glänzenden Pendel, den alten Geschirrschrank. Mireille und Pierre saßen noch am Tisch. Der Fernseher lief. Sie hörten uns nicht. Ich führte Pardaillan in den Stall, rieb ihn ab, bis er ganz trocken war, und vergewisserte mich, dass er genügend Heu und frisches Wasser hatte. In der Sommerzeit waren die Ziegen auf der Weide. Nur Jeannot, das Maultier, ließ ein kräftiges Schnauben hören. Ich trat zu ihm und kraulte ihn zwischen den Ohren.

»Weißt du, wir haben eine schlimme Geschichte hinter uns. Pardaillan wird dir erzählen, wie es war! Sei froh, dass du schön friedlich hier im Stall sein kannst.«

Ich ging aus den Stall, auf das Haus zu. Die Fenster war offen, es roch nach Essen. Mireille kochte gut. Ich zögerte kurz. Jetzt, wo alles vorbei war, hatte ich entsetzlichen Hunger. Aber dann würden sie mein Gesicht sehen und fragen, was los war. Und Mireille, wie das so ihre Art war, würde sofort über mich herfallen. »Das hast du dir selbst eingebrockt. Sieht man dir richtig an, dass du immer nur Mist baust. Und du kannst von Glück sagen, dass der Fahrer nicht ums Leben kam!« Pierre würde wie immer den Mund halten. Das war so etwas wie ein Kräftemessen zwischen ihnen. Als ob Pierre sich nicht traute, eine eigene Meinung zu haben. Irgendwie hing das wohl damit zusammen, dass er als armer Mann in Mireilles Familie eingeheiratet hat. Nein, über die Geschichte durfte ich nicht reden. Natürlich würde sie Mireille früher oder später zu Ohren kommen, aber inzwischen hatte ich Zeit, mir eine Ausrede auszudenken. Ich schlich geduckt weiter, immer im Schatten der Hauswand. Der Schäferhund schüttelte den Kopf, ließ die Kette klirren. Ich kraulte ihn und flüsterte: »Sei ruhig, Cachu«, bevor ich lautlos an ihm vorbei zu meinem Fahrrad lief.

3

Die Nacht war stockdunkel; aber ich kannte den Weg, mir war jeder Stein vertraut. Noch ein paar Minuten – und ich klopfte an die Tür. Ich hörte Großmutters schlürfende Schritte; der Riegel sprang zurück. Wie immer fand ich es in der Wohnküche viel zu heiß. Auf dem alten Elektroherd dampfte ein Topf; es herrschte die größte Unordnung. Dafür war die »gute Stube«, wo Großmutter ihre Patienten empfing, untadelig aufgeräumt. »Das muss so sein«, sagte Mamie Lucie, sonst haben die Leute kein Vertrauen. Gleich dahinter lag der kleine Schlafraum, den ich mit Großmutter teilte. Toilette und Dusche waren erst später angebaut worden und ziemlich modern.

»Wo bist du so lange gewesen?«, fragte Mamie Lucie. »Ich habe mir schon Sorgen gemacht.«

Meine Wangen wurden heiß. Ich schluckte, bevor ich Antwort gab.

»Es tut mir leid.«

Sie holte den Topf vom Herd, nahm einen Teller aus dem Schrank und füllte ihn. Ich nahm einen Löffel aus der Tischschublade. Mamie Lucie hatte einen Eintopf gekocht; Tomatensuppe mit Nudeln und Lammfleisch. Ich pustete auf meinen vollen Löffel und hoffte vergeblich, Mamie Lucie würde keine Fragen stellen. Sie konnte jedes Geheimnis aus mir herausholen, wie man einen Vogel aus dem Käfig lockt. Und richtig – es dauerte nicht lange und schon fragte sie: »Warum atmest du so schnell?«

Ich tat, als hätte ich die Frage nicht gehört.

»Schmeckt gut, die Suppe.«

Sie ließ mich nicht aus den Augen.

»Ich habe dich etwas gefragt, Leonie.«

»Nichts – ich bin schnell gelaufen.«

Sie schüttelte den Kopf.

»Du riechst.«

Ich führte den Löffel aus dem Teller zum Mund und wieder zurück, ohne aufzusehen.

»Ich . . . ich muss mich waschen.«

»Nein, du riechst anders. Du riechst nach Angst.«

Ich warf den Löffel in den Teller, dass er klirrte.

»Die Ricardo-Brüder. Jean und Bruno. Mit zwei Typen von auswärts. Alle auf ihren Motorrädern, wie damals.«

Mamie Lucies Gesicht war wie aus Stein. Nur ihre Pupillen bewegten sich leicht hin und her.

»Haben sie dich belästigt?«

Eine plötzliche Schwäche überfiel mich. Ich stand wie unter einem Schock.

»Sie . . . sie haben das Lied gesungen. Du weißt schon . . . Und dann haben sie mich verfolgt. Sie wollten, dass ich vom Pferd fiel.«

»Und Pardaillan?«

»Pardaillan hat einen Fahrer angegriffen. Seine Maschine ist nur noch Schrott. Der Tank explodierte.«

»Der Fahrer, ist er ...«
Ich spürte ihre Besorgnis, schüttelte hastig den Kopf.
»Nur verletzt. Er kam rechtzeitig auf die Beine.«
»Dann ist ja alles gut«, murmelte sie. »Iss deine Suppe, bevor sie kalt wird.«
Ich griff automatisch nach dem Löffel.
»Mamie Lucie ... hast du früher auch solche Sachen erlebt?«
Ein Lächeln, voller Bitterkeit und Hohn, zog ihre Lippen hoch.
»Ich? Noch schlimmere Sachen. Natürlich verfolgten sie mich nicht auf Motorrädern. Die konnten sich zu meiner Zeit nur die ganz Reichen leisten.«
Ich ließ ein paar Atemzüge verstreichen. Gefühle, gegen die ich nicht gewappnet war, überwältigten mich. Ich wischte mir mit dem Handrücken die Lippen ab.
»Ich ... ich habe an meine Mutter gedacht. Vielleicht sollte ich das nicht. Aber ...«
Mamie Lucie seufzte.
»Sie war nicht stark genug.«
Ich schluckte. Auf einmal war die Vergangenheit, die ich nie ganz verdrängen konnte, grell und in ihrem ganzen Ausmaß wieder da. Meine schöne, begabte Mutter! Ihr Körper lebte, in vier Wänden gefangen. Doch ihr Geist war zerstört. Sie schrie in ihrem Kopf, in ihrer eigenen Stille. Wer hörte sie? Keiner. Nicht einmal ich. Vielleicht würde sie sterben, als blasser Schatten ihrer selbst? Der Gedanke war ganz unerträglich. Den Kloß der Verzweiflung im Hals, erwiderte ich Mamie Lucies Blick.

»Glaubst du, dass sie einmal wieder sein wird wie früher?«

Großmutters raue, warme Hand legte sich auf meine. Ich spürte ihre Berührung wie elektrischen Strom. Und ich wusste, dass andere Menschen es auch so empfanden.

»Ich glaube es ganz fest, Leonie. Ich spreche jede Nacht mit ihr; ich weiß, dass sie mich hört. Jahrelang antwortete sie nicht. Jetzt habe ich das Gefühl, dass sich etwas in ihr regt. Aber ich bin alt. Meine Kräfte lassen nach.«

Ich hatte ein trockenes Gefühl im Mund.

»Du musst an deine Gesundheit denken.«

Ein langer Atemzug hob ihre Brust.

»Wir arbeiten mit unserer tiefen Lebenskraft, anders geht es nicht. Und je mehr Kraft wir anderen Menschen geben, desto schwächer werden wir. Das ist normal. Nun, die Kranken suchen mich nicht täglich auf; zwischendurch habe ich Zeit, mich zu erholen. Bei Coralie ist es anders. Es hört nie auf. Ich gebe ihr alle Kraft, die ich aufbringen kann. Aber mir bleibt nur noch wenig Zeit. Ich werde nicht mehr lange leben.«

Es war plötzlich etwas in ihr, das ich nicht kannte, eine Stumpfheit in den Augen. Wohin gingen ihre Gedanken? Mein Herz wurde schwer.

»Mamie Lucie, sag . . . kann ich es nicht auch mal versuchen?«

Sie schüttelte langsam den Kopf.

»Kind, du hast nicht die Gabe.«

»Vielleicht doch.«

»Nein, du nicht.«
»Auch nicht, wenn ich mich richtig anstrenge?«
Sie erwiderte traurig, aber mit großer Entschiedenheit:
»Auch dann nicht. Es sei denn, es gibt jemand, der dir hilft.«
Ich fuhr auf, mein Gesicht glühte.
»Wer, Mamie Lucie?«
Sie seufzte.
»Ich kann es dir nicht sagen.«
»Ja, aber dann . . .«
Sie legte die Hand auf meinen Kopf, wie sie es oft tat, ließ die Finger durch mein Haar gleiten.
»Du wirst es schon herausfinden«, sagte sie.

4

Am Sonntag öffnete ich weit die Fensterläden, ließ Licht in »die gute Stube«. Sonnenschein fiel in den Raum, der Kronleuchter mit seinem Glasgehänge trat aus der Dunkelheit hervor wie eine Erscheinung. Die Wanduhr war stehen geblieben; ich zog sie an der rasselnden Kette auf. Die verblichene Tapete zeigte ein Veilchenmuster. Ein zerkratzter, runder Tisch stand zwischen einem kleinen Sofa und zwei mit Samt bezogenen Sesseln. Ich schüttelte die Spitzendeckchen aus, wischte sorgfältig Staub, stellte frische Blumen in die Vasen. Großmutters kleiner Schreibsekretär verfügte über Dutzende von Kästchen, Nischen, Fächern. Hier bewahrte Mamie Lucie die vielen Briefe und Postkarten von ihren Patienten auf, die ihr für die wiedergewonnene Genesung dankten. Es waren auch einige Heiligenbilder dabei, sowie ein großes, handkoloriertes Bildnis der Muttergottes von Lourdes.

Auf dem Sekretär stand eine Fotografie in einem ledernen Stehrahmen. Es war ein Porträt von meiner Mutter, als Fünfzehnjährige und halb von der Seite gesehen. Ich nahm das Bild und trat näher an das Fenster heran. Noch ein paar Monate und ich würde das gleiche Alter haben. Wie hübsch sie war! Der Kopf erhob sich klein und eigensinnig über den schmalen Hals, aus ihrer Haltung sprach Energie und Lebensfreude. Üppige Locken fielen auf ihre Schultern und aus ihrem freimütigen Blick leuchtete eine Verzauberung, ein Licht, das von innen kam. Ich betrachtete sie nachdenklich, bevor ich vor den alten Wandspiegel trat und Coralies Bild mit meinem eigenen Bild verglich. Nach einer Weile schüttelte ich traurig den Kopf. Es war ein völlig anderes Gesicht, finster und trotzig. Mein Haar war widerspenstig und schwarz, die Stirn zu niedrig, der Mund zu groß. Nur die Augen, lang und dunkel, mit einer leichten Schrägneigung nach oben, mochten als schön gelten. Mit zitternden Händen stellte ich die Fotografie an ihren Platz zurück. Mein Herz pochte; ich atmete rasch, fast keuchend. Ich spürte plötzlich die wahre, die unheilbare Verletzung. Denn das Schlimmste war nicht nur das, was man ihr angetan hatte. Das Allerschlimmste war das Geheimnis, mit dem ich leben musste.

Ich wandte mich ab, schüttelte den Staublappen aus dem offenen Fenster, atmete ein paar Mal tief ein und aus. Ich wollte hinaus, an die frische Luft, fort aus diesem Zimmer, das nach Staub und alten Teppichen roch, weit weg von dieser Welt der Erinnerungen!

Um drei hielt ein Peugeot vor unserem Gittertor. Die junge Frau, die am Steuer gesessen hatte, ging um den Wagen, half einer älteren Frau hinaus. Diese war blass, leicht vornübergebeugt und ging mit unsicheren Schritten. Ihre Begleiterin führte sie durch den Garten, als Mamie Lucie an der Tür erschien. Sie trug ihr altmodisches Sonntagskleid und eine schöne, alte Brosche. Wie immer, wenn Besuch kam, hatte sie Hals und Ausschnitt gepudert. Ihre Lippen waren gekräuselt wie Seidenpapier. Sie begrüßte die beiden Frauen, führte sie ins Haus. Der frisch aufgebrühte Kiefernadeltee duftete gut. Ich hatte eine kleine Kanne und drei unserer schönen Tassen in die »gute Stube« gestellt. Ich wünschte den Besucherinnen höflich einen guten Tag und hielt mich im Hintergrund. Als Mamie Lucie mit den beiden Frauen in die »gute Stube« ging und die Tür hinter sich schloss, wusste ich, dass sie mich jetzt eine Zeit lang nicht brauchen würde.

Sofort lief ich los, zu Pardaillan. Pierre und Mireille waren sonntags nicht da; sie fuhren zum Mittagessen nach Avignon, gingen auf dem Boulevard spazieren, sahen sich die Schaufenster an. Sonntags war nur der alte Sebastian anwesend. Als Mireilles Mutter noch lebte, hatte er den Hof verwaltet und seine Sache sehr gut gemacht. Jetzt war er längst über achtzig und litt an einer schweren Knochenkrankheit. Aber er war immer noch froh, dass er gebraucht wurde. Im Hof staute sich die Hitze. Über den Misthaufen brummten Fliegen, der Traktor stand still in der glühenden Sonne. Ich ging an die offene Haustür und klopfte.

»Ja, wer ist da?«, knurrte eine heisere Stimme.

Die Luft war stickig und voller Zigarrenrauch. Sebastian, ganz klein, ganz alt, saß vor dem Fernseher und sah sich ein Fußballspiel an. Er trug ausgebeulte Hosen, dazu ein Unterhemd, das seine verkrüppelten Schultern freiließ. Seine Arme waren blass und mager wie die eines Kindes. Traurig erinnerte ich mich an den kräftigen Mann, der er vor einigen Jahren noch gewesen war.

»Ach, du bist es, Leonie!«

Er nickte mir freundlich zu. Die Zigarre hing in seinen verkrümmten Fingern. Er roch nach Schweiß und alten Kleidern. Sein Gesicht war mit braunen Flecken übersät, das Haar borstig und schneeweiß.

»Sebastian, wie geht es dir?«

»Ich lebe, mein Kind. Und solange ich lebe, geht es mir gut.«

»Und die Schmerzen?«

»Sie kommen und gehen. Man gewöhnt sich daran.«

»Was macht Pardaillan?«, fragte ich schnell.

Er furchte sorgenvoll die Stirn.

»Er hat Koliken. Gestern stand er den ganzen Tag unter einem Baum im Schatten.«

Mein Herz verkrampfte sich.

»Im vorigen Sommer auch. Die Hitze bekommt ihm nicht. Aber sobald es kühler wird, erholt er sich. Großmutters Mittel hat ihm doch gut geholfen.«

Sebastians Augen mit der gelblichen Hornhaut hielten meinen Blick fest.

»Sicher. Aber für wie lange? Das ist es ja gerade.«

Ein paar Sekunden folgten. Etwas Unausgesprochenes lag in der Luft. Ich hörte mich atmen.

»Kann ich mit ihm ausreiten?«, brach ich das Schweigen.

Sebastian steckte seine Zigarre zwischen die Lippen.

»Er hat gut gefressen und ich habe ihm zu trinken gegeben.«
Pardaillan stand allein im dunklen Stall; die Ziegen und das Maultier waren draußen auf der Weide. Mein Herz schlug vor Freude, als er sich mit anmutigem Schwung umwandte, um mich anzublicken. Seine Augen glänzten mit einem bläulichen Schimmer. Ich legte ihm die Hand auf die Schulter und fühlte das Fell in freudiger Erwartung aufzucken.
»Guten Tag, Pardaillan«, begrüßte ich ihn. »Komm, wir machen einen Spaziergang.«
Ich befestigte die Zügel und führte den Wallach nach draußen; er folgte mir mit peitschendem Schweif. Ich zog mich auf seinen Rücken hoch, als Sebastian hustend und röchelnd aus der Tür humpelte.
»Lass ihn im Schritt gehen«, brummte er. »Nicht zu weit und nicht in der prallen Sonne. Das Tier braucht Ruhe.«
Ich hob verstehend die Hand.
»Ich passe schon auf.«
Sebastian klemmte die Zigarre zwischen die Lippen und sah mir nach, während ich Pardaillan aus dem Hof führte. Ich ritt ein wenig befangen, beobachtete seine Gangart. Der Wallach bewegte sich schwerfällig, sein Atem hörte sich rau an, aber er gab mir wie immer ein absolut sicheres Gefühl. So schlimm wird es nicht sein, dachte ich, schon wieder beruhigt. Wir ritten im Wald, wo der Schatten noch kühl war. Alles war still; das Schleifen der Hufe auf den Waldboden war das einzige Geräusch. Nach einer Kurve kam plötzlich die alte Mauer in Sicht,

die drei Seiten der verlassenen Villa umschloss – eine Abgeschlossenheit, die mich an alte Märchen erinnerte. Der Eindruck wurde noch verstärkt durch das geheimnisvolle Dunkelgrün des Gartens, wo die Pflanzen dicht und wirr durcheinanderwuchsen. Die steinernen Löwen auf ihren Säulen hielten Wache beiderseits des Tors. Doch als ich näher kam, sah ich voller Erstaunen, dass die Torflügel offen standen. Hinter der glühend heißen Mauer leuchtete die Sonne auf die Fassade der alten Villa, ein Bauwerk aus verschiedenen Stilepochen – jedoch harmonisch zusammengefügt. Alle Fensterläden im oberen Stockwerk standen offen. Ja, wahrhaftig, das Haus war bewohnt. Zum ersten Mal, seit vielen Jahren! Es musste tatsächlich verkauft worden sein. Die Sache ging mich nichts an und doch empfand ich plötzlich ein Flattern in der Magengegend. Eine ungeduldige, beglückende Erwartung erfüllte mich. Ich hatte das merkwürdige Gefühl, dass das Haus auch für mich lebendig geworden war.

5

Ich drückte Pardaillan leicht die Fersen in die Flanken und ritt weiter, unter Bäumen bergauf. Ich atmete die Geräusche des Waldes ein, während das Sonnenlicht durch das Laub funkelte. Bald hörte ich das Tosen von Wasser. Zwischen hohen Felswänden brauste die *Ardèche* ins Tal, wirbelte neblige Schleier empor. Das Wasser war nicht tief, aber wild, schimmerte smaragdgrün und an manchen Stellen fast lila. Die Felsen erhoben sich turmartig, formten sich zu Mauern wie alte Festungen. Ganz unten, am Wasser, bildete das flache Gelände eine Art Strand. Hier war das Gestein ganz sonderbar gefaltet, als ob irgendwann mal – vor vielen Jahrtausenden – ein Erdbeben die Spalten zusammengequetscht hätte. Eine Landschaft, die schon uralt war, bevor die Menschen hier ihre Dörfer bauten. Aber was war vorher da? Ich wusste, dass es hier viele Höhlen gab, die vor langer Zeit von Menschen bewohnt gewesen waren. Wir hatten das Thema in der Schule durchgenommen, ich hatte viele Bücher darüber gelesen und sogar einmal gesehen, wie ein aufwendig ausgerüstetes Forscherteam, mit allen möglichen Geräten beladen, auf dem Weg zu einer dieser Höhlen waren. Das interessierte mich mächtig. Manche Grotten waren für fremde Besucher gesperrt, andere durfte man besichtigen. Und eine ganze Menge gab es, die noch gar nicht entdeckt worden waren.

Pardaillan schritt sehr zielstrebig aus, als sei er hier oben der eigentliche Herr. Er hatte die Richtung von selbst eingeschlagen. Ich ließ die Zügel locker und ließ ihn gehen, wohin er wollte. Eine Weile ritten wir immer der Schlucht entlang. Ich hatte den Eindruck, dass es hier einen Pfad gab; einen Pfad, den ich mit bloßen Augen nicht sehen konnte, aber Pardaillan mit dem sechsten Sinn eines Tieres durchaus wahrnahm. Dieser Pfad war gewunden, eine Folge scheinbarer Sackgassen, und außerdem sehr steil. Die Sonne stand hoch am Himmel, die Steine strahlten Hitze aus. Pardaillans Fell klebte an meinen Beinen. Ich dachte, ich sollte ihn lieber zum Fluss führen, damit er trinken konnte. Gerade in diesem Augenblick – ohne das leiseste Zeichen von mir – blieb Pardaillan stehen. Offenbar wollte er nicht weiter.

»Du bist müde, nicht wahr?«, sagte ich zu ihm. »Komm! Du brauchst frisches Wasser.«

Doch er rührte sich nicht vom Fleck. Und während ich geradeaus blickte, glaubte ich unter einem überhängenden Sandstein eine schmale dunkle Öffnung zu sehen. Eine Höhle? Hier? Und Pardaillan benahm sich wahrhaftig sehr merkwürdig. Er hielt die Ohren gespitzt, ließ ein kehliges, halb ersticktes Wiehern hören. Angst war es nicht, nur Aufmerksamkeit. Jetzt setzte er sich wieder in Bewegung, machte ein paar Schritte auf die Öffnung zu und legte den Kopf schräg, als ob er lauschte.

»Was ist los, Pardaillan?«, murmelte ich. »Was hast du gefunden?«
Ich stupfte ihn leicht mit der Ferse in die Flanke: erfolglos! Das, was er entdeckt hatte, nahm seine ganze Aufmerksamkeit gefangen. Ich ließ die Zügel los und sprang zu Boden.
»Warte, Pardaillan! Ich bin gleich wieder da.«
Ich ging ein paar Schritte auf die Felsen zu und betrachtete neugierig die Felswand. Vor Jahrtausenden war hier Sand über einen erkalteten Lavastrom geweht und hatte erstaunliche Figuren geformt. Sie sahen fast aus wie Menschen, für die Ewigkeit erstarrt. Eine dieser Statuen hatte die Form einer Frau: Ihr Körper war deutlich zu erkennen. Hoch aufgerichtet schien sie über die Öffnung zu wachen, die unter ihrem steinernen Gewand ihren Schatten warf. Vorsichtig trat ich näher; der Spalt war größer, als er den Anschein erweckte. Vor mir tat sich ein Durchbruch auf, schmal und gewunden wie ein Schlangenleib. Der gewölbte Gang führte tiefer in den Berg hinein. Wohin? Weitergehen war unmöglich: Der Gang verlor sich im Dunklen. War da unten eine Quelle? Nein, Wasser gab es hier nicht. Oder doch? Ich hielt den Atem an und plötzlich hörte ich in tiefer, unendlicher Ferne ein Plätschern. Und gleichzeitig war da ein ganz seltsames Geräusch, als ob jemand mit Holzschuhen über die Steine ging. Dann das Aufspritzen von Wasser und danach Stille – eine Stille, die endgültig zu währen schien. Eine Gänsehaut überlief mich. Was konnte das nur gewe-

sen sein? Die Sache war mir unheimlich und doch wieder nicht. Ich zögerte. Was nun? Länger konnte ich hier nicht bleiben. Vorsichtig tastete ich mich dem Ausgang entgegen. Als ein Lichtschein von draußen die Wand beleuchtete, fiel mein Blick auf ein Zeichen, das ich vorhin übersehen hatte. Es sah aus wie ein M. Ich fuhr mit der Hand darüber. Nein, das Zeichen war nicht gesprayt, wie ich zuerst angenommen hatte, sondern in den Stein gemeißelt. Ich hatte nicht die geringste Ahnung, was es darstellen konnte.

Ich trat aus der Grotte, blinzelte im hellen Sonnenschein. Pardaillan stand geduldig an derselben Stelle, schlug mit dem Schweif, um Fliegen zu verscheuchen, und graste bedächtig, Zentimeter um Zentimeter, die spärlichen Halme ab. Während ich zu ihm ging, hob ich unwillkürlich den Blick zu der Skulptur über dem Eingang und blieb verwundert stehen. Die Frau war verschwunden, nur der Stein war sichtbar. Ich schüttelte verwirrt den Kopf. Hatte mir meine Fantasie etwa nur ein Trugbild vorgegaukelt?

Die ganze Zeit, während ich bergabwärts ritt und Pardaillan im Stall versorgte, stürmten Fragen auf mich ein. Was bedeutete das Zeichen in der Höhle? In welchem Zusammenhang stand es mit der geheimnisvollen Skulptur, die ich zu sehen geglaubt hatte? Warum hatte Pardaillan mich zur Höhle geführt? Der Weg war mir vertraut wie fast alle Pfade im Gebirge. Wie kam es nur, dass ich niemals zuvor diese Figur gesehen hatte? Und was war dieses seltsame Geräusch in der Höhle gewesen? Hatte Par-

daillan es vor mir gehört und wollte deswegen nicht weitergehen? Fragen über Fragen – aber keine Antwort!
Ich sah schon von Weitem, dass der Wagen der Besucherinnen nicht mehr vor der Tür stand. Großmutter hatte bereits die Fensterläden zugezogen, die »gute Stube« der Dunkelheit zurückgegeben. Am Sonntag arbeitete sie nicht im Garten. Sie saß an ihrem gewohnten Platz vor der Haustür. Sie trug immer noch ihr Sonntagskleid und die goldene Brosche. Doch ihr langes schwarzes Haar, bei Tage straff geknotet, lag jetzt wie ein Schal um ihre Schultern, sodass sie jünger aussah.
»Hast du Pardaillan auch nicht zu viel zugemutet?«
Ich setzte mich neben sie und schüttelte den Kopf.
»Ich glaube nicht. Ich habe ihn gut abgerieben und trinken lassen, so viel er wollte. Jetzt hat er genug zu fressen. Sebastian sagt, dass ich mich gut um ihn kümmere. Besser, als er es tun würde.«
»Da stimme ich ihm zu«, meinte sie, mit einem kleinen Lächeln um den geschminkten Mund.
»Und du?«, fragte ich. »Hast du die Frau heilen können?«
»Die Röte ist schon zurückgegangen. Sie sagt, auch die Schmerzen klingen ab. Aber ich werde sie noch ein paar Mal behandeln müssen.«
»Gürtelrose, was ist das für eine Krankheit?«
»Eine Infektion der Nerven. Sie entsteht, wenn man sich Sorgen macht. Die Ärzte wissen nicht immer Rat. Deswegen kommen die Leute zu mir.«
Doch ich hörte nur mit halbem Ohr zu. Ich hatte andere Dinge im Kopf.

»Mamie Lucie, Pardaillan hat mich zu einer Höhle geführt, die noch keiner kennt.«
Die Sonne stand jetzt schräg und blendete. Mamie Lucie hielt die Augen halb geschlossen.
»Das ist gut möglich. Der ganze Berg ist ja voller Löcher wie eine Bienenwabe. Viele Grotten sind noch unerforscht.«
Ich nickte aufgeregt.
»Über der Öffnung stand eine Skulptur.«
Sie öffnete blinzelnd die Augen.
»So? Sie wird wohl über Nacht gewachsen sein.«
Sie neckte mich. Ich schüttelte heftig den Kopf.
»Nein, die steht dort schon seit Jahrtausenden.«
Mamie Lucie hielt die Hände ineinander verschränkt; es war eine Angewohnheit von ihr. Ihre Hände waren braun und wohlgeformt. Sie trug an drei Fingern breite goldene Ringe.
»Wahrhaftig?«, murmelte sie. »Und wie sah sie aus?«
»Es war eine Frau. Sie war riesengroß und schien aus dem Felsen zu wachsen. Und gleich unter ihren Füßen war der Höhleneingang! Mir will nicht in den Kopf, dass ihn noch keiner entdeckt hat.«
»Warum meinst du das?«
»Weil sonst der Ort voller Touristen wäre! Die Figur wird auch in keinem Buch beschrieben. Dabei habe ich schon so viele gelesen.«
Sie saß ganz ruhig da. Der Abendwind blies ihr ein paar Haarsträhnen ins Gesicht.
»Und warum glaubst du, dass es so ist?«

Ich dachte gründlich nach, rief mir die seltsame Erscheinung in Erinnerung. Nein, es war keine Einbildung gewesen: Ich hatte sie ganz deutlich gesehen, bevor sie, nur ein paar Minuten später, verschwunden war.
»Vielleicht kann man sie nicht immer sehen«, sagte ich laut. »Nur manchmal.«
»Hmmh?«, grunzte sie fragend.
»Vielleicht hing es vom Licht ab?«
»Das klingt nicht schlecht«, meinte Mamie Lucie. »Weiter.«
»Es könnte ja sein, dass man zur richtigen Jahreszeit da sein muss. Und an der richtigen Stelle, wenn die Sonne eine bestimmte Höhe erreicht. Und ihre Strahlen die Felswand in einem besonderen Winkel treffen. Sonst kann man tausendmal an dem Ort vorbeigehen und sieht nichts.«
Sie nickte anerkennend.
»Gut. Ich bin froh, dass du denken kannst.«
Ich war so glücklich, dass ich aufsprang und in die Hände klatschte.
»Dann habe ich also richtig geraten?«
»Das war kein Rätselspiel«, erwiderte sie, »sondern eine logische Überlegung. Setz dich!«
Ich tat, was sie sagte. Mamie Lucie sprach weiter.
»Als die Skulptur geschaffen wurde, sollten Unwissende sie nicht zu Gesicht bekommen und zerstören. Deshalb diese List. Und jene, die Bescheid wussten, gaben das Geheimnis unter dem Siegel der Verschwiegenheit an ihre Nachkommen weiter.«

Ich starrte aufgeregt zu ihr empor.
»Und du, Mamie Lucie? Hast du die Statue gesehen?«
Eine längere Pause trat ein, bevor sie endlich antwortete.
»Als ich mit dreizehn eine Frau wurde, hat mich meine Mutter zur richtigen Jahreszeit an die richtige Stelle geführt.«
Schlagartig verschwand mein Glücksgefühl.
»Und meine Mutter? Hast du mit ihr das Gleiche gemacht?«
»Ja.«
»Auch, als sie dreizehn wurde?«
Sie nickte wortlos. Ich fühlte, wie sich alles in mir verkrampfte.
»Im Januar werde ich fünfzehn«, stieß ich hervor.
Schweigen.
»Das ist nicht fair.«
Schweigen.
»Worüber grübelst du?«
Mamie Lucies Stimme klang sanft und rücksichtsvoll. Ich antwortete, mit einem Kloß im Hals: »Meine Mutter konnte mir die Figur nicht zeigen. Und du wolltest es nicht! Ohne Pardaillan hätte ich sie nie gesehen! Warum hat er das gemacht?«
Sie suchte tastend meine Hand und drückte sie.
»Das war eine besondere Sache zwischen dir und ihm.«
»Ja . . . aber . . . warum.«
»Er muss gespürt haben, dass Coralie dazu nicht imstande war. Und er wusste, was er zu tun hatte.«

»Aber woher wusste er das?«

»Kind, das ist etwas, das viele nicht wissen: Das Geschenk der Beobachtung wurde nicht nur den Menschen gegeben. Und inzwischen hat Pardaillan auch mir etwas beigebracht, nämlich dass ich versagt habe.«

Ich starrte sie an.

»Wie kommst du darauf?«

Der Anflug eines Lächelns zeigte sich auf ihrem Gesicht.

»Alle Menschen machen Fehler. Ich war blind und taub, aber Pardaillan nicht. Eigentlich beschämend, findest du nicht auch?«

»Ich . . . ich weiß nicht . . .«

Ihr Lächeln verschwand. Sie seufzte.

»Tiere haben einen Instinkt, der ihnen hilft, wenn wir Menschen im Dunklen tappen. Wie das funktioniert, weiß keiner.«

»Warum?«

»Weil wir nicht dazu bereit sind. Weil wir unsere Wahrnehmung mit zu viel schlechten Gedanken beladen. Es tut mir leid, Leonie. Du kennst meine Sorgen. Sie hängen mit . . . mit deiner Geburt zusammen.«

Es war ein Moment absoluter Hilflosigkeit; er ließ sich nicht aufhalten und ich war ihm ausgeliefert.

»Ziemlich heikles Thema«, sagte ich bissig. »Aber was kann ich dafür?«

»Habe ich dir jemals die Wahrheit verheimlicht?«

»Nein, das hast du nicht«, erwiderte ich beschämt.

Sie drückte meine Hand noch fester.

»Hör zu. Bei uns ist es immer die Mutter, die ihre Toch-

ter unterrichtet. Coralie war nicht dazu in der Lage. Dazu kommt etwas anderes: Du hast nicht die Gabe.«
Ich warf trotzig mein Haar aus der Stirn.
»Das hast du mir schon so oft gesagt.«
»Denkst du, das ist gemein, kalt?«
Ich wollte meine Hand zurückziehen, doch Mamie Lucie hielt sie fest.
»Ich gebe zu, dass ich lange Zeit ratlos war. Unser Wissen darf nicht vergeudet werden. Ich dachte, warten wir ab. Vielleicht erhalte ich ein Zeichen. Und siehst du nun, mein Warten hat sich gelohnt. Es ist Pardaillan, der für mich entschieden hat. Das hat eine besondere Bedeutung.«
Mein Zorn verging ebenso schnell, wie er aufgeflammt war. Ich rückte näher an ihre Seite.
»Warum, Mamie Lucie?«
»Weil die Statue die Göttin Epona darstellt.«
Ich sah sie fragend an und sie fuhr fort: »Bevor sich die Menschen einem männlichen Gott zuwandten, waren es die Göttinnen, die Himmel und Erde beherrschten. Epona war die Göttin der Pferde und der Fruchtbarkeit. Die heiligen Mächte waren die Kräfte der Natur: Wind, Wasser, Feuer, Erde. Epona lehrte die Menschen, alle Dinge zu lieben: die Berge, die Bäume, die Pflanzen und die Tiere. Es war eine wunderbare Art zu leben. Die Menschen waren frei. Sie nahmen sich nur, was sie brauchten, nicht mehr. Sie hörten die Bäume sprechen und die Tiere viele alte Geheimnisse erzählen. Die Menschen haben diese Zeit nicht vergessen. Sie lebt in ihrer

Erinnerung unter der Bezeichnung ›das Goldene Zeitalter‹ weiter.«

»Warum ging diese Zeit zu Ende?«

»Weil männliche Götter die Göttinnen verdrängten. Die Götter sagten, der Mensch hat die Natur zu beherrschen und der Mann die Frau. Daraus entstand alles Übel. Der Mann sah sich als Ebenbild Gottes, versklavte die Frau und tötete die Tiere zu seinem Vergnügen. Das Zeitalter der Gewalt und der Kriege, das daraufhin losbrach, besteht noch heute. Nun, auch diese Epoche geht ihrem Ende entgegen. Viel zu langsam, meine ich. Großes Leid wird noch geschehen und vielleicht wird ein Teil der Menschheit vernichtet werden, bevor endlich Friede und Gerechtigkeit herrschen. Ich werde es nicht erleben. Nicht einmal du, Kind. Aber mein Weg ist bald zu Ende. Deiner beginnt. Du wirst schon deine Aufgabe finden. Und wenn ich heute Abend so mit dir spreche, Leonie, so deshalb, weil du diese Dinge verstehst.«

»Du sagtest doch, dass ich nicht die Gabe habe.«

»Du hast eine andere Gabe.«

»Welche denn, Mama Lucie?«

»Die Tiere beschützen dich. Sie wissen, dass du sie liebst. Ja, Kind, alle Geschöpfe haben Gefühle. Tiere ähneln uns mehr, als wir glauben.«

»Das spüre ich auch. Aber ich rede nie darüber.«

Sie nickte.

»Ja, das ist auch besser. Viele Menschen können mit solchen Gedanken nicht umgehen. Aber du bist den Tieren

nahe. Vielleicht kannst du sie deshalb auch später heilen?«
Mein Herz klopfte.
»Tierärztin, ja, das wäre mein allergrößter Wunsch!«
»Dann darfst du die Dinge, die ich dir beigebracht habe, niemals vergessen. Aber du musst auch viel Neues dazulernen. Bis der Tag kommt, an dem du genug weißt.«
Was ich vorhatte, kam mir plötzlich groß und schwierig vor. Fast zu schwierig für mich. Doch wie stets schien Mamie Lucie in meinen Gedanken zu lesen.
»Ich weiß, du kannst es schaffen.«
Ich zerrte nervös an meinem Haar.
»Ich . . . ich weiß nicht . . .«
»Was redest du dir da ein? Hat Pardaillan dir nicht die Höhle gezeigt?«
Letzten Endes hatte sie immer recht. Das dumpfe Gefühl in mir verschwand. Ich war wieder voller Leichtigkeit und Glück.
»Dann wollte er also, dass ich die Höhle sah?«
Sie antwortete nachdenklich:
»Wer kennt die Seele eines Tieres?«
»Haben Tiere eine Seele?«
Mamie Lucies Gesicht glänzte, trotz der Puderschicht, und hatte fast die Farbe von Kupfer.
»Die Heiligen Schriften billigen ihnen keine zu.«
»Ach, das glaube ich nicht.«
Sie lächelte. Ihr Lächeln war jugendlich und lebhaft.
»Glaube an das, was du für richtig hältst, Kind. Ich gehe schon lange nicht mehr zur Messe.«

In diesem Augenblick fiel mir etwas ein, etwas Wichtiges.
»Als ich in der Höhle war, habe ich etwas gehört.«
»Was hast du gehört, Leonie?
»Ein Geräusch, als ob jemand durchs Wasser watete.«
Sie hörte aufmerksam zu, während ich erzählte, und nickte dann.
»Vor vielen Tausend Jahren war die *Ardèche* ein gewaltiger Strom. Als ein Erdbeben das Land verwüstete, trat der Fluss über die Ufer und bedrohte das Heiligtum der Göttin. Die Sage berichtet, dass Epona mit einem Zauberwort den Lauf des herabstürzenden Stromes aufgehalten hat. Dabei blieb Wasser in der Höhle gefangen und bildete drei kleine Seen. Epona aber verwandelte sich in einen Stein, um fortan ihr Heiligtum zu bewachen und jedem Menschen den Zutritt zu verwehren.«
Ich schüttelte den Kopf.
»Aber ich habe ganz deutlich Schritte gehört.«
»Das Echo deiner eigenen Schritte, vielleicht? Oder Steine, die von Felsen zu Felsen sprangen?«
»Schon möglich«, gab ich zu.
Die Sonne war jetzt ein rotes Glühen. In der durchsichtigen Dämmerung huschten Fledermäuse. Mamie Lucie sprach weiter, in Gedanken versunken.
»Eine Sage ist nur eine Sage. Jedoch, die Seen sind da. Man schrieb ihnen besondere Heilkräfte zu. Im Wasser wachsen Wurzeln und Pflanzen, die alle Düfte der Gräser, der Blumen und der Bäume in sich vereinen.«

Ich wartete und sie fuhr fort: »Es kamen viele Leute, um geheilt zu werden. Man tauchte die Kranken in das Wasser, so lange sie es aushielten, bis sie glaubten ihre Glieder würden zu Eis erstarren.«

»Und dann?«

»Dann wurden sie in warme Decken eingehüllt und kräftig abgerieben, damit sie sich erwärmten.«

»Und danach wurden sie gesund?«

»Das jedenfalls war früher. Später gerieten die Seen in Vergessenheit. Nur ganz wenige Menschen kannten den Zugang zur Höhle. Und die hielten den Mund. Man hätte ihnen Aberglaube vorgeworfen; die moderne Medizin galt als unfehlbar.«

Ich überlegte.

»Vielleicht war gerade jemand in der Grotte, der gesund werden wollte?«

So unwahrscheinlich sich das anhörte, Mamie Lucie schien nicht wirklich erstaunt.

»Wer weiß?«

Sie tätschelte meine Hand, bevor sie sich in ihrem Stuhl zurücklehnte. Eine Fledermaus schoss dicht an unseren Köpfen vorbei. Ich folgte ihr mit den Augen. Nach einer Weile sagte Mamie Lucie: »Du hast Ferien. Du solltest Coralie besuchen.«

Ich fuhr leicht zusammen. Es war immer eine große Qual, meiner Mutter zu begegnen. Es gab Tage, wo ich sie fast vergaß. Aber jedes Mal, wenn ich kurz dabei war, sie völlig zu vergessen, erinnerte mich Mamie Lucie an sie.

»Ich nehme an, dass es ihr an nichts fehlt«, sagte ich schroff.
»Sie möchte dich sehen«, sagte Mamie Lucie.
»Mich sehen? Ach, wirklich? Wie oft bin ich schon da gewesen? Für nichts.«
»Du musst Geduld haben.«
»Wie lange noch?«
Das letzte Tageslicht war verschwunden. Dumpf erhob ein Käuzchen seine Stimme.
»Vielleicht ändern sich die Dinge bald«, sagte Mamie Lucie.
»Glaubst du?«, murmelte ich verwirrt.
Und wenn ich auch den Sinn ihrer Bemerkung nicht ganz begriff, so versprach ich doch, am nächsten Tag nach Avignon zu fahren, um den Wunsch meiner Großmutter zu erfüllen.

6

Das Krankenhaus in Avignon war ein Bau aus den Siebzigerjahren, mit viel Glas und Beton und lag in einer kleinen Parkanlage mit holprig gepflasterten Wegen. Einige Frauen gingen unter den Bäumen spazieren; manche von ihnen hatten seltsam geformte Gesichter, bewegten sich auf Krücken oder saßen im Rollstuhl. Alle trugen die gleichen grauen Kittel, die gleichen gelben Socken und Sandalen aus Plastik. Auf einer Terrasse saßen ein paar Leute im Schatten und rührten sich nicht. Ich ging die paar Stufen hinauf. Am Empfang saß eine Ordensschwester und telefonierte. Sie legte den Hörer auf und lächelte mir freundlich zu.

»Leonie! Wie geht es dir?«

»Danke, gut, Schwester Bernarda«, antwortete ich höflich. »Ich habe Ferien.«

Sie zwinkerte mir zu.

»Die Ferien sind das Schönste an der Schule, nicht wahr? Kommst du wieder deine Mutter besuchen? Ich rufe eben mal an und sage, dass du da bist. Aber du kennst ja den Weg.«

Schwester Bernarda nahm den Hörer wieder auf, drückte einen Knopf. Sie sagte ein paar Worte und nickte mir zu. Eine Treppe führte zum ersten Stockwerk. Dann rechts, den Gang entlang. Es war sehr heiß, Fliegen summten. Vor einer geschlossenen Tür mit einer Glasscheibe wartete ich, bis mir aufgeschlossen wurde.

»Leonie! Wie nett dich zu sehen!«

Schwester Romana strahlte mich an. Sie war klein und gedrungen, mit einem runzeligen Apfelgesicht und leuchtenden blauen Augen. Wir begrüßten uns herzlich.

»Schön, dass du da bist! Deine Mutter wartet bestimmt auf dich.«

Was für eine Floskel, dachte ich bitter. Doch ich behielt den Gedanken für mich und fragte stattdessen: »Wann kann ich sie sehen?«

»Jetzt gleich, wenn du willst.«

»Wie geht es ihr, Schwester Romana?«

Ihr Gesicht wurde nachdenklich.

»In letzter Zeit habe ich den Eindruck, dass es ihr besser geht. Sie antwortet, wenn man zu ihr spricht. Ich gehe mit ihr oft im Garten spazieren. Mir scheint, dass sie die Dinge um sich herum besser wahrnimmt.«

Schwester Romana führte mich in einen großen, verdunkelten Raum, dessen grün gestrichene Wände Kühle vermittelten. Außer einem großen Kruzifix hing ein Kalender an der Wand, sonst nichts. Ein paar Tische waren da, Stühle und zwei große Sofas, knallrot bezogen. Einige Frauen waren mit irgendeiner Strick- oder Stickereiarbeit beschäftigt, eine ziemlich dicke Frau saß vor dem Fernseher. Eine andere spielte auf dem Tisch mit Papierservietten, aus denen sie Schiffchen formte.

Schwester Romana ging zielsicher durch den Raum bis zu einer Frau, die einsam auf einem Stuhl vor dem Fenster saß. Sie blickte auf die Rollvorhänge, still, die Hände im Schoß.

»Coralie, Ihre Tochter ist da.«

Die Frau rührte sich nicht. Ich sah sie nur im Profil. Auch sie trug wie alle anderen einen grauen Kittel und knallgelbe Socken. Die Socken waren eine Art Erkennungszeichen, falls eine von ihnen mal weglief.

»Coralie?«, fragte Schwester Romana. »Wollen Sie nicht mit Leonie sprechen?«

Die Frau wandte langsam den Kopf. Ihr kupferbraunes Haar war früher lang gewesen; man hatte es kurz geschnitten, damit es leichter zu pflegen war. Schwester Romana brachte mir einen Stuhl, bevor sie sich entfernte.

»Guten Tag, Maman«, sagte ich. »Wie geht es dir?«

Sie betrachtete mich mit leerem Blick wie aus weiter Ferne. Ihr Atem ging so ruhig, dass ich ihn kaum hörte. Ich verzog den Mund zu einem Lächeln.

»Maman, ich dachte, weil ich Ferien habe . . .«

Es gab eine Art Bewegung in ihr. Sie rutschte etwas mehr herum, wie um mich besser zu sehen. Ihr Gesicht hatte den Ausdruck, den man zuweilen bei ganz kleinen Kindern sieht, eine Art Verträumtheit, in sich geschlossen und behütet. Der verkniffene Mund passte nicht dazu und auch nicht die tiefen Schatten unter den Augen, blau wie zerquetschte Trauben.

»Wer bist du?«, fragte sie.

Diese Frage hatte sie mir schon früher gestellt. Es geht also wieder los, dachte ich, schmerzerfüllt.

»Maman, ich bin Leonie.«

»Wer bist du?«, wiederholte sie.

Sie sprach leise, im schleppenden Tonfall. Ich war mir nie ganz sicher, ob sie meine Antwort überhaupt wahrnahm.

»Ich bin deine Tochter«, sagte ich.

Sie schüttelte den Kopf.

»Ich habe keine Tochter.«

Ich schluckte schwer.

»Maman, hör zu . . .«

»Wo kommst du her?«, fiel sie mir ins Wort.

»Aus Audon.«

Sie zitterte plötzlich.

»Da war ich noch nie.«

»Doch, Maman! Du hast da gewohnt, vor langer Zeit . . .«

Ihre Stimme wurde schrill.

»Nein, ich war immer hier.«

»Aber Maman, du weißt doch . . .«

Ein merkwürdiges Flackern belebte ihre Augen. Ruckartig drehte sie sich von mir ab, ich sah nur noch ihren schmalen Hinterkopf.

»Geh weg«, keuchte sie. »Geh weg oder ich schreie!«

Ihre Muskeln verkrampften sich, sie streckte die Beine auf merkwürdige Art, atmete heftig und knirschte mit den Zähnen.

»Nein, Maman, bitte«, rief ich erschrocken. »Du tust dir ja weh!«

Schwester Romana war auf einmal wieder da, wie aus dem Nichts aufgetaucht.
»Schon gut, Coralie, schon gut«, sagte sie beschwichtigend. »Hier tut Ihnen niemand etwas Böses an, das wissen Sie doch.«
Sie berührte meine Schulter.
»Es tut mir leid, sie ist heute nicht gut aufgelegt. Vielleicht solltest du lieber gehen.«
Ich stand mit steifen Beinen vom Stuhl auf. Mein Gesicht glühte, meine Augen brannten.
»Ja, dann also . . . bis zum nächsten Mal, Maman.«
Sie starrte an mir vorbei, wobei sie ganz unverständliche Worte murmelte. Sie bewegte fieberhaft die Hände; ihre Füße in den grob gestrickten Socken zuckten und stampften. Es war, als ob sie mit unsichtbaren Stricken an den Stuhl gefesselt war, sich losreißen wollte und nicht konnte.
Schwester Romana zog mich behutsam fort.
»Hab keine Angst. Ich werde ihr gleich ein Beruhigungsmittel geben.«
Ich folgte ihr wie eine Schlafwandlerin. Draußen holte ich tief Luft. Meine Stirn fühlte sich klebrig an und ich hatte einen schalen Geschmack im Mund. »Willst du dich ein Weilchen ausruhen?«, fragte die Schwester besorgt.
Ich riss mich gewaltsam aus meiner Benommenheit.
»Nein, danke, es geht schon.«
Schwester Romana ging wie eine Halbwüchsige, schnell, elastisch und etwas nachlässig. Vor der Tür an-

gekommen, kramte sie einen Schlüssel aus ihrer Tasche.

Ich schluckte.

»Glauben Sie ... dass sie eines Tages wieder so wird wie früher?«

Sie verzog die Lippen zu einer kleinen Grimasse.

»Wie früher? Nein, das ist unmöglich. Sie ist ja schon zwölf Jahre hier.«

Ich spürte Tränen in mir aufsteigen.

»Das ist eine lange Zeit.«

Ich hörte ihre Stimme weit weg, wie hinter einem Nebelmeer.

»Siehst du, Leonie, der Mensch besteht aus verschiedenen Teilen, die sich im Laufe seines Lebens zusammenfügen. Coralies Tragik besteht darin, dass sie einen Teil ihres Lebens nicht sehen will.«

Ich wischte mit dem Handrücken über mein Gesicht.

»Kann sie geheilt werden?«

Sie nickte nachdenklich.

»Immerhin scheint sie dich trotz allem jetzt besser zu akzeptieren. Das ist ein gutes Zeichen.«

Ich bewegte mühsam die Lippen. Ich fühlte mich scheußlich.

»Wissen Sie noch, Schwester Romana? Früher, da wollte sie mich nicht sehen, einmal hat sie sich sogar unter dem Tisch versteckt.«

Die Erinnerung an meine Mutter, unter den Tisch gekauert, war mir noch heute wie ein Albtraum im Gedächtnis.

Sie legte mir tröstend die Hand auf den Arm.
»Ja, ich entsinne mich. Denk nicht mehr daran. Das ist vorbei.«
Ich knetete hilflos meine Finger.
»Wenn ich nur wüsste, ob ich wiederkommen soll oder nicht.«
Sie lächelte ihr schönes, warmes Lächeln.
»Soll ich dir was sagen? Ich glaube, sie freut sich, wenn du sie besuchst. Auch wenn sie selbst es nicht wahrhaben will.«

7

Pardaillan geht es nicht gut«, sagte Onkel Pierre am nächsten Tag zu mir.

Ich erschrak.

»Was ist los mit ihm?«

»Ich habe ihn den ganzen Tag im Stall gelassen. Mamie Lucies Mittel wirken nicht mehr. Die Koliken werden schlimmer.«

Zitternd stand ich da. Jeder Atemzug presste mein Herz zusammen.

»Und der Tierarzt?«

»Der war schon da. Er sagt, da ist nichts zu machen.«

Ich schüttelte heftig den Kopf.

»Er wird sich schon erholen.«

Er zog die Schultern hoch.

»Schon möglich. Aber für wie lange? Das ist es ja gerade.«

Ich lief an ihm vorbei in den Stall. Die Abendsonne fiel schräg herein. Pardaillans Fell schimmerte kupfern. Ich legte dem Tier die Hand auf die Schulter. Das warme Fell zuckte. Ich hatte Pardaillan ein Stück Salz mitgebracht, das er sehr liebte. Der Wallach leckte es von meiner flachen Hand; seine Lippen fühlten sich weich an, an seinen Nüstern perlten winzige Tropfen. Seine dichte, gekräuselte Mähne wehte über die lang bewimperten Augen. Ich sah Pierre, der mir gefolgt war, herausfordernd an.

»Er ist nicht krank! Überhaupt nicht.«

Das Pferd ließ die Ohren spielen. Ein Schauer lief durch den warmen Körper. Er blähte die Nüstern; ein sanftes Schnauben kam tief aus seiner Brust. Von dem wuchtigen Tier ging eine seltsame, gewaltige Ausstrahlung aus. Und doch spürte ich in mir nur Traurigkeit und Panik.

»Pardaillan, mein Schöner«, flüsterte ich.

Das Pferd stand still, horchte auf den Klang meiner Stimme. Plötzlich senkte es den Kopf und legte ihn an meine Schulter. Onkel Pierres kurzes Auflachen klang wie ein Seufzer.

»Kein Zweifel, er mag dich. Nur leider braucht das Pferd eine Spritze.«

Ich wirbelte herum und schrie ihn an.

»Das ist nicht wahr!«

»Also, wenn du der Meinung bist . . .«

Er wandte sich ab, machte sich mit der Heugabel zu schaffen. Ich holte ein paar Mal tief Luft.

»Komm, Pardaillan«, sagte ich, als ich mich wieder beruhigt hatte. »Ein wenig frische Luft wird dir guttun.«

Ich legte Pardaillan Zaumzeug und Mundstück an und führte das Tier wie gewohnt ungesattelt aus dem Stall. Der Himmel war saphirblau, vom Rand her rot gefärbt. Eine Ziege meckerte, Mückenschwärme tanzten im Dämmerlicht. Ich schlang die Zügel um mein Handgelenk, schwang mich auf den Pferderücken. Im Schritt ritt ich aus dem Hof, an der Weißdornhecke entlang und dem Kastanienwald entgegen.

Wir bewegten uns in einer Natur, die noch ihren Zauber bewahrt hatte, in einer Stille, in der nur der Bach mit gurgelnden Geräuschen floss. Die Sonne sank glutrot, in den Bäumen erklang das letzte, unsichtbare Zwitschern verschlafener Vögel. Mir kam die Skulptur am Felshang in den Sinn. Der richtige Zeitpunkt war vorbei. Die Göttin war nicht mehr zu sehen. Erst im nächsten Jahr wieder, dachte ich, zur geeigneten Stunde. Aber ich würde da sein und inzwischen ihr Bild in meinem Herzen tragen.

Wir ritten an dem Löwentor vorbei; hinter der Villa überragten die Bäume das Haus. Alle Fenster waren weit offen, auf der großen Terrasse standen Gartenmöbel. Jemand spielte Klavier, ziemlich schlecht, wie ich fand. Die Melodie begann immer wieder von vorn und endete in einem Klimpern. Ein Mann rief fröhlich ein paar Worte, eine Frau lachte. Das Haus war voller Leben und Stimmen. Wahrscheinlich, dachte ich, sind die Leute nur für die Ferien hier. In einigen Wochen würde das Haus in seine Einsamkeit und Stille zurückfallen. Ich ritt weiter, bis zu einer Steigung. Da spürte ich, dass Pardaillan müde war. Onkel Pierre hatte nicht unrecht gehabt. Pardaillans Schritt war schwerfällig und schlürfend, sein Atem ging schwer und sein Fell, das ich streichelte, fühlte sich glitschig an.

»Bist du wirklich so krank?«, murmelte ich. »Kann das

möglich sein? Vielleicht ist es besser, du kommst wieder in den Stall.«

Ich ließ das Pferd wenden, führte es auf dem vertrauten Pfad zurück. Die Sonne zog sich zu einer purpurnen Kugel zusammen und verschwand, während auf der anderen Himmelsseite der zunehmende Mond über den Berg stieg. Pardaillan stolperte mehrmals, sein Atem rasselte. Plötzlich blieb der Wallach röchelnd stehen. Mit aufgeblähten, zitternden Flanken und gesenktem Kopf rührte er sich nicht mehr vom Fleck. Die Zunge hing geschwollen zwischen den langen gelben Zähnen. Ich sah, voller Schreck, wie dunkles Blut aus seinen Nüstern tropfte. Hastig glitt ich zu Boden.

»Pardaillan! Hab keine Angst! Ich führe dich zurück.«

Ich umfasste seinen klebrigen Hals; seine Ohren spitzten sich, wie um meine Stimme aufzufangen.

»Komm, wir gehen ganz langsam! Du wirst wieder gesund werden . . . das verspreche ich dir.«

Pardaillan machte taumelnd ein paar Schritte; auf einmal sackte er langsam in die Knie und dann auf die Seite. Er kam mir wie ein riesiger schwarzer Felsblock vor, ein Felsblock, der zuckte und atmete.

»Pardaillan!«

Schluchzend kniete ich neben dem Pferd nieder, strich über den mächtigen Kopf, rief seinen Namen. Pardaillan ließ ein Schnauben hören; sein Kopf bewegte sich schwach. Er wollte sich aufrichten, aber es gelang ihm nicht. Die Stille wurde jetzt nur noch von den leisen Geräuschen der einbrechenden Nacht unterbrochen.

Zweige knackten und rieben aneinander, der weiche Ton einer Eule ertönte. Ein Frösteln überlief mich. Es war die Stimme, die die Sterbenden rief. Was nun? Onkel Pierre holen? Nein, ich wollte Pardaillan nicht verlassen, nicht jetzt! Das Pferd war von Krämpfen geschüttelt, unter ihm hatte sich eine dunkle Lache gebildet, der beißende Geruch war kaum zu ertragen. Ich kauerte dicht neben dem Kopf des Tieres. Mit den Nägeln strich ich leicht und zärtlich über die Stirn, zwischen die Augen, sprach leise, tröstende Worte zu ihm. Stoßweiser Atem stieg aus Pardaillans gepeinigten Lungen. Der Wallach krümmte sich manchmal, wölbte den Hals und streckte den Kopf verzweifelt aufwärts, während seine großen, glänzenden Augen fast aus den Höhlen traten. Dann beruhigte er sich unter meinen Liebkosungen, fiel kraftlos auf die Flanke zurück, bis ein letzter, noch heftiger Krampf ihn schüttelte. Die verdrehten Augen gaben das von einem rötlichen Adernetz durchzogene Weiß des Augapfels frei. Ich schlang beide Arme um seinen Kopf, streichelte verzweifelt seinen Hals, seine Mähne. Allmählich beruhigte sich das schmerzgeplagte Tier, die furchtbaren Krämpfe ließen nach, der Atem ging regelmäßig. Eine Zeit lang lag das Pferd ganz still. Mit einem Mal hob ein tiefer, lang anhaltender Seufzer seine Flanken. Der schwere Körper zuckte, streckte sich ein letztes Mal, schied Blut und Schleim aus, bevor er sich endgültig entspannte. Ein Schweigen folgte, so dicht, als würde die Welt den Atem anhalten. Dann kam ein Luftzug auf, erzeugte in den Büschen ein

Knistern und Rascheln. Ein Flattern bewegte die Luft. Die Eule, die ganz in der Nähe auf einem Ast gesessen hatte, glitt durch die Nacht davon, wie ein riesengroßer, lautloser Schmetterling. Ich hob mein nasses Gesicht zu ihr empor. Es war, als ob sie, unter ihren Flügeln verborgen, den Geist des verstorbenen Tieres in die Weite der Nacht trug.

Einige Augenblicke verstrichen; ich spürte auf den Lippen den salzigen Geschmack meiner Tränen. Er ist glücklich jetzt, dachte ich, er hat keine Schmerzen mehr. Nach einer Weile fuhr ich mit dem Handrücken über mein verweintes Gesicht, putzte mir die Nase an meinem Ärmel. Ich wusste, dass Pardaillan mich immer beschützen würde, solange ich sein Andenken bewahrte. Das Gefühl empfand ich ganz stark, ohne es erklären zu können.

Ich nahm Pardaillan Mundstück und Zügel ab, bevor ich aufseufzend den Blick von ihm wandte. Dann richtete ich mich auf und wanderte in der Dunkelheit den Weg entlang. Der leichte Wind trocknete die Tränen auf meinem Gesicht. Der Mond stand jetzt höher am Himmel, aber er leuchtete nur schwach durch das Buschholz. Ich tastete mich den Weg entlang, den Blick auf den Boden gerichtet. Plötzlich hörte ich ein Geräusch, das nichts mit den üblichen Geräuschen des Waldes zu tun hatte. Es klang wie das Schleifen von Schritten. Ich zuckte zusammen, hob den Kopf. Fassungslos blieb ich stehen: Vor mir, auf dem Weg, stand ein Elfenkind.

8

Benommen starrte ich auf die Erscheinung. Wirklich erschrocken war ich nicht. Ich hatte meine Sinne gut geschult, ich spürte nichts Böses, als plötzlich, fast ohne einen Laut, diese helle Gestalt aus dem Nichts vor mir auftauchte. Ich empfand Neugierde und Unsicherheit und spürte, dass mein Gegenüber genauso verwirrt war ich. Natürlich war es kein Elfenkind, sondern ein ungefähr gleichaltriger Junge.

Überrascht und erstaunt zugleich, blickten wir einander an. Der Junge trug weite Shorts, ein riesiges T-Shirt darüber. Sein blondes Haar leuchtete; das Mondlicht teilte sein Gesicht in zwei Hälften, die eine hell, die andere dunkel. Einige Herzschläge lang rührte sich keiner von uns. Endlich tat der Junge den Mund auf:

»Du hast eben geweint, nicht wahr?«

Ich nickte unwillkürlich, ohne ein Wort über die Lippen zu bringen.

»Warum hast du geweint?«

Ich antwortete nicht.

»Hast du dich verlaufen?«

Stille. Die Tränen erstickten mich.

»Hey, was ist denn los mit dir?«

Endlich konnte ich sprechen. Ich sagte: »Mein Pferd ist gestorben.«

»Wann?«

»Jetzt gerade.«

»Jetzt gerade? Wo ist es?«

Ich ging voraus und führte ihn zu der Stelle, wo Pardaillans gewaltige Masse den schmalen Weg versperrte. Der Junge beugte sich über das Pferd, betrachtete es aufmerksam, soweit es die Dunkelheit zuließ. Dann hob er den Kopf und sah mich an.

»Koliken?«

Ich nickte schmerzerfüllt.

»Und der Tierarzt?«

»Der konnte nichts machen. Pardaillan war zu alt.«

»Ach, hieß er Pardaillan? Wie der Ritter?«

Ich nickte abermals.

»Tut mir wirklich leid, dass er tot ist«, sagte der Junge. Dann Schweigen. Wir wussten uns nichts mehr zu sagen. Meine Wangen glühten, mir war zum Erbrechen übel. Nach einer Weile putzte ich mir die Nase am Ärmel.

»Ich . . . ich muss jetzt gehen.«

»Wohnst du weit von hier?«

Ich schüttelte den Kopf.

»Nein, ganz in der Nähe. Und du?«

»In der *Villa Theotime.*«

»Die mit dem Löwentor?«

»Ja, genau! Die gehörte früher meinem Onkel. Außen ein Kitschpalast – innen eine Bruchbude. Zum Krummlachen, kann ich dir sagen. Jetzt hat meine Mutter das Haus geerbt. Wir müssen alles instand setzen, den Fußboden sanieren, eine Heizung einbauen. Mein Vater sitzt auf der Leiter, streicht die eine Wand rot, die andere blau an. Und die nächste womöglich grün. Er ist Theaterregisseur, musst du wissen, und lässt sich das verrückteste Zeug einfallen.«

Die Art, wie er das sagte, war so komisch, dass ich unwillkürlich die Lippen verzog. Es war kein Lächeln, nein, nur eine kaum angedeutete, belustigte Grimasse.

»Wie heißt du?«

»Colin. Und du?«

»Leonie.«

»Klingt echt cool«, meinte er.

Wir gingen wieder zurück. Im Wald war es vollkommen still. Kein Lebewesen strich umher, nicht einmal die Eule war zu hören. Allmählich wurde mein Kopf wieder klarer. Irgendwie war ich froh, Colin begegnet zu sein. Es half mir, den Schmerz zu überwinden.

Nach einer Weile erreichten wir den Pfad, der an Onkel Pierres Hof vorbeilief. Ein ferner Lichtschein schien durch die Nacht. Ich blieb stehen und sagte: »Da wohnt mein Onkel. Ich muss ihm sagen, dass Pardaillan tot ist.«

Er zögerte.

»Alles in Ordnung mit dir?«

Ich seufzte.

»So richtig nicht. Aber es geht schon.«

»Kann ich morgen mal anrufen? Bloß um zu wissen, wie es dir geht?«

»Wir haben kein Telefon.«
»Wo wohnst du denn?«
»Gleich unten am Weinberg.«
»Da steht nur ein Haus, eins aus Stein.«
»Das gehört meiner Großmutter.«
»Ich sah eine Alte, die im Garten arbeitete.«
»Ja, das ist sie.«
»Oh«, murmelte er verlegen. »Vielleicht ist sie gar nicht so alt . . .«
»Doch. Sie ist über siebzig.«
Er pfiff zwischen den Zähnen.
»Ehrlich? Mensch, wie die noch den Spaten schwingt! Fran sagt, da muss man Übung haben.«
»Fran?«
»Meine Mutter. Eigentlich heißt sie Françoise. Den Namen kann sie nicht ausstehen.«
»Ach so.«
Wieder Schweigen. Endlich tat Colin den Mund auf.
»Dann also . . . Gute Nacht . . .«
»Ja, Gute Nacht«, murmelte ich, bevor ich mich umwandte und auf das Tor zulief. Ich hörte Cachu scharf bellen. So gutmütig, wie er war, bei Fremden wurde er misstrauisch.
»Still, Cachu«, beruhigte ich ihn. Aus der Wohnküche flackerte ein bläulicher Schein. Pierre und Mireille saßen vor dem Fernseher. Zögernd und zitternd stieß ich die Tür auf und erzählte. Mireille stellte den Fernseher leiser. Für Gefühle hatte sie wenig übrig. Immerhin tat es ihr leid, man sah es ihr an.

»Das Pferd war todkrank. Aber du wolltest es ja nicht einsehen. Das hast du jetzt davon.«
»Ich wusste nicht . . . ich wusste doch nicht . . .«
Ich konnte nicht weitersprechen, Tränen strömten über mein Gesicht. Pierre legte mir den Arm um die Schulter. Seine Stimme kam von weit her, durch das Geräusch meines Schluchzens.
»Mamie Lucie und der Tierarzt haben getan, was sie konnten. Es tut mir leid, Leonie. Jetzt hat er keine Schmerzen mehr. Das ist doch was, oder?«
Ich fuhr mit dem Handrücken über mein Gesicht.
»Ich . . . ich bin froh für ihn.«
»Es ist der Verlust, der so schmerzt«, sagte Pierre. »Nur der Verlust . . .«
Als ich wieder reden konnte, ohne zu weinen, beschrieb ich den Ort, wo das Pferd zusammengebrochen war. Pierre meinte, er würde das Tier gleich morgen wegschaffen. Er konnte das tote Pferd nicht der Natur überlassen, wie es früher üblich war. Die Leiche musste verbrannt werden.
Ich hatte schon einige tote Tiere gesehen – Hunde, Katzen, Esel. Nichts war mir bisher einfacher, natürlicher, der Ordnung der Natur angemessener erschienen. Ein Leichnam . . . ein Aas . . . nichts anderes. Aber Pardaillan, nein! Pardaillan war nicht mehr da. Er war fort . . . aber wohin?

Wie immer war es meine Großmutter, die mir in meinem Schmerz weiterhalf. Als ich durch die Tür kam, saß sie am Küchentisch und strickte. Über dem Spülbecken brannte nur eine schwache Neonröhre. Mamie Lucie brauchte nicht viel Licht, wenn sie strickte. Ihre Hände arbeiteten von selbst.

»Pardaillan ist tot«, stieß ich zitternd hervor.

Sie legte ihre Strickarbeit in den Schoß.

»Seine Zeit war abgelaufen. Das gilt für jedes Lebewesen, Mensch oder Tier.«

Ich zitterte stärker. Und jetzt war ich es, die Mamie Lucies Hand ergriff und sie presste, als ob sie mich vor dem Ertrinken retten konnte. Dabei erzählte ich, was ich erlebt hatte und wie das Käuzchen gerufen hatte, gerade als Pardaillan starb. Sie nickte vor sich hin.

»Siehst du nun? Die Natur zeigt uns mehr, als wir erkennen können.«

»Jetzt bin ich allein«, stöhnte ich. »Ganz allein.«

Sie streichelte meine Hand.

»Aber nein. Das meinst du nur. Komm, der Tee ist noch warm«, fügte sie hinzu.

Sie holte die Kanne, brachte zwei Becher und ein Steingutgefäß mit Honig, den wir vom Imker bezogen. Während ich meinen Becher unberührt ließ, schlürfte sie gleichmütig ihren Tee.

»So. Und jetzt hör zu. Pardaillan ist immer noch hier.«

Mein Herz tat einen Sprung.

»Wo denn, Mamie Lucie?«

»Bei dir, solange du an ihn denkst.«

Ich trank zögernd einen Schluck. Der Tee schmeckte frisch und belebend.

»Ich ... werde immer an ihn denken, mein Leben lang.«
Sie antwortete mit ihrer halb heiseren, halb sanften, doch auch fast singenden Stimme: »Gerade das ist wichtig. Pardaillan war immer bei deiner Mutter, in guten und in bösen Zeiten. Nur einmal, da war er nicht bei ihr und da geschah es. Es war nicht sein Fehler. War es Schicksal? Vielleicht eine Prüfung? Ich weiß es nicht. Ich bin sehr traurig, Kind, weil es dich schmerzt. Aber ich kann diese Sache nicht heilen.«
Ich betrachtete sie mit großen Augen.
»Auch du nicht?«
»Nein. Und schließlich, wozu auch? Was immer es war, was auch immer es ausgelöst hat, das Unrecht muss gutgemacht werden. In unserer Familie sind die Pferde Wächter. Wenn es sein muss, erschaffen wir uns unseren eigenen Ahnenkult. Das hilft, du wirst schon sehen. Die Welt ist ja ganz anders. Warum sollten wir geradeaus denken wie alle anderen?«
Ich lächelte ihr flüchtig zu, um ihr zu zeigen, dass ich mich besser fühlte, und kratzte den Rest des Honigs zusammen, wie Kinder es tun.
»Danach ... nach dieser Sache ... als ich auf dem Weg zu Onkel Pierre war, traf ich einen Jungen. Colin heißt er.«
»Kein Junge aus dem Dorf, also?«
Ich schüttelte den Kopf.
»Er wohnt in der *Villa Theotime* und ist nur in den Ferien hier. Seine Mutter hat das Haus von einem Onkel geerbt.«

Sie blinzelte.
»Mir scheint, das war kein Zufall.«
Ich zerknüllte mein Taschentuch, das schon ganz nass war.
»Ach, wie meinst du das?«
Ein kleines Lächeln umspielte ihre Lippen.
»Putz dir endlich die Nase, Kind. Du wirst schon sehen, alles wird gut.«
»Woher weißt du das so genau?«, fragte ich.
Sie stellte den Becher auf den Tisch und nahm gelassen ihre Strickarbeit wieder auf.
»Pardaillan wollte nicht, dass du traurig bist.«

9

Am nächsten Morgen, in aller Frühe, stand Colin vor dem Gartentor. Ich sah ihn vom Fenster aus, als ich mein Bett machte, und hatte ein komisches Gefühl. Pardaillan war tot und plötzlich war Colin da! Dazu noch um diese Zeit! Was wollte er von mir? Ich hatte gerade erst meinen Milchkaffee getrunken. Und an einen Zusammenhang, wie Mamie Lucie es mir weismachen wollte, hatte ich Mühe zu glauben. Inzwischen spazierte Colin geduldig vor dem Tor auf und ab. In den Garten traute er sich nicht. Ich stand mit angehaltenem Atem und beobachtete ihn, als ich Mamie Lucies Stimme hörte: »Leonie! Wie lange soll der Junge noch da draußen warten?«

Ich strich mir hastig eine Haarsträhne hinter die Ohren.

»Ich . . . ich gehe schon!«

»Tag«, rief mir Colin zu, als ich an die Haustür kam.

»Tag«, sagte ich spröde.

Gestern Abend hatte ich sein Gesicht kaum gesehen. Jetzt bemerkte ich das strohblonde Haar, das ihm weich über die Stirn fiel, das hübsche Gesicht, die braunen, freundlichen Augen. Jungen mit großen Händen und Füßen wirken oft ungelenkig. Aber ich fand, dass Colin gut aussah, weil er sich so unbefangen bewegte und ein offenes Lächeln hatte, ganz anders als das überhebliche Grinsen der anderen Jungen aus dem Dorf.

»Tut mir leid, wenn ich störe.« Colin zog entwaffnend die Nase kraus. »In den Ferien schlafen und essen wir, wie es uns gefällt, und platzen zu unmöglichen Zeiten bei den Leuten herein.«

»Das macht nichts«, sagte ich.

»Ich wollte nur wissen, wie es dir geht.«

»Ach, ich habe gedacht, ich werde krank.«

»Weißt du, was?«, sagte er. »Ich habe die ganze Nacht kein Auge zugetan.«

Ich wurde ein bisschen rot.

»Meinetwegen?«

»Irgendwie schon.«

Ich ging ans Tor, zog den Riegel zurück.

»Komm doch rein.«

Da trat Mamie Lucie in ihrem altmodischen, geblümten Kleid aus der Haustür. Colin grüßte befangen. Er wusste ja nicht, was ich erzählt hatte. Die Begegnung mit der »spatenschwingenden Alten« machte offenbar, dass er sich unbehaglich fühlte.

»Sie haben einen schönen Garten«, sagte er etwas steif.

»Ja, das finde ich auch.« Mamie Lucie lächelte ihn freundlich an. »Willst du sehen, was hier alles wächst?«

Ich dachte, für einen Jungen ist das doch wirklich nicht spannend. Aber Colin war sofort hellauf begeistert. Mamie Lucie wanderte mit ihm zwischen den Beeten umher, zeigte ihm Sellerie, Steckrüben, Lauch, Rettich, Knoblauch, Möhren und alle möglichen Kräuter. Ebenso interessant fand Colin die Sträucher und Bäume – Kirschbaum, Mandelbaum, Rosskastanie, Esche, Eukalyptus, Holunder, Zitronen- und Feigenbaum. Er stellte pausenlos Fragen und Mamie Lucie erklärte ihm alles bereitwillig und sehr genau.

»Wie sieht man, dass eine Frucht reif ist? Wenn sie abfällt?«

»Nein. Blätter und Früchte müssen gesund sein, denn sowohl das Blatt wie auch die Frucht ernähren sich von ihrem Träger, dem Baum. Fällt eine Frucht vom Baum, so ist sie nicht zur richtigen Zeit gepflückt worden. Wir sagen: Wenn eine Frucht vom Baum fällt, ist sie eine tote Frucht.«

Was mich am meisten überraschte, war, dass sich Mamie Lucie so entgegenkommend und gesprächig zeigte. Für gewöhnlich schlug sie Fremden die Tür vor der Nase zu. Und Tee bot sie nur ihren Patienten an. Aber jetzt saß Colin in der Wohnküche und schlürfte mit Behagen ihren Holundertee. Dabei trinken Jungen doch viel lieber Cola!

Später, als sich Mamie Lucie im Haus zu schaffen machte, gingen wir nach draußen und Colin sagte: »Mann! Ich bin echt beeindruckt.«

»Wieso interessieren dich diese Dinge?«

»Meine Mutter ist Physiotherapeutin. Von Naturheilkunde redet sie in sämtlichen Variationen. Wir hören kaum noch zu. Irgendwie nervt mich der Kram. Und irgendwie auch nicht. Und deine Großmutter, die ist wirklich spitze. Medizin hat sie doch nicht studiert, oder?«

Ich schüttelte den Kopf.
»Sie ist nie zur Schule gegangen.«
Er starrte mich an.
»Sag bloß, sie ist Analphabetin?«
»Nicht ganz. Was sie lesen will, das kann sie schon lesen, auch wenn ich ihr manchmal dabei helfen muss. Ihre Augen sind nicht mehr so gut wie früher.«
Colin war immer noch verblüfft.
»Ja, aber woher weiß sie denn so viele Dinge?«
»Das liegt bei uns in der Familie. Ihre Mutter wusste genauso viel.«
»Und deine Mutter?«
Mein Atem blieb in der Brust stecken. Es war wie ein Klumpen, groß und kalt, und tat so entsetzlich weh.
»Sie ist nicht da.«
Ich drehte den Kopf zur anderen Seite und Colin hielt den Mund. Wahrscheinlich hatte er gemerkt, dass ich nicht reden wollte. Als mir das Schweigen zu lange dauerte, fragte ich: »Und du, wo kommst du her?«
Colin erzählte bereitwillig. Seine Mutter kam aus Annecy, aber sein Vater war Schweizer.
»Wir wohnen in Lausanne.«
»Am Genfer See, nicht wahr?«
Er schien erfreut, dass ich mich auskannte.
»Also, Lausanne liegt an einem Abhang und alle Straßen sind steil. Geht man zu Fuß, ist man total außer Atem. Aber zum Skaten ist Lausanne der beste Ort der Welt! Warst du mal da?«
»Nein.«

Colin fuchtelte begeistert mit beiden Händen.
»Stell dir vor, man saust bergab bis zum See, fährt mit der Drahtseilbahn ins Zentrum zurück; und dann das Gleiche noch einmal, bis man nicht mehr kann. Macht irrsinnig Spaß! Fährst du auch Inlineskates?
Ich schüttelte den Kopf. Colin erzählte weiter.
»Jetzt, wo wir das Haus haben, werden wir öfter hier Ferien machen. Vorige Woche haben wir eine Höhle besichtigt.«
Ein Prickeln überlief mich.
»Hier gibt es eine ganze Menge.«
Er nickte.
»Mein Vater hat 'ne Vorliebe für Höhlen. Da kommen ihm die besten Einfälle für seine Bühnenbilder. ›Menschen und Höhlen, die stimmen überein‹, meint er. ›Wechselbeziehungen‹, nennt er das.«
Ich spürte erneut eine Gänsehaut.
»Was will er damit sagen?«
»Habe mir noch nie den Kopf darüber zerbrochen. Jedenfalls, gute Ideen hat er schon. Die werden auf der Bühne umgesetzt und sehen ganz toll aus, das muss ich schon sagen.«
»Ich . . . ich glaube, ich habe eine Höhle gefunden, die noch keiner kennt«, sagte ich, als ob ich laut dachte.
»Wo? Hier?«
»Ganz in der Nähe.«
»Wieso meinst du, dass sie keiner kennt?«
Zu spät wurde mir klar, dass ich ein Geheimnis ausgeplaudert hatte.

»Da ist eine Steinfigur, die man nur sehen kann, wenn die Sonne in einem bestimmten Winkel fällt«, erklärte ich zögernd. »Und gleich darunter ist der Eingang zur Höhle.«

»Mensch!«, rief Colin. »Die will ich sehen! Mich interessieren nämlich Höhlen, genauso wie meinen Vater. Nur anders.«

»Anders?«

Er nickte und gestikulierte, wie das so seine Art war.

»Ich – ich will Höhlenforscher werden. Oder Archäologe, jedenfalls etwas in der Richtung. Zu Hause suche ich täglich im Internet und finde immer neue Infos. Fran sagt: »Hör auf, die Schule ist wichtiger.« Also, ich weiß nicht! Wenn sie mir in der Schule bloß Sachen beibringen, die mich nicht interessieren? Surfst du auch im Internet?«

Ich schüttelte den Kopf.

»Ich habe keinen Computer. Aber ich lese jede Menge Bücher«, fügte ich schnell hinzu. Dank der Schulbibliothek und meinem »Schlüssel-Abkommen« hatte ich mir ja auch ein nicht unbeachtliches Wissen angelesen.

Er zog die Schultern hoch.

»Ein Computer ist besser.«

»Na ja, es geht auch ohne«, meinte ich starrköpfig und dachte, hoffentlich redet er nicht mehr von der Höhle. Aber Colin ließ sich nicht so einfach ablenken.

»Und die Steinfigur? Zeigst du mir, wo sie ist?«

Ich schüttelte den Kopf.

»Das nützt dir nichts. Der richtige Zeitpunkt ist vorbei.«

»Und wann kommt der nächste?«
»Erst wieder im nächsten Jahr.«
»Ach, hör doch auf!«
»Ehrenwort!«
Colin zog die Nase kraus.
»Macht den Eindruck, als wäre das eine ganz schön verrückte Sache«, meinte er. »Und was sieht man dann im nächsten Jahr? Einen Drachen mit Flügeln oder so ’n Zeug?«
»Nein, Epona.«
»Die Göttin der Pferde?«
Ich war freudig überrascht, dass er das wusste.
»Ja, und kennst du auch die Legende?«
Ich erzählte von den drei unterirdischen Seen und ihren Heilpflanzen.
»Meine Großmutter sagt, dass die Seen in alten Büchern erwähnt wurden. Aber heute sind sie völlig vergessen.«
»Und du?«, fragte er. »Bist du in der Höhle gewesen?«
»Nur am Eingang. Ich hatte ja keine Taschenlampe. Und weißt du, was? In der Grotte, da habe ich Schritte gehört. Schritte im Wasser.«
»Da war also jemand?«
»Ja . . . nein.«
»Ja oder nein?«
»Ich meine . . . vielleicht war es kein Mensch, sondern ein Tier.«
»Ein großes?«
»Kein kleines, jedenfalls.«
Er pfiff durch die Zähne. Die Sache hatte ihn gepackt.

»Den Eingang? Könntest du ihn wiederfinden?«
»Ich habe die Stelle gut im Kopf.«
»Und die Göttin? Vielleicht schickt sie uns giftige Dämpfe? Oder einen Dinosaurier?«
Ich lachte.
»Nein. Wer die Göttin sieht, darf in die Höhle.«
»Alles klar.« Colin lachte mit mir. »Hast du Lust, ein bisschen zu schnüffeln? Mit der Taschenlampe?«
»Wann denn?«
»Nach dem Essen, wenn du willst. Können wir zu Fuß gehen?«
»Wir müssen ein bisschen klettern, aber nicht lange.«
»Gut.«
Er sah auf die Uhr.
»Wir treffen uns hier. Um drei, geht das?«
Mir kam es plötzlich so vor, als hätte ich Flügel. Sie waren einfach da, über Nacht gewachsen. Mit diesen Flügeln konnte ich hoch über die Berge steigen, schneller als Pardaillan zu galoppieren vermochte. Ich sagte: »Mamie Lucie schläft nach dem Essen. Ich warte draußen auf dich.«

10

Seit einer Viertelstunde wartete ich vor der Haustür auf Colin. Ich hatte Mamie Lucie gesagt, dass er am Nachmittag vorbeikommen würde. Sie hatte nicht gefragt, was wir vorhatten. »Netter Junge und gar nicht hochnäsig«, hatte sie lediglich gesagt, als wir mittags am Küchentisch saßen und geröstetes Weißbrot mit Knoblauch aßen. Nun saß ich in der brütenden Mittagshitze, verfolgte mit dem Blick die Flaumwölkchen am Himmel und fühlte mich zunehmend schläfriger. Endlich sah ich Colins gelbes T-Shirt hinter der Weißdornhecke aufleuchten und hörte zwei Sekunden später seine Schritte.

»Tut mir leid, dass ich zu spät bin«, rief er atemlos.

Ich stand auf, gähnte und streckte mich.

»Ich wäre fast eingeschlafen.«

»Ich musste erst meine Sachen zusammensuchen.«

»Was für Sachen?«

Er deutete auf den kleinen Rucksack, der an seiner Schulter baumelte.

»Taschenlampe, Batterie. Seil. Werkzeug. Und eine Wasserflasche und mein Handy. Für alle Fälle.«

»Du bist wirklich gut organisiert«, meinte ich anerkennend.

»Hauptsache, uns passiert nichts.«

»Und deine Eltern? Wissen die Bescheid?«
Er grinste ein wenig verlegen.
»Eigentlich nicht. Fran hätte sich aufgeregt und Denis – mein Vater – hätte sofort gesagt: ›Nicht ohne mich.‹ Nein danke. Der würde ja nur von der Oper reden, die er gerade inszeniert.«
»Was für eine Oper?«
»Turandot.«
»Von Puccini?«
Er starrte mich verblüfft an.
»Menschenskind! Bist du aber gescheit.«
»Es geht auch ohne Internet«, sagte ich.
Er lachte und machte das V-Zeichen.
»Eins zu null für dich! Jetzt sag mal, wo geht's lang?«
Wir machten uns auf den Weg. Nur das einschläfernde Zirpen der Zikaden war zu hören. Beiderseits des Pfades ragten Sandsteinwände in den diesig blauen Himmel. Gelegentlich gab es Brüche im Sandstein; Schieferstreifen glitzerten darin wie Strassperlen. Als kleines Mädchen hatte ich sie für eine tropfende Flüssigkeit gehalten und daran geleckt.
Die Kletterei war problemlos; es gab viele Abzweigungen, aber ich wusste, dass ich mich nicht verlaufen würde. Es war drückend heiß. Colin wischte sich den Schweiß aus der Stirn.
»Ist es noch weit?«
»Wir sind gleich da«, sagte ich.
Wir überquerten eine natürliche Brücke aus Sandstein; tief unten stürmte grünes Wasser, Gischtschleier weh-

ten empor. Auf der anderen Seite fiel eine Felswand fast achtzig Meter senkrecht in die Tiefe. Colin und ich wanderten über einen Pfad, den Ziegen und Esel im Laufe der Zeit in den Boden getrampelt hatten; jener Pfad, der Pardaillan auch so vertraut gewesen war. Die Luft über den Steinen flimmerte, sonst regte sich nichts in der Landschaft. Ich wunderte mich, wie laut unser Atem ging. Obwohl ich in der Gluthitze vor Schweiß klebte, liefen mir kalte Schauer über den Rücken. Bald näherten wir uns der Felswand; ich hielt die Augen auf den Kalkstein gerichtet, bis ich den Einschnitt fand, stehen blieb und Colin bedeutungsvoll ansah.

»Hier.«

Er ließ seinen Rucksack zu Boden fallen, entkapselte eine Flasche und hielt sie mir hin. Unsere Finger berührten sich. Ich spürte ein ganz merkwürdiges Gefühl, eine Art Kribbeln. Ich konnte nicht sagen, was es war. Es kam wieder, mit jedem Atemzug, und hing irgendwie mit Colin zusammen. Ich warf ihm einen Seitenblick zu. Spürte er es auch? Unsere Augen trafen sich; seine Wangen waren plötzlich rot geworden.

»Hast du keinen Durst?«, murmelte er.

Ich wandte hastig das Gesicht ab, nahm einen großen Schluck. Der Augenblick der Befangenheit war vorbei. Wir tranken abwechselnd und fühlten uns besser. Schließlich wischte sich Colin mit der Hand über die nassen Lippen.

»Und wo ist die Göttin?«

»Die kannst du nicht sehen. Erst wieder im nächsten Jahr, das habe ich dir ja schon gesagt.«

»Ganz schön clever, die Leute, die sich das ausgedacht haben«, meinte Colin.

»Ich glaube, dass die Menschen früher mehr wussten als wir«, sagte ich.

»Mag ja sein. Aber das Internet haben sie nicht erfunden.«

»Sie hatten andere Dinge, das ist nun mal sicher. Das Problem lag darin, dass kluge Menschen über das, was sie wussten, nicht reden durften. Weil man sie sonst beschuldigt hätte, mit dem Teufel im Bund zu stehen.«

»Ach, Blödsinn!«

»Doch. Solche Leute wurden gefoltert und verbrannt. Am schwersten hatten es die Frauen. Man wollte nicht, dass sie selbstständig dachten und handelten.«

»Warum denn nicht?«

»Kirche und Staat bangten um ihre Macht. Alle mussten sich fügen; wer eine eigene Meinung hatte, musste sterben. Also wurden diese Frauen hingerichtet. Aber bevor es so weit war, wendete man die schlimmsten Foltermethoden bei ihnen an, damit sie gestanden, dass sie den Teufel gesehen hatten. Natürlich gestanden alle. Die Kirchenväter protokollierten, salbungsvoll und gewissenhaft. Zum Schluss segneten sie die Frauen ›Ego te absolvo‹ und der Henker setzte den Scheiterhaufen in Brand.«

Colin verzog das Gesicht.

»Also, das finde ich widerlich. Ich meine, man sieht so was in Horrorfilmen, aber das ist nicht dasselbe. Bin ich froh, dass ich nicht im Mittelalter lebe. Ich kriege ja schon Panik, wenn der Zahnarzt mit der Spritze kommt. Prost!«

Wir tranken. Die Flasche war leer und Colin presste das Plastik zusammen und stopfte es in seinen Rucksack.

»Man soll das Zeug ja nicht liegen lassen. Also los. Sehen wir uns das Loch mal an!«

Wir kletterten über die Steine, bis wir dicht unter der Felswand standen. Die Luft über den erhitzten Felsen flimmerte.

»Und jetzt?«, fragte Colin.

»Immer geradeaus.«

Noch ein paar Schritte und wir standen vor dem Spalt; die Öffnung war eng, aber groß genug, dass wir uns hineinzwängen konnten. Nach der Tageshitze war es drinnen kalt. Da wir beide nass geschwitzt waren, fröstelten wir sofort.

»Warte«, murmelte Colin.

Er wühlte in seinem Rucksack, brachte die Taschenlampe zum Vorschein und knipste sie an. Der helle Strahl huschte über die von glitzernden Schieferadern durchzogenen Kalksteinwände. Colin hob den Lichtstrahl. Mir stockte der Atem. Die Decke verlor sich in weitem, unsichtbarem Dunkel.

»Mindestens dreißig Meter hoch«, flüsterte Colin. »Mehr, würde ich sagen! Und wo ist das Zeichen, das du gefunden hast?«

»Hier.« Ich deutete auf das in die Felswand gemeißelte M-Zeichen.

»Irgendjemand hat den Buchstaben eingeritzt«, sagte ich, ohne Überzeugung. »Maurice? Mario? Marie?«
Colin fuhr mit der Hand über das Zeichen.
»Aber doch nicht fingertief! Stell dir mal die Arbeit vor. Und warte . . . das ist kein M!«
»Nein?«
»Nein. Das ist keltisch. Das Zeichen für Pferd und gleichzeitig für Sonne.«
Ich spürte ein Zittern in mir, in meinem Körper. Meine Kopfhaut prickelte.
»Woher weißt du das?«
»Alte Schriften und Zeichen interessieren mich eben. Sind noch andere da?«
Ich schüttelte den Kopf.
»Keine Ahnung. Weiter bin ich nicht gekommen.«
»Und wo hast du das Geräusch gehört?«
»Das kam von unten.«
»Komm!«
Colin hatte das Entdeckungsfieber gepackt. Er ging voraus, leuchtete mit der Taschenlampe. Der Lichtstrahl tanzte über tiefe Spalten und merkwürdige Steingebilde, die mich an ausgedrückte Zahnpasta erinnerten. Der Hang schien geradeaus nach unten zu führen. Die Wände leuchteten in verschiedenen Grautönen und waren glatt geschliffen. In dem Schacht war es so still, dass sogar unsere Atemzüge von den Wänden widerhallten und als schwaches Echo zurückgeworfen wurden. Der Stollen führte immer weiter abwärts. Zum Glück war die Luft nicht stickig.

Ich muss weiter, dachte ich, tiefer. Was erwartet mich in dieser Höhle? Was es auch sein mochte, es war ungeheuer wichtig für mich. Warum, das konnte ich nicht sagen. Das Gefühl war einfach da und ließ mich nicht los.
»Was meinst du«, fragte Colin, »sollen wir . . .?«
Ich fuhr mit der Zunge über meine trockenen Lippen. Jungen haben keinen Sinn für Gefahr. Die Kletterei sah einfach aus, aber auf jeden Fall täuschten wir uns. »Wir sind verrückt und leichtsinnig«, seufzte ich.
»Ach was! Wir müssen nur gut aufpassen.«
Meine Kehle wurde eng. Warum hatte ich mir das bloß in den Kopf gesetzt?
»Und wenn das Licht ausgeht?«
»Ich habe eine zusätzliche Batterie.«
Das Ganze war völliger Irrsinn. Wir fühlten uns wie Kinder, die vor Angst laut singend in den Keller gehen. Ich sagte: »Du hast an alles gedacht, wie?«
Wir kicherten beide, um uns Mut zu machen.
»Nicht an alles, nein«, sagte Colin. »Es kann auch schiefgehen . . .«

11

Allmählich wurde der Stollen kurvenreicher und schmaler. Die glatt geschliffenen Felsen reckten ihre Türme und Kamine empor. Merkwürdige Umrisse zeichneten sich ab. Steine aus verschiedenen Zeitepochen bildeten ein fantastisches Chaos, für eine Space-Oper das ideale Set.

»Menschenskind, mein Vater würde ausflippen«, stöhnte Colin. Ich hielt den Mund, achtete auf meine Füße. Wie leicht konnten wir ein Loch übersehen und hundert Meter in grauenhaft finstere Tiefen stürzen! Plötzlich blieb Colin so unerwartet stehen, dass ich gegen seinen Rücken prallte.

»Da, was ist das?«

Irgendwo in der Dunkelheit war ein Geräusch, aber so leise, dass wir zweifelten, ob wir überhaupt etwas gehört hatten. Wir standen wie erstarrt und lauschten. Einige Atemzüge lang war alles still. Dann hörten wir es beide: Irgendwo plätscherte Wasser. Im selben Augenblick sprühte die Taschenlampe nach oben wie ein Zauberstab, warf helle Flecken auf die Wand. Genau über unseren Köpfen war ein Zeichen geritzt, eine Art Spirale. Colin zog zischend die Luft ein.

»Das Zeichen für Wasser.«

»Hab ich doch gesagt! Mamie Lucie erzählt keine Lügenmärchen.«
»Ich habe gedacht, das kann nicht sein.«
»Doch. Das Wasser fließt unter der Erde.«
»Ja, aber woher kommt es?«
Ich versuchte nachzudenken. Aufgewühlt, wie ich war, brachte ich kaum eine vernünftige Erklärung zustande.
»Kann sein, aus der *Ardèche*. Irgendwann hat der Fluss die Höhle überschwemmt.«
Bis auf einer Höhe von drei oder vier Metern war der Felsen nahezu ausgehöhlt; der Fluss, der einst durch die Grotte brauste, musste gewaltig gewesen sein.
»Und dann hat sich das Wasser zurückgezogen.«
»Aber nicht von heute auf morgen.«
Tatsächlich musste der Vorgang Millionen von Jahre gedauert haben.
»Wir sollten aber . . .«, begann Colin.
Weiter kam er nicht. Aus der Tiefe drang lautes, regelmäßiges Plätschern. Es dauerte ein paar Sekunden – dann wieder Stille. Im Licht der Taschenlampe starrten wir uns fassungslos an. Es hörte sich wahrhaftig so an, als ob jemand durchs Wasser watete.
»Also doch Touristen?«, flüsterte Colin.
Ich schüttelte den Kopf.
»Unmöglich! Es sei denn, die Höhle hat zwei Eingänge.«
»Ich will sehen, was da unten ist«, sagte Colin.
»Ich auch.«
Vorsichtig wanderten wir weiter. Wir gingen gebückt, denn stellenweise hing die Decke bloß einige Zentime-

ter über unsere Köpfe. Streckten wir beide Arme zur Seite aus, stießen wir mit den Handflächen an den Stein, so eng war der Stollen jetzt. Auf einmal machte Colin ein warnendes Zeichen. Ich trat aufmerksam näher und erblickte ein Loch, das – wie es schien – waagerecht in die Tiefe fiel.

»Dahinter ist noch eine Höhle. Eine größere.«

Wir sahen einander an und zögerten.

»Wollen wir weiter?«

»Durch das Loch? Ist das nicht gefährlich?«

»Halt mal die Taschenlampe«, sagte Colin.

Er kauerte sich neben der Öffnung nieder, tastete die Ränder des Abgrundes von einer Seite zur anderen ab. Das Loch war ziemlich regelmäßig und hatte einen Durchmesser von etwa einem Meter; im Licht der Taschenlampe konnte man sehen, dass es zunehmend breiter wurde. Die Wände waren fast vollkommen glatt. Abgerundete Felsen ragten stellenweise heraus und glänzten matt im Halbdunkel.

»Es geht ganz leicht«, meinte Colin.

Er legte beide Hände flach auf den Boden, schob die Beine nach unten. Dann stützte er sich hinten mit den Händen ab, drückte das Kreuz durch und ließ sich in das Loch gleiten. Ein paar Sekunden später stand er wieder auf den Füßen und blickte mir von der anderen Seite entgegen.

»Komm!«

Ich reichte ihm die Taschenlampe, damit ich wiederum beide Hände frei hatte, und zwängte mich ebenso mühelos wie er durch die Öffnung. Colin zeigte mir einen Stein, auf dem ich bequem stehen konnte. Ich sah nach unten und schnappte hörbar nach Luft.

»Das ist aber tief . . .«

»Nicht so schlimm.«

Wieder ging Colin als Erster und leuchtete. Vorsichtig turnten wir hinab. Plötzlich wurde mir die Größe dieser Kammer bewusst; sie war hohl und steil wie ein Brunnen. Was mir merkwürdig vorkam, war, dass die Höhle nicht in völliger Dunkelheit lag. Von irgendwo her flutete Licht als schwacher, flimmernder Nebel herab. Inzwischen klang das Plätschern ziemlich laut. Es hörte sich an, als klatschten Steine ins Wasser, aber zu sehen war noch nichts. Ich fühlte, dass ich innerlich zitterte, und grub die Zähne in meine Unterlippe. Wir kletterten gemeinsam einige Meter abwärts. Tastend umgingen wir ein Steingebilde; da endlich gab uns der Schacht die Sicht frei. Was wir sahen, raubte uns den Atem. Unter der Felskuppe, auf der wir standen, fiel der Boden fast senkrecht ab. Und vor unseren Füßen, von Schieferwänden eingeschlossen, lagen drei kleine Seen, einer höher als der andere. Die Wasserspiegel schimmerten glatt und dunkel. Keine schwappenden Wellen, kein niederstürzender Sprühregen. Wie von unsichtbaren Deichen zurückgehalten, trat nicht einer der Seen über sein randvolles Becken. Unter der unbeweglichen Fläche musste das Wasser beständig und ruhig durch unterirdische Kanäle sickern und wieder abfließen.

Wir waren wie verzaubert – weder erschrocken noch

erstaunt. Wahrhaftig, wir waren in das Reich der Geister gedrungen! Würden sie uns willkommen heißen oder strafen?

Noch während ich darüber nachdachte, brach wieder das geheimnisvolle Plätschern die Stille. Etwas regte sich im Schatten. Und auf einmal sah ich im kleinsten, höher gelegenen Becken ein Pferd stehen. Das Wasser warf sein Spiegelbild zurück; es war, als ob zwei identische Tiere – in der Luft und im Wasser – im Helldunkel leuchteten.

Mein Atem stockte. Das konnte nicht wahr sein! Das konnte es ganz einfach nicht geben. Es musste ein Traum, eine Einbildung sein! Ich schloss die Augen vor Angst, das Bild könnte sich von einer Sekunde zur anderen in nichts auflösen. Blinzelnd öffnete ich sie wieder. Nein, es war Wirklichkeit!

Es war ein junger Fuchs, feingliedrig und ziemlich mager. Sein Fell hatte ein ganz helles Rot, das im Helldunkel fast grünlich schimmerte. Seine lockige Mähne war mit Tropfen besprüht. Ein paar Atemzüge stand das Tier unbeweglich da, den Hals argwöhnisch erhoben. Endlich bewegte es sich; kleine Blitze zuckten im Wasser, teilten sein Spiegelbild. Das Tier senkte den Kopf und drehte sich leicht, als ob es einfach eine bequemere Stellung suchte. Da bemerkte ich an seiner rechten Hinterhand eine lange und breite Wunde, ein Gemisch aus rotem Fleisch und grässlich zerfetztem Fell. Die Verletzung musste ihm furchtbare Schmerzen bereiten.

Ein paar Atemzüge standen wir da, unfähig, uns zu rühren. Auf einmal hob Colin im Bemühen, besser zu sehen, die Taschenlampe. Der Lichtstrahl zuckte auf. Im selben Augenblick ließ der Fuchs ein heiseres Schnauben hören. Sein Rücken spannte sich. Er machte eine Wendung und stob durchs Wasser, den schwarzen Spiegel in glitzernde Scherben zersprühend. Ein ungelenkiger Sprung brachte ihn auf den Rand des Beckens; humpelnd entfernte er sich in der Dunkelheit.

Sekundenlang warfen die Felswände das hämmernde Echo der Hufe zurück. Dann kehrte Stille ein; die Wasserfläche schwappte träge glitzernd, bevor sie wieder zur Ruhe kam.

Ich merkte, dass ich die Nägel in die Handflächen bohrte, und spreizte die Finger.

»Das Geräusch . . . klar doch, das war das Pferd!«

Die Taschenlampe in Colins Hand zitterte, als er fragend hervorstieß: »Wie . . . wie kommt bloß das Tier in die Höhle?«

»Ein zweiter Eingang«, sagte ich. »Und groß genug, um ein Pferd durchzulassen.«

»Kennst du das Tier?«

Ich schüttelte den Kopf.

»Nie gesehen.«

»Irgendwas ist nicht in Ordnung mit ihm. Es ist kein Wildpferd, aber es sieht völlig verwildert aus. Und die Wunde! Vielleicht Stacheldraht? Ziemlich schrecklich, finde ich.«

»Es gibt Leute, die mit Tieren nicht umgehen können.«

»Aber was hat das Pferd in der Höhle zu suchen?«

Allmählich kehrte mein Verstand zurück.
»Meine Großmutter sagt, das Wasser heilt Krankheiten.«
»Das kann ja stimmen. Aber woher soll das Pferd das wissen?«
Ich gab ihm die einzige Erklärung, die mir einfiel.
»Vielleicht hat es gemerkt, dass es ihm guttut?«
Vor Aufregung brach mir der Schweiß aus. Hätte das Tier nicht so einen verwahrlosten Eindruck gemacht, wäre es das schönste Pferd gewesen, das ich jemals gesehen hatte. Was für ein herrliches Gefühl musste es sein, das Vertrauen eines solchen Pferdes zu gewinnen! Aber ein Tier, das misshandelt wurde, vergisst nicht. Und um Freundschaft zu schließen, muss ein Pferd dem Menschen auf halbem Weg entgegenkommen. Was nun? Ich wollte auf jeden Fall wissen, wohin das Tier geflohen war. »Der andere Eingang, wo kann der sein?«
Ich sprach atemlos und flüsternd. Colin trat vorsichtig einen Schritt nach vorn und leuchtete über den Hang. Einige aufgetürmte Felsblöcke bildeten eine Art Leiter. Diesen Weg abwärts konnten wir schon nehmen, vorausgesetzt, dass wir einen sicheren Fuß hatten. Colin suchte die richtige Stelle, schwang sich mit einem Klimmzug abwärts. Er fand einen Stein, auf dem er stehen konnte, und winkte mir mit der Taschenlampe zu.
»Komm!«
Auf beide Handflächen gestützt, ließ ich mich behutsam hinunter. Dann rutschte ich noch ein Stückchen weiter, bis ich neben ihm stand. Absatz um Absatz kletterten

wir tiefer. Es war nicht besonders schwierig. Bald hatten wir ebenen Boden unter den Füßen. Im Helldunkel leuchteten die Seen wie dunkle Spiegel. Wir traten ganz nahe an den Rand heran. Das Wasser war nicht sehr tief, uns hätte es knapp bis an die Hüfte gereicht. Der felsige Boden war deutlich sichtbar. Ein seltsamer Duft stieg aus dem Wasser, so frisch, leicht und würzig, als ob alle Gerüche der Gräser, der Blumen und der Bäume sich in ihm vereinten. Staunend beugten wir uns über das Becken.

»Da wachsen ja überall Pflanzen!«, rief Colin.

Ich tauchte einen Finger ins Wasser und zog ihn sofort zurück.

»Eiskalt! Hier scheint ja nie die Sonne.«

»Irgendwo muss es Licht geben.«

Colin schwenkte die Taschenlampe. Der Strahl erleuchtete den Saal mit einem Schlag von unten. Vor Staunen blieb uns die Luft weg. Über einer gewaltigen Steinplatte, die flach war wie ein Altar, waren die Wände mit Gravuren bedeckt. Sie zeigten nichts als Pferde: springende, galoppierende, sich aufbäumende Pferde! Die größte Figur nahm fast ein Viertel der Felswand ein. Hoch aufgerichtet wie ein Wächter, schien das Tier auf die Seen herabzublicken. Die Gegensätze von Licht und Schatten hoben die Figuren noch deutlicher hervor. Aber da war noch mehr: Auf dem Altar lagen einige Gegenstände, die wir erst klarer erkannten, als Colin das Licht auf sie richtete. Der Anblick machte uns betroffen: Ja wahrhaftig, es waren Pferdeschädel! Doch nichts Un-

heimliches haftete an ihnen. Mit ihren entblößten Zähnen, den hohlen, leeren Augenwölbungen wirkten sie wie afrikanische Masken, golddurchströmt und edel.
Wir hörten nur unsere Atemzüge, bis Colin sagte: »Ich glaube, die haben hier Pferde geopfert.«
Ich schluckte.
»Sieht danach aus.«
»Ganz schön brutal«, meinte er.
»Noch früher gab es Menschenopfer. Auf der ganzen Welt war das so.«
»Warum wohl?«
Ich überlegte. »Die Menschen hatten Angst vor Dingen, die sie nicht kannten. Sie opferten etwas besonders Schönes und dachten: Jetzt kann uns nichts mehr passieren.«
»Waren die vertrauensselig . . .«
»Das sind sie heute doch auch noch.«
»Eigentlich merkwürdig, oder?«, meinte Colin. »Solche Dinge sollten sie doch etwas cooler sehen!«
»Manche bringen das eben nicht fertig.«
Wir schwiegen. Als ich den Blick hob, bemerkte ich, dass Colins Augen auf mich gerichtet waren. Sein Lächeln, offen und arglos, schuf zwischen uns eine ganz eigenartige, vertraute Übereinstimmung. Wer bist du?, dachte ich verwirrt. Wie hätte ich ahnen können, dass es einen Jungen gab, der so empfand wie ich? Ich hatte das Gefühl, als ob ich ihn schon lange kennen würde. Oder bildete ich mir das nur ein? Scheu lächelte ich zurück, wandte dann rasch das Gesicht ab.

»Wir sollten lieber gehen.«
Vorsichtig setzten wir uns in Bewegung. Bis auf eine Höhe von acht oder zehn Metern war der Felsen nahezu ausgehöhlt. Der Gang schien geradeaus zu führen und allmählich wurde es heller. Als der Stollen eine Kurve machte, heftete sich plötzlich ein heller Schimmer an Colins Haar. Wir hatten den zweiten Eingang gefunden! Tastend gingen wir weiter, schneller jetzt. Plötzlich fühlten wir, wie uns die Sonne den Kopf, die Schultern wärmte. Unsere Lungen sogen frische Luft ein. Eine große Öffnung kam in Sicht, von Sträuchern und dornigen Ranken verdeckt. Ein Wasserfall toste, jetzt plötzlich ganz nahe. Noch ein paar Schritte und wir waren draußen!
»Wo sind wir hier?«, schrie Colin.
Die Sonne schien uns waagerecht in die Augen. Vorsichtig trat ich aus dem Schatten. Unter einem Felsvorsprung schillerte glasig grün ein Wildbach. Ich brauchte ein paar Augenblicke, bis ich mich orientieren konnte. Wir befanden uns auf der anderen Seite der Felswand. Ein Nebenarm der *Ardèche* hatte hier eine Schlucht gegraben; das reißende Wasser war für Kanu- und Kajaktouren nicht tief genug.
»Die Stelle ist gefährlich«, schrie ich zurück. »Kommt ein Gewitter, steigt das Wasser.«
»Sofort?«
»In Minutenschnelle. Das Verkehrsamt warnt die Touristen. Aber es gibt ständig Unfälle.«
»Beschissen.«

»Tja. Die Leute sind leichtsinnig.«
Colin wischte sich den Schweiß vom Gesicht.
»Und das Pferd? Das sah doch irgendwie komisch aus, in der Höhle, nicht ganz wirklich, meine ich.«
Eine Feder schien mir über den Nacken zu streifen. Colin sprach genau das aus, was ich auch fühlte. Er hatte wie ein Traum vor uns gestanden, der rotgold schimmernde Hengst. Ich hatte sofort die scharfen Hufe bemerkt, die gefährlich zuckenden Muskeln, und gleich danach die Angst, die aus dem gebogenen Hals, den weit aufgerissenen Augen sprach. Es sah aus wie ein Tier, das selbst im Schlaf noch wachsam war, gespannt, und sein Mut war noch stärker als seine Furcht.
»Möchte mal wissen«, sagte Colin, »wie es den Eingang gefunden hat. Durch den Bach?«
»Wahrscheinlich. Das Wasser ist nicht tief. Da kann man gut rüber.«
»Und auf der anderen Seite?«
»Da ist ein Weg, siehst du? Unter der Felswand, da geht's am leichtesten.«
Ich streckte den Arm aus, doch Colin sah nicht hin. Er starrte an mir vorbei, mit einem merkwürdigen Ausdruck im Gesicht, die Augen aufs Gebüsch gerichtet. Ich folgte seinem Blick. Nur einige Schritte von uns entfernt ragte reglos ein orangeroter Pferdekopf aus den Sträuchern. Er war so unbeweglich, dass er fast unheimlich wirkte, als ob der Kopf vom Körper getrennt im Gebüsch hing. Die ganze Zeit über, während wir sprachen, hatte sich das Tier verborgen gehalten und mit keiner

Bewegung seine Anwesenheit verraten. Meine Halsmuskeln wurden steif, trotz der Hitze hatte ich plötzlich kalte Füße. Der wilde, leuchtende Kopf schien aus einer anderen Welt auf uns herabzublicken. Das Pferd rührte sich nicht im Geringsten. Ich spürte, wie angstvoll es war, trotz seiner gespannten Feindseligkeit.
Colin riss sich als Erster aus seiner Erstarrung.
»Vielleicht . . . wenn wir mit ihm reden . . .«
Ich drückte heftig seinen Arm.
»Bloß nicht! Das kann gefährlich sein. Bei manchen Pferden muss man aufpassen. Ich habe da Erfahrung. Komm, weg von hier! Wir tun einfach so, als hätten wir es nicht gesehen.«
Das Pferd hatte die Ohren zurückgelegt und schien aufmerksam zuzuhören. Behutsam wichen wir ein paar Schritte zurück. Ich ging voraus und Colin folgte mir, etwas verwirrt. Der unbewegliche Kopf war immer noch da, die großen Augen sahen uns nach, so angstvoll und drohend, dass es mir kalt über den Rücken lief. Nach ein paar Minuten fanden wir einen Abstieg, über den wir den Bach erreichen konnten. Er war ziemlich steil und nach mühsamer Kletterei hatten wir es endlich geschafft. Unsere Beine zitterten und der Mund war so trocken, dass uns die Zunge am Gaumen klebte. Wir beugten uns über den Bach, tauchten die Hände in das eiskalte Wasser.
»Trink nicht zu schnell«, warnte ich Colin. »Langsam, Schluck für Schluck.«
Er tat, was ich sagte. Die Sonne war aus dem Tal verschwunden, die blauen Abendschatten wurden länger.

Aus den Sträuchern und Bäumen erhob sich das leichte Rauschen, das die Nacht ankündigte. Schon kehrten die Vögel in ihre Nester zurück. Die Dunkelheit kam, und sie kam schnell. Der Weg über den Bach verlangte Vorsicht. Eine Weile leuchtete die Taschenlampe, dann war auch die letzte Batterie verbraucht. Vorsichtig hielten wir uns im Gleichgewicht, tasteten mit den Füßen jeden Stein ab, bis wir das andere Ufer erreichten. Colin sah die Leuchtziffer seiner Uhr und seufzte.

»Meine Eltern denken garantiert, dass ich irgendwo mit Knochenbrüchen liege.«

»Jetzt nur noch durch den Wald«, sagte ich. »Wir sind gleich da.«

»Was für ein Tag«, stöhnte Colin. »Ich habe Blasen an den Füßen.«

»Und ich ein blaues Knie.«

Colin sprach weiter, als ob er sich in der Dunkelheit Mut machen wollte.

»Hier gibt es tausend Höhlen und ausgerechnet wir finden eine, die noch keiner entdeckt hat. Wenn ich das nachher meinen Eltern erzähle . . .«

Ich blieb ruckartig stehen.

»Nein, warte! Noch nicht.«

Er starrte mich in der Finsternis an.

»Was soll ich denn sagen? Die wollen doch wissen, wo ich war! Und mein Vater, der ist ganz wild auf solche Geschichten.«

Ich schüttelte den Kopf. Ich wusste auf einmal, was ich zu tun hatte.

»Von der Höhle kannst du schon erzählen. Aber nicht von dem Pferd. Noch nicht, bitte! Ich . . . ich will nicht, dass es noch mehr Angst hat. Vielleicht . . . vielleicht kann ich dem Tier helfen. Aber das geht nicht, wenn wir zu zweit sind. Halt dich da raus, Colin, tu mir den Gefallen! Nur ein paar Tage lang. Es ist wirklich ganz wichtig.«

Er wirkte ein wenig gekränkt, aber immerhin, er lachte.

»Na schön, wenn dir so viel daran liegt . . .«

»Versprochen?«

»Versprochen! Ich sag kein Sterbenswörtchen von dem Pferd, solange du mir nicht grünes Licht gibst. Und von der Höhle, da erzähle ich einfach irgendwas. Okay?«

Ich nickte, ungeheuerlich erleichtert. Ja, er verstand mich! Es hätte auch anders sein können. Aber nein, er war so feinfühlig in diesen Dingen. Eine Art Schwäche überfiel mich. Wie ein unsichtbares Feuer, das mit sanftem Streicheln mein Gesicht erfasste. Es war ein aufwühlendes Gefühl, wie Fieber. Colins Augen glitten zu mir herüber, doch nur für eine Sekunde. Er ließ ein kleines Lachen hören; es klang verstört, als ob er nicht wusste, was er von sich selbst halten sollte. Stattdessen sagte er: »Du bist wirklich seltsam.«

Ich fuhr zusammen, sofort wieder ganz Abwehr.

»Wie meinst du das?«

Meine Stimme klang schroff, doch er zog bloß die Schultern hoch.

»Keine Ahnung. Du bist anders als andere. Aber ich muss schon sagen, du hast Mut.«

Ich holte gepresst Luft.

»Das ist überhaupt nicht wahr«, sagte ich matt.

»Doch.«

Ich schüttelte den Kopf. Es beunruhigte mich, dass er das so empfand. Ich hatte ein schlechtes Gewissen. Eigentlich wusste ich nicht genau, warum. Wahrscheinlich hing es mit allen anderen zusammen. Schon als Kleinkind hatte man mir beigebracht, dass es besser war, manche Dinge für mich zu behalten. Aber mit Colin war alles anders. Ich wollte nicht, dass er böse auf mich war. Allein die Tatsache, dass ich mit jemandem reden konnte, war neu für mich. Ein großer Schritt vorwärts, sozusagen. Irgendwie wurde mir dabei leichter ums Herz. Aber echtes Vertrauen ist etwas, was ich erst lernen musste. Und das ging nicht von heute auf morgen, wenn man seit Jahrhunderten Angst hatte.

12

Atemlos stieß ich das Tor auf, lief durch den Vorgarten. Das Küchenfenster war erleuchtet. Ein Nachtfalter schlug an die Scheiben. Ich blieb vor der Tür stehen, klopfte auf besondere Art mit den Fingerknöcheln. Mamie Lucie zog abends immer den Riegel vor. Drinnen schlurften träge Schritte. Die Tür ging quietschend auf. Ich schlüpfte durch den Spalt, zog gleich wieder den Riegel hinter mir zu.

»Du kommst spät«, sagte Mamie Lucie im strengen Tonfall.

Ich versuchte, wieder zu Atem zu kommen.

»Es tut mir leid.«

Mamie Lucie ging zum Ofen; sie drehte mir ihren mageren Rücken zu, rührte in einem Topf. Dann füllte sie einen Teller mit Gemüsesuppe und stellte ihn auf den Tisch.

»Iss, solange die Suppe noch warm ist.«

Ich setzte mich; ich hatte das Gefühl, dass mein Herz in meinen Wangen klopfte. Jetzt erst merkte ich, wie ausgehungert ich war. Wortlos leerte ich meinen Teller; die Suppe, mit Kastanien und Speck vermischt, schmeckte gut. Mamie Lucie setzte mir noch ein paar Schnitten Brot vor, füllte einen Wasserkrug und brachte ein Glas.

Ich trank nicht: Ich soff. Mamie Lucie ließ sich schwerfällig auf einen Stuhl fallen, sah zu, wie ich wieder zu Kräften kam, und sprach erst, als ich den Löffel mit leisem Klirren in den leeren Teller legte.

»Nun?«

»Ich war in der Höhle«, sagte ich.

»Alleine?«

Ich schüttelte den Kopf. Sie ließ mich nicht aus den Augen.

»Irgendjemand, den ich kenne?

»Colin. Er hatte eine Taschenlampe.«

Sie nickte vor sich hin.

»Ja, dieser Junge . . .«

»Anders ging es nicht«, rief ich lebhaft. »Sag mir, dass du mir nicht böse bist, Mamie Lucie.«

»Ich bin dir nicht böse.«

Ihre Mundwinkel zuckten, als ob sie lächelte.

»Und, was habt ihr gefunden?«

Ich wollte es ihr sachlich erklären. Alles schön der Reihe nach; doch sie sah mich an mit ihren schwarzen, lichterfüllten Augen und alles, was ich mir zurechtgelegt hatte, flog mir aus den Kopf. Ich wusste sofort, dass ich nicht vernünftig reden konnte. So sprach ich von allem fast gleichzeitig; von dem geheimnisvollen Zeichen, den drei Seen, dem Altar mit den blanken Pferdeschädeln. Und schließlich von dem roten Hengst im Wasser.

»Er ist wunderschön, Mamie Lucie! Wenn du nur wüsstest! Und so voller Zorn und Angst! Er hat eine schreckliche Wunde an der Hinterhand, rechts. Das Fleisch ist aufgerissen.«

Mamie Lucies Gesicht war ausdruckslos, aber die Stellung ihres Kopfes wirkte merkwürdig wach.

»Das Wasser hat eine große Heilkraft«, sagte sie langsam.

Ich beugte mich über den Tisch.

»Aber wie kann ein Pferd das wissen?«

»Vor langer Zeit«, sagte Mamie Lucie, »waren die Tiere unsere Lehrer. Wir lernten von ihnen, welche Pflanzen essbar und welche giftig waren. Die Tiere wussten, wo man Wasser fand. Sie zeigten den Menschen, wie sich das Wetter veränderte, wenn Sturm drohte oder Dürre ausbrach. Die Tiere wussten diese Dinge. Und sie teilten ihre Erfahrungen mit den Menschen.«

»Jetzt nicht mehr?«, fragte ich.

Auch wenn sie mit mir sprach, kam es mir vor, als blicke sie auf etwas, das nicht da war, etwas, das ihre tiefe Aufmerksamkeit erregte.

»Seit zweitausend Jahren nicht mehr«, sagte sie. »Aber manche Menschen erinnern sich heute wieder, dass die Tiere nicht unsere Sklaven, sondern unsere Freunde und Gefährten sind.«

Ich fühlte meine Wangen heiß werden.

»Und der Hengst?«

Ihr Blick wanderte über mich hinweg; sie hörte nicht, was ich sagte, sie lauschte in eine große Stille hinein, die in ihr war. Oder bildete ich mir das nur ein?

»Die Pferde haben es nicht vergessen«, sagte sie. »Das weißt du von Pardaillan.«

Worte können manchmal kompliziert sein. Aber ich glaubte zu wissen, was sie meinte.

»Ich möchte, dass er mein Freund wird«, sagte ich.

Mamie Lucie saß ganz ruhig, die Hände im Schoß verschränkt. So saß sie immer, wenn sie Besucher empfing. Sie hatte faszinierende Hände, die mehr Geschichten zu erzählen schienen, als ihr Mund.

»Vielleicht gelingt es dir«, erwiderte sie.

Ein Gefühl von froher Leichtigkeit durchdrang mich.

»Glaubst du das wirklich?«

Sie nickte sinnend vor sich hin.

»Dieses Pferd ist ein Wesen, das Schutz braucht. Es muss sich sicher bei dir fühlen.«

»Bei Pardaillan fühlte ich mich sicher«, warf ich ein.

»Ja, das ist der Unterschied«, meinte sie. »Jetzt musst du die Führende sein.«

In dieser Nacht hatte ich einen merkwürdigen Traum. Ich ritt den roten Hengst am Meeresufer; seine Wunde war geheilt und sein Schritt wunderbar weich. Ich fühlte, wie das Pferd mir vertraute und jede meiner Bewegungen vorausahnte. Das glitzernde Meer war ruhig und blau, aber unvermittelt kamen Wogen auf, riesige Wellentürme, hoch wie Berge. Es wurde plötzlich dunkel. Von Panik ergriffen, wendete ich das Pferd, jagte landeinwärts in wilder Flucht. Aber die grausigen Wellen verfolgten uns. Schon hatten sie den Strand überspült. Es gab kein Entkommen! Die Wassermassen holten uns ein, schlugen über uns zusammen. Ich hatte mit fürchterlicher Klarheit das Gefühl, dass die Welt unterging. Da bemerkte ich, dass die Wellen in Wirklichkeit Nebel waren. Wir ritten unversehrt weiter; vor uns schimmerte klares helles Licht. Plötzlich erblickte ich in der Ferne einen Schatten; er verwandelte sich in eine Gestalt, die Gestalt einer Frau. Das Licht warf auf ihr Haar einen kupfernen Schein. Sie breitete die Arme aus und rief meinen Namen »Leonie«. Ich sah sie an und all meine Sinne, mein ganzer Körper, sehnten sich nach ihrer Umarmung. Doch ich hatte das Gefühl, dass ich nicht vom Fleck kam, und trieb das Pferd zu voller Geschwindigkeit an. Vergeblich! Die Gestalt verschwand im Nebel, der Traum verblasste. Ich schrie verzweifelt auf – und wachte auf. Das Morgenlicht schien mir ins Gesicht und ich hörte die Hähne krähen.

Der Traum war zerronnen. Warum hinterließ er mir nicht den Kummer eines Verlustes? Ja, es war ein guter Traum gewesen. Vielleicht war es meine Mutter, die ihn mir geschickt hatte? Sprach sie zu mir, von Geist zu Geist? Wollte sie mir sagen, dass ich die Hoffnung nicht aufgeben sollte? Dass sie irgendwo auf mich wartete, vollkommen lebendig und bewusst? Dass es nur an mir lag, die Entfernung zwischen uns zu überwinden? Die Vorstellung raubte mir den Atem. Es war ganz ungeheuer wichtig, dass ich es schaffte. Aber wer half mir, wenn selbst Mamie Lucie nicht weiterwusste? Ein Bild flimmerte vor meinen inneren Augen, nahm die Gestalt eines Pferdes an. Das Bild festigte sich in mir, während die Sonne stieg, golden und warm. Ich warf die Decke

zurück, richtete mich auf und öffnete tastend das Fenster. Tief atmete ich die würzige Morgenluft ein. Ja, ich glaubte zu wissen, was ich tun musste.
Ich zog mich an und trank eine große Schale Milchkaffee, aß eine Brotschnitte. Zwei weitere Schnitten bestrich ich mit Kastanienmarmelade, wickelte sie in Papier. Ich nahm auch eine Schachtel Streichhölzer, ein Taschenmesser und stopfte alles in den kleinen Rucksack, den ich über meine Schulter hing. Aus dem Schlafzimmer meiner Großmutter drang kein Laut. Bevor ich mich auf den Weg machte, klopfte ich an ihre Tür. Ich dachte, vielleicht schläft sie noch. Doch ich hörte ihre raue Stimme.
»Ja?«
Ich öffnete die Tür einen Spaltbreit. Sie lag auf ihrem Bett, steif wie eine Tote, ihr strenges, stolzes Gesicht mir zugewandt. Das Haar, das sie nachts löste, umrahmte sie wie ein dunkler Schleier, fein wie gesponnene Seide.
»Mamie Lucie, ich . . . ich muss weg. Das Pferd wartet auf mich.«
Sie lag ganz still. Ihre Pupillen waren das Einzige, das sich bewegte.
»Bist du ganz sicher?«
Ich nickte wortlos und heftig. Die Sonne blendete und eine Fliege summte an der Scheibe.
»Dann musst du ihm einen Namen geben«, sagte sie, bevor sie sich langsam auf die andere Seite drehte.
Frühmorgens war der Himmel klar und der Duft wohlriechender Sträucher erfüllte die Luft. In der weiten und

einsamen Landschaft leuchteten die Ginsterbüsche. Ich wanderte höher über Pfade, die uneben, steinig und voller Löcher waren. Es waren die sogenannten »Drailles«, die uralten Wege, auf denen die Schafherden aus der Ebene im Frühsommer auf die Weiden des Hochlandes getrieben wurden. Hier und da ragten zerfallene Reste von alten Burgen oder Festungsmauern. Gestern Abend hatte die Dunkelheit sie verhüllt, doch im Morgenlicht warfen die Ruinen schwarze Schatten. Bald hörte ich das Rauschen der *Ardèche*. Das grüne Wasser schoss gegen die Felsen, Gischtschauer sprühten empor. Ich ließ den Fluss hinter mir, folgte dem Rinnsal im Schatten der Schlucht. Es dauerte nicht lange, da fand ich die Stelle, die zum anderen, höher gelegenen Ufer führte. Schritt für Schritt watete ich durch den Bach, kletterte den Hang empor. Plötzlich bemerkte ich einen handtellergroßen, merkwürdig abgeflachten Stein. Seine violette Farbe war ganz ungewöhnlich. Ich hob ihn auf; er zeigte ganz deutlich den Abdruck einer Muschel. Vor Jahrmillionen hatte hier das Meer die Berge überspült. Solche Versteinerungen, die man ab und zu fand, trugen die Kraft alter Zeitepochen in sich und waren als »Schutzsteine« sehr begehrt. Freudig schob ich meinen Fund in die Jeanstasche, und als ich den Kopf hob, sah ich das Pferd. Es stand ganz ruhig hinter den Ginsterbüschen und blickte mich an.

Mein Herz begann, heftig zu schlagen. Was nun? Die erste Begegnung zwischen Mensch und Tier ist ein empfindlicher Vorgang. Ich durfte den Hengst um keinen Preis erschrecken. Langsam ließ ich mich nieder, setzte mich auf den Boden. Wollte ich sein Vertrauen gewinnen, brauchte ich Zeit. Tiere spüren, wenn ein Mensch eine Beziehung zu ihnen sucht. Zufriedenheit, Langeweile, Freude oder Angst kann man bei ihnen ebenso gut erkennen wie bei Menschen auch. Was war mit dem Pferd? Wurde es misshandelt? Und die Verletzung? Selbst verursacht oder nicht? Lauter Fragen ohne Antwort! Mir fiel auf, dass sein Bein gut heilte; die Wunde war noch immer dunkelrot, aber die Schwellung nahm ab. Offenbar hatte das kalte Wasser die Entzündung gelindert.

Ich holte den Schutzstein hervor und hielt ihn fest in der Hand. Die Brandung vieler Jahre hatte den spiralenförmigen Tierkörper zu einer Art Rosenknospe geschliffen. Schutzsteine schenken ihren Trägern Macht und Stärke und die brauchte ich jetzt. Ich versuchte, meine Gefühle auf das Pferd zu konzentrieren. Ich mag dich, rief ich ihm im Geist zu, ich möchte dich kennenlernen! Ich hatte keine Ahnung, was in dem Hengst vor sich ging, doch ich sah ein gutes Zeichen in der Tatsache, dass er weder Schrecken noch Angriffslust zeigte. Nach einer gewissen Zeit begann das Pferd, sich leicht abzuwenden und ruhig zu grasen. Ein Tier kann Gefühle anhand von Körpersignalen entschlüsseln; scheinbar empfand er meine Anwesenheit nicht als bedrohlich. Was ich zu tun hatte, war nicht schwierig: mich still und unauffällig verhalten, mehr nicht. Ich musste versuchen, Teil der Umgebung dieses Pferdes zu werden.

So verging die Zeit; ich rührte mich kaum, achtete nur darauf, was das Pferd tat und warum. Mir fiel auf, dass es seine Umgebung sehr aufmerksam beobachtete, jedes Geräusch wahrnahm und oft aufhörte zu fressen, um sich misstrauisch umzusehen. Es brauchte immer sehr lange, bis es eine Störung nicht mehr beachtete. Manchmal wehten Stimmen undeutlich aus der Ferne herüber: Touristen, die mit dem Kanu den Fluss hinunterfuhren. Sofort ging das Pferd in Alarmbereitschaft. Es tänzelte jedoch nicht, wie angstvolle Pferde das manchmal tun, sondern stand mit zurückgelegten Ohren unbeweglich da. Es dauerte ziemlich lange, bis es sich beruhigte. Dann benahm es sich wieder ganz friedlich: Es scharrte nicht viel, schüttelte wenig den Kopf, scheuerte sich auch nicht an Baumrinden. Das bedeutete, dass es aufmerksam und kampfbereit blieb, immerzu, jeden Augenblick.

Und wie schön es war! Seine lockige Mähne war dicht und lang wie Frauenhaar und sein Fell schimmerte in jenem besonderen Rotorange der aufgehenden Sonne. »Du musst dem Tier einen Namen geben«, hatte Mamie Lucie gesagt. Mir fiel der alte Name »Solal« ein. Solal, der »Sonnige«. Ich sprach leise zu dem Pferd.

»Bestimmt hattest du früher einen anderen Namen. Aber das macht nichts. Von jetzt an heißt du Solal.«

Ich wiederholte mehrmals den Namen, zunächst flüsternd, dann zunehmend lauter. Der Hengst richtete die Ohren auf, blieb jedoch ruhig.

»Der Name gefällt dir, was?«

Ich wollte, dass er auf den Namen hörte. Ich wollte, dass er mir gehörte. Sein Anblick machte mich glücklich und froh. Und gleichzeitig weckte er in mir den Wunsch zu weinen. Irgendetwas an diesem Tier berührte mein Herz.

Mittag war längst überschritten, ich hatte gerade meine Brote verzehrt, als Solal sich plötzlich abwandte und zielstrebig auf die Grotte zuging. Mich beachtete er nicht mehr; offenbar tolerierte er meine Anwesenheit. Ich richtete mich behutsam auf, folgte dem Tier in gebührender Entfernung. Der Höhleneingang war völlig im Gestrüpp verborgen; ich selbst hätte Mühe gehabt, die Stelle wiederzufinden. Furchtlos trat Solal in den dunklen Spalt. Ich indessen zögerte. Ohne Taschenlampe konnte es gefährlich sein. Ich hatte Streichhölzer, aber ich wollte das Pferd nicht erschrecken. Anderseits fiel die Sonne ziemlich tief in das Loch, sodass der Gang nicht völlig dunkel war. Ein merkwürdiger Gedanke kam mir: Fast sah es so aus, als ob der Hengst ausgerechnet auf den Augenblick gewartet hatte, da die Sonne den Gang beleuchtete. Er ging zielstrebig weiter und wusste genau, wo der Weg enger wurde. Das Gestein funkelte grünlich und rostrot. Tropfsteingebilde hingen von dem Gewölbe herunter. Hier war es so still, dass jedes Geräusch widerhallte; ich hörte deutlich meine Atemzüge und das Klackern der Hufe dröhnte beunruhigend. Was, wenn Solal erschreckte, kehrtmachte und zum Ausgang floh? Er würde mich an die Wand quetschen und womöglich töten. Aber daran wollte ich nicht denken.

Nun hörte ich von weit her das gleichmäßige Plätschern von Wasser, roch den eigentümlichen Duft von frischen Blüten und Gräsern. Es kam eine heikle Stelle, in der es stockdunkel war, doch nach ein paar tastenden Schritten wehte mir kühle Luft entgegen. Der Stollen erweiterte sich; die Höhle war plötzlich von Dämmerlicht erfüllt, das durch Löcher in der Felswand drang. Wie feiner Nebel hingen die Lichtstrahlen über den Seen. Jedes Becken hatte seine eigene Farbe: Smaragdgrün das eine, Nachtblau und Schwarz die anderen. Sterne funkelten auf der dunklen Fläche, als der Hengst in das Becken schritt. Eine Weile stand er ganz ruhig und trank. Als ich mich langsam näherte, hob es das nasse Maul, an dem Wassertropfen glänzten und schlug mit dem Schweif. Doch aus seiner Haltung sprach kein Argwohn. Es hatte Vertrauen gefasst! Ich lächelte vor mich hin. Ich fühlte mich großartig. Behutsam trat ich an das Becken heran, tauchte meine Hand in das eiskalte Wasser und zog sie sofort wieder hinaus. Solal rührte sich kaum. Ich kam in die Versuchung, mich dem Pferd zu nähern, es zu berühren. Nein, heute nicht! Das Tier duldete mich in seiner Nähe, aber manche Dinge brauchen Zeit. Ich spürte, dass ich jetzt lieber gehen sollte.

»Bis morgen, Solal«, flüsterte ich, bevor ich mich Schritt für Schritt entfernte. Als ich mich ein letztes Mal umwandte, sah ich das Pferd im Wasser stehen, leuchtend wie eine Figur aus Kupfer. Der Anblick war so atemberaubend schön, dass es mir die Kehle zuschnürte. Ich

fühlte, dass es ein Band zwischen uns gab, irgendwo in einer Wirklichkeit am Rande der Träume.
Als ich aus der Höhle trat, merkte ich an der Stellung der Sonne, dass ich fast den ganzen Tag mit dem Pferd verbracht hatte. Mühelos kletterte ich den Hang hinunter, sprang über die Steine durch den Bach. Eine halbe Stunde später kam ich an der steinernen Einfassung der Villa vorbei; die Löwen auf ihren Säulen hielten unverändert Wache. Ein paar Atemzüge lang stand ich zögernd vor dem Tor. Ich hatte solche Sehnsucht nach Colin! Warum nicht durch den Garten gehen und dann die Steinstufen hinauf zur Villa? Ganz locker, ganz unbefangen, wie jedes andere Mädchen auch? Vielleicht würde Colin selbst an die Tür kommen und ich konnte mit ihm reden. Aber nein, völlig unmöglich! Colin kam aus einer Welt, die so ganz anders war als die Welt, in der ich lebte. Rasch wandte ich mich ab, lief durch den Kastanienwald unserem Haus entgegen. Bald wurde durch das Grün das alte Schieferdach sichtbar. Von dem schmalen, ungepflasterten Weg aus führte das kleine Tor in den Garten. Mamie Lucie saß wie immer auf ihrem strohgeflochtenen Stuhl neben der Tür. Und ihr zu Füßen, den Rücken an die Hauswand gelehnt, erblickte ich Colin.

13

Da ist sie ja«, hörte ich Mamie Lucie sagen, als ich den Garten betrat. Colin sah mich im selben Augenblick und sprang auf.

»Wo warst du die ganze Zeit?«

»Er hat sich Sorgen gemacht«, sagte Mamie Lucie im beiläufigen Ton.

Ich blinzelte argwöhnisch.

»Warum?«

Colin wurde rot. Wir schwiegen beide. Mamie Lucie stand auf und schlurfte ins Haus. Wir hörten die Bienen summen. Schließlich sagte Colin: »Hast du das Pferd gesehen?«

»Es heißt Solal«, erwiderte ich.

»Woher weißt du das?«

»Weil ich es so genannt habe.«

»Schöner Name«, meinte Colin. »Kennt es dich jetzt?«

Statt zu antworten, fragte ich: »Worüber hast du mit Mamie Lucie gesprochen?«

»Ach, über alles Mögliche.« Colin zeigte sein hübsches, aufrichtiges Lächeln. »Sie hat mir ein bisschen erzählt, warum sie abseits von der Menge und dem täglichen Kleinkram lebt. Sie will ihre Ruhe haben, sagt sie. Da kann sie besser über Dinge nachdenken, die wirklich wichtig sind.«

»Findest du das nicht verrückt?«

Er schüttelte den Kopf.

»Keine Spur! Das hört sich doch irgendwie großartig an.«

»Großartig?«

»Finde ich. Die meisten Leute, die erzählen immer das Gleiche. Die haben ein großes Maul, leben blindlings drauflos. Und jeder will mehr Geld verdienen als der andere. Wer das nicht schafft, macht Zoff. Deine Großmutter, die hat kein Auto, keinen Fernseher, keinen Computer. Die erzählt von Pflanzen und Tieren. Echt cool, finde ich.«

Ich holte gepresst Luft.

»Vielleicht denkst du, sie faselt nur was vor sich hin.«

»Überhaupt nicht.«

»Das denken aber manche Leute.«

»Nein, du kannst mir glauben, es ist mein tiefer Ernst! Deine Großmutter sagt, sie sieht die Leute an und kann sehen, was später aus ihnen wird. Aber sie sagt es den Leuten nicht. ›Warum?‹, wollte ich wissen. ›Stell dir vor‹, hat sie gesagt, ›ich erzähle einem Jungen, dass er mit zwanzig ein Unfall haben wird und im Rollstuhl leben muss.‹ Ich war echt erschrocken. Meinte sie womöglich mich? Sie hat sofort gemerkt, was ich dachte. Nein, ich würde alt werden und viele interessante Dinge erleben. Ich habe gefragt: ›Woher wissen Sie das?‹ Da hat sie gelacht. ›Die Vögel haben es mir gezwitschert!‹ Das ist natürlich nur eine Redensart. Ich denke einfach, dass sie scharf beobachtet. So ähnlich wie Fran, die sofort sagen kann, ob ein Kind starke oder schwache Knochen hat, ob es zu klein oder zu groß ist oder ob es genügend zu essen hat. Das habe ich ihr gesagt und sie meinte, das sei richtig. Deine Mutter hätte das auch gekonnt, genauso. Und sie hätte viele Leute geheilt, bevor sie selbst krank wurde und in eine Klinik musste.«

Ich zuckte heftig zusammen. Ein Schauer lief mir durch den ganzen Körper, bis in die Kniekehlen hinunter.

»Sei still«, sagte ich rau.

Er blickte mich überrascht an.

»Wieso? Was ist los?«

Ich presste die Zähne zusammen.

»Hör auf, ich will nicht davon reden.«

Er machte ein betroffenes Gesicht.

»Aber das hat mir deine Großmutter erzählt! Ehrenwort! Es tut mir leid, wenn . . .«

In diesem Augenblick stieß Mamie Lucie die Haustür auf.

»Kinder, wollt ihr nicht reinkommen und etwas trinken?«

Ich ging mit raschen, wütenden Schritten an Colin vorbei ins Haus. Auf dem Tisch stand kalte Milch in einem Krug, mit Sanddornmark verrührt und mit Wasser verdünnt. Wir setzten uns und Mamie Lucie füllte zwei Gläser. Ich konnte nicht vermeiden, dass ich zitterte. Sie warf mir einen aufmerksamen Blick zu.

»Nun, Leonie, was beschäftigt dich?«

Ich starrte auf mein Glas, ohne es anzurühren. Sie hob

wie beiläufig die Hand, strich mit den Fingerspitzen über meine Schulter. Nur mal so. Es hätte auch Zufall sein können. Ich griff nach dem Glas und trank in großen Schlucken. Sie nickte mir zu.

»Jetzt erzähl mal, wie es mit dem Pferd war.«

Mit dem Pferd? Ich hob mein verschwitztes Gesicht zu ihr empor. Mamie Lucie tat und sagte nichts ohne Absicht. Aber was hatte sie diesmal im Kopf? Was nur? Ich holte tief Luft und erzählte.

». . . und dann ist er in die Höhle gegangen. Ich bin ihm gefolgt.«

»Ohne Taschenlampe?«, rief Colin ganz erschrocken.

Ich zog die Schultern hoch.

»Ach, viel Gefährliches war nicht dabei. Ein kleiner Abschnitt war stockdunkel, das schon, aber gleich danach kam wieder Licht in die Höhle.«

»Und was war mit dem Pferd?«

»Zuerst hat es getrunken. Und dann hat es sich einfach ins Wasser gestellt und seine Wunde gekühlt.«

»Hattest du keine Angst?«, fragte Colin.

Ich schüttelte den Kopf, steckte die Hand in die Jeanstasche und zog die Versteinerung hervor. Sie war noch warm von meiner Körperwärme. Ich hielt sie Colin hin; er nahm sie in die Hand und betrachtete sie interessiert, wobei er leise durch die Zähne pfiff. Mamie Lucies Gesicht zeigte eine Mischung aus Belustigung, Zuneigung und Rührung.

»Ein Schutzstein! Es war kein Zufall, dass du ihn heute gefunden hast.«

»So einen möchte ich auch«, seufzte Colin mit einer Spur von Neid. »Aber ich habe nicht so viel Glück wie du.«
»Ich habe überhaupt kein Glück«, entgegnete ich, plötzlich herb und verschlossen.
Mamie Lucie lächelte auf ihre verstohlene Art.
»Nun, wer weiß? Das Glück kann nicht von außen kommen. Solal lässt dich in seine Nähe. Warum wohl? Die meisten Tiere werden mit Vertrauen geboren; sie vertrauen allem und jedem, solange sie keine Ursache haben, es nicht zu tun. Solal hat sein Grundvertrauen verloren, das ist eine tragische Wendung in seinem Leben. Aber ich denke, dass du ihn heilen kannst.«
»Wovon redest du?«, murmelte ich unhöflich.
»Von der Gabe. Von der Gabe, die in dir ist. Sei bitte nicht stur, Leonie. Ist dein Gehirn verrostet?«
Colin verbiss sich ein Lachen. Ich wurde rot und zog die Schultern hoch. Ich wollte einfach nicht begreifen, was sie sagte. Doch Mamie Lucie sprach unbeirrt weiter.
»Es gibt kein Feuer, das nicht brennt, keinen Regen, der nicht nass macht. Natürliche Dinge lügen nicht.«
Colin wird denken, die ist nicht bei Trost, dachte ich bitter. Doch er hörte aufmerksam zu und fragte: »Woher wissen Sie das alles?«
Sie antwortete freundlich: »In unserer Familie vergessen wir die Wahrheiten nicht.«
»Und Leonie?«
Sie warf mir einen kurzen, intensiven Blick zu.
»Leonie wird anders sein. Es ist nicht ihre Schuld. Nun, sie wird Neues erfinden.«

Ich versteifte mich und hob abwehrend die Hand.
»Warum erzählst du ihm das alles?«, rief ich wütend.
Sie sah an mir vorbei und ihr Lächeln galt Colin.
»Warum? Weil er richtig zuhören kann«, erwiderte sie gelassen.

14

Seit mehreren Stunden kauerte ich am Boden und betrachtete den Hengst, der ruhig graste. Ich saß näher bei ihm als gestern und er zeigte keine Scheu. Ich beobachtete ihn genau. Er hatte einen flachen Rücken, starke Muskeln und kräftige Vorderbeine. Der Widerrist war schmal. Er musste ein fantastisches Rennpferd sein! Ich empfand ein seltsames Gefühl für diesen Hengst. Er konnte zwar Pardaillan nicht ersetzen; Pardaillan war für mich ein Beschützer gewesen. Aber dieser Hengst kam mir wie sein jüngerer Bruder vor. Auf besondere Art zeigte er Eigenschaften, die mir vertraut waren: Schüchternheit, Misstrauen und gleichzeitig ein starkes Bedürfnis nach Freundschaft. Unwillkürlich hörte ich mich sagen: »Du und ich, wir sind uns irgendwie gleich.« Ich hatte kaum die Lippen bewegt, aber Solal hatte ein feines Gehör. Er hob den Hals, blickte wachsam in meine Richtung. Ich hielt den Atem an. So groß und prachtvoll war das Tier und doch so verletzlich, jeden Augenblick zur Flucht oder zum Angriff bereit.
»Hab keine Angst«, flüsterte ich. Mir war, als ob ich zu mir selbst sprach. »Es wird schon alles gut werden.«
Das Pferd stand still, bewegte nur die Ohren. Einer plötzlichen Eingebung folgend, erhob ich mich und trat

langsam auf ihn zu. Solal beobachtete mich; jeden Augenblick konnte sich seine mächtige Körperkraft in einem Ausbruch wilder Panik gegen mich wenden.
»Sei ruhig . . .«, flüsterte ich, »ganz ruhig . . .«
Solal wich nicht zurück, beobachtete mich abwartend. Wieder ein Schritt, dann der nächste. Und noch einer . . . Behutsam streckte ich den Arm aus und legte dem Hengst die Hand auf die Schulter, so leicht und ruhig, als ließe sich ein Insekt darauf nieder. Ich sah, wie das goldene Fell in ängstlichem Misstrauen leicht zusammenzuckte.
»Ich tue dir nichts«, sagte ich, während ich über Widerrist und Mähne strich. Meine Finger bewegten sich Zentimeter für Zentimeter. Jede Bewegung war langsam, aber fest. Viele Pferde sind empfindlich am Bauch und an den Flanken, deswegen berührte ich sie nur mit größter Vorsicht. Nach einer Weile drehte Solal langsam den Kopf zu mir, beschnupperte mein Haar. Ich rieb ein wenig seine Ohren, bevor ich die Hand wieder den Hals hinunterwandern ließ. Solal bewegte sich immer noch nicht, doch nach einigen Minuten trat er einen Schritt zurück, als wollte er sagen: »Genug für heute.« Dann wandte er sich ab, ging langsam und entspannt der Grotte entgegen. Diesmal folgte ich ihm nicht. Das Tier hatte meine Annäherung geduldet, aber ich durfte nichts überstürzen. Morgen würden wir weitersehen.

Überglücklich machte ich mich auf den Heimweg. Ich ging in meinen eigenen Spuren, zur Sicherheit, aber auch, weil

Tiere immer der gleichen Fährte folgen. Ich tat es im Bewusstsein, dass ich ihr Leben begreifen konnte, ein Teil ihrer Fähigkeiten besaß, die in mir waren wie Träume. War das die Gabe, von der Mamie Lucie gesprochen hatte? Ich wollte es glauben. Aber ich brauchte Kraft, viel Kraft, um mit ihr umzugehen. Ich durfte mich nicht vor ihr fürchten, im Gegenteil: Ich musste mich nur endlich klar für sie entscheiden. Vielleicht musste ich auch aufhören, mich auf Mamie Lucies Worte zu verlassen und meine eigenen Antworten suchen?

Als ich das Löwentor von dem schmalen Waldpfad aus erblickte, wollte ich schnell vorbeigehen, doch da entdeckte ich Colin mit einem Buch in der Hand, der auf der Mauer saß. Er sah mich im selben Atemzug, sprang auf die Füße und kam mir entgegen.

»Ich habe auf dich gewartet«, sagte er und grinste mich an.

Ich blieb stehen. Mein Herz schlug laut. Das plötzliche Aufleuchten in mir, woher kam es? Doch unwillig antwortete ich: »Hast du nichts Besseres zu tun?«

Er lächelte entwaffnend.

»Nein. Ich habe Ferien. Komm! Meine Eltern wollen dich schon lange kennenlernen.«

Ich zog die Schultern hoch.

»Ach wo.«

»Sei doch nicht so«, sagte er beschwichtigend. »Sie sind schon richtig neugierig.«

Ich wich finster seinem Blick aus.

»Auf mich?«

»Auf wen denn sonst? Los! Stell dich nicht so an!«
Er nahm meine Hand; ich holte tief Luft und folgte ihm widerwillig durch das Löwentor. Mir war, als betrat ich eine andere Welt, ein neues Leben. Ich sagte nichts, während wir über den gewundenen Kiesweg gingen, vorbei an dem silbrigen Blau der Zypressen. Jeder Baum, jeder Zweig warf einen langen Schatten. Noch nie hatte ich jemanden so gerne leiden gemocht wie Colin. Doch tiefer als jede Zuneigung lag in mir eine grundsätzliche Angst, gegen die ich machtlos war. Am liebsten wäre ich davongerannt.

Inzwischen lichteten sich die Bäume; das Haus kam in Sicht. Wie groß es war, mit seinen hohen Fensterflügeln! Die Wände waren aus uralten, dicken Steinen und an der Ostseite befand sich ein Turm. Der schwere Duft schneeweißer Jasminblüten, süß, ölig und geheimnisvoll, mischte sich mit dem frischen Geruch der Zitronenmelisse. Eine weit ausschwingende Steintreppe führte zu einer Terrasse, die in der heißen Sommerzeit als Wohnraum diente. Ein Tisch und ein paar Korbstühle mit bunten Kissen standen dort; aus einem dieser Stühle erhob sich jetzt eine junge Frau. Sie hatte ein freundliches, ruhiges Gesicht, das kastanienbraune Haar war kurz geschnitten. Sie trug ein T-Shirt, weiß, nicht zu weit, nicht zu eng. Dazu Shorts. Sie hatte lange braune Beine und war barfuß.

Wir gingen die Treppe hinauf. Ich grüßte befangen und sie sagte: »Du bist Leonie, nicht wahr? Colin hat schon so viel von dir erzählt, dass ich den Eindruck habe, dich

zu kennen. Aber das stimmt natürlich nicht«, fuhr sie schelmisch fort. »Komm, setz dich. Sag ruhig Fran zu mir.«
»Fran«, flüsterte ich rau.
Sie lachte.
»Etwas lauter, bitte.«
Sie wies sie mir einen Korbstuhl zu; auf dem Tisch standen eine Karaffe und einige Gläser. In diesem Augenblick trat ein Mann aus dem Haus. Er war hochgewachsen, mit einem mächtigen Kopf und grauschwarzen Locken. Seine Kleider wiesen etliche Farbflecken auf.
»Das ist Denis, mein Vater«, sagte Colin.
Denis reichte mir die Hand, die ebenfalls gelb und blau befleckt war.
»Malen und Pinseln, das ist mein Ferienvergnügen«, sagte er heiter und zwinkerte mir zu. »Diese Villa braucht Make-up, wie bei *Romeo und Julia* – wenn Julia über vierzig ist.«
Ich musste lachen. Seine lebendige Art gefiel mir. Inzwischen goss Fran Orangensaft ein, frisch gepresst. Denis schob einen Teller mit Mandelgebäck über den Tisch.
»Ihr habt offenbar eine Höhle gefunden. Und ein Pferd.«
Colin sah mich unschlüssig an. Ich nickte stumm.
»Chaos und Komplexität«, seufzte Denis. »Ihr macht es spannend.«
»Sie bringen mich auf die Palme«, sagte Colin zu mir. »Sie platzen vor Neugierde, aber ich halte den Mund.«
»Ich würde eher sagen, wir sind beunruhigt«, meinte Fran. »Höhlen können tückisch sein.«

Colin grinste.
»Wir haben ein Frühwarnsystem.«
Fran schnitt ein Gesicht.
»Colin, damit spaßt man nicht! Ein Unfall ist schnell passiert. Und was, wenn ihr um Hilfe ruft und euch keiner hört?«
Das klang ziemlich dramatisch. Immerhin, sie hatte nicht unrecht. Ich sagte beschwichtigend: »Eigentlich ist die Grotte ungefährlich.«
»So, dass teilweise Sicherheit herrscht?«, meinte Denis sarkastisch.
Ich lächelte schwach.
»Wem gehört denn das Pferd?«, fragte er. »Es muss doch jemandem gehören.«
Meine Kehle war trocken. Ich trank einen Schluck Orangensaft.
»Ich denke, es ist ausgerissen.«
»Sie hat es gut beobachtet . . . sie kennt sich mit Tieren aus«, sagte Colin.
»Nicht gerade beobachtet . . .«, murmelte ich.
»Na schön.« Colin blinzelte mir zu. »Du hast gefühlt, was das Pferd fühlt, oder?«
Ich nickte stumm.
»Leonie kann das«, setzte Colin treuherzig hinzu.
Denis hob seine buschigen Brauen.
»Ach, kann man das?«
»Es hat eine schlimme Verletzung am Bein«, sagte ich. »Und es hat herausgefunden, dass das Wasser in der Höhle gut für die Wunde ist.«

Fran wurde plötzlich lebhaft.
»Heilendes Wasser. Ja, natürlich! Heilendes Wasser hilft wundes Gewebe wieder aufzubauen.«
Ich schlug nach einer Mücke auf meinen Arm.
»Das sagt auch meine Großmutter.«
»Ihre Großmutter ist Ärztin, aber anders als du«, sagte Colin zu Fran. »Ich meine . . . sie hat nie Medizin studiert. Aber sie weiß trotzdem Bescheid.«
Fran nickte.
»Mir ist klar, dass solche Kenntnisse die Schulmedizin durchaus bereichern könnten.«
Ich sah sie an und dachte, diese Frau lächelt mit den Augen. Mir gefiel das sehr.
»Meine Urgroßmutter war schon Heilerin«, sagte ich. »Und ihre Vorfahren auch.«
Mir wurde es ganz schwindelig, wenn ich an alle die Generationen dachte, die vor mir da waren, und an all die schlimmen Dinge, die sie durchgemacht hatten. Ich wunderte mich, dass ich überhaupt davon reden konnte.
»Dann ist die Erfahrung umso größer«, bemerkte Fran. »Die Leistung der modernen Medizin ist ja unbestritten. Aber ihre Erfolge wecken auch Zweifel und synthetische Medikamente sind nicht immer beliebt.«
»Früher brachte man den Heilern Geschenke und küsste ihnen die Hand«, sagte Denis. »Das hört sich merkwürdig an, ist aber in manchen Teilen der Welt auch heute noch so. Leider erfanden wir den Teufel, als Gegenspieler zu Gott. Die Heiler wurden als Magier und Anbeter

der Dämonen verfolgt. Aber Magier und Dämonen sind nur auf der Bühne unterhaltsam. Und stimmt die Beleuchtung nicht, lachen die Zuschauer.«

Ich schwieg und dachte mir meinen Teil. Fran wollte wissen, ob Mamie Lucie ihre Arzneien selbst herstellte.

»Oh ja,«, rief ich. »Sie verwendet alle möglichen Blätter, Harze oder Rinden. Manchmal macht sie Medizin aus Hufen oder Knochen von Schafen. Mineralische Pulver sind schwieriger herzustellen. Man braucht dazu Metalle: Gold, Silber, Zink, Kupfer, Eisen.«

»Hochinteressant«, meinte Fran. »Metalle – das weiß man heute – sind Präzisionswaffen gegen verschiedene Krankheiten.«

»Mamie Lucie arbeitet auch mit Lehm«, sagte ich. »Aber die Erde muss gesund sein, sonst wirkt der Lehm wie Gift.«

Warum erzähle ich das alles?, dachte ich verwirrt. Aber die Worte kamen mir ganz leicht über die Lippen. Colin sah mich fragend an, doch Fran schien nicht im Geringsten erstaunt.

»Alte Menschen wissen, dass Lehmumschläge Entzündungen aus dem Körper ziehen. Lehm ersetzt Penizillin, das damals ja noch nicht entdeckt war.«

»Manchmal verwendet meine Großmutter nur Wasser«, erklärte ich. »Oder ihre Hände. Sie spricht mit den Kranken und kümmert sich um das, was sie essen sollen und was nicht. Das Essen muss den Jahreszeiten, dem Ort und der Krankheit angepasst werden.«

»Heutzutage nennen wir das Hydrotherapie, Diät und

Massage«, bemerkte Fran. »Willst du die Arbeit deiner Großmutter fortsetzen?«, setzte sie dann ganz unbefangen hinzu.

Ich spürte meine Wangen heiß werden.

»Nein, so nicht. Ich muss es anders machen.«

Fran ließ mich nicht aus den Augen. Ihr Gesicht hatte in der Dämmerung einen samtartigen Glanz.

»Was hast du denn für Pläne für die Zukunft?«

Ich sah Colin an, der ungeduldig mit dem Korbstuhl wippte.

»Hey, nun rede doch! Die beiden sind keine Menschenfresser!«

Ich gab mir einen Ruck. Jetzt oder nie.

»Also, ich will zuerst Tierärztin werden. Und dann beides verbinden.«

»Sie würde das ganz toll machen!», rief Colin dazwischen. »Sie kennt die Tiere besser als andere, das könnt ihr mir glauben!«

Denis nickte feierlich.

»Wir glauben dir durchaus.«

Colin hörte auf zu wippen.

»Ich wollte doch nur sagen . . .«

Er sank tiefer in seinen Stuhl und wusste nicht weiter. Wir tauschten einen befangenen Blick. Wieder spürte ich in mir, ruhelos und heiß, die kleinen, pulsierenden Flammen . . .

Fran sprach weiter zu mir, im sachlichen Ton:

»Dazu musst du aufs Gymnasium. Geht das denn hier?«

Ich seufzte. Ja, das war der wunde Punkt.

»Mamie Lucie kann mir kein Geld fürs Studium geben. Ich brauche ein Stipendium. In zwei Jahren komme ich aus der Schule. Dann gehe ich nach Avignon und jobbe. Ich lese ziemlich viel und will Abitur machen. Das schaffe ich schon. Und dann kann ich auch öfter meine Mutter besuchen.«
Die Worte waren mir einfach entschlüpft. Meine Gedanken sprudelten durcheinander wie Wassertropfen. Warum, warum nur, hatte ich von Coralie gesprochen?
»Ach, lebt deine Mutter nicht hier?« Frans' Stimme klang beiläufig. In meinen Ohren summte es. Hätte ich doch bloß meinen Mund gehalten!
»Sie ist krank«, sagte ich rau.
»Schlimm?«, fragte sie ernst.
Ich nickte wortlos.
»Oh, das tut mir aber leid«, sagte sie mitfühlend. »Hoffentlich geht es ihr bald besser. Ist sie im Krankenhaus?«
Tränen stiegen mir in die Augen. Ich blinzelte heftig.
»Nein. Sie . . . sie lebt . . . in einem Heim.«
Ein Schweigen folgte. Colin saß wie erstarrt. Mir fiel auf, dass es plötzlich dunkel geworden war. Die Nacht war lau und süß und in den Sträuchern zirpten Grillen. Nach einer Weile fragte Fran behutsam: »Ist sie schon lange krank?«
Mein ganzer Körper schmerzte. Ich schloss die Augen.
»Seit vierzehn Jahren.«
»Du bist doch auch vierzehn«, sagte Colin.
Ich hatte beide Knie angezogen und umklammerte sie fest mit meinen Armen.

»Sie wurde krank . . . als ich auf die Welt kam.«
»Und seitdem ist keine Besserung eingetreten?« Frans Stimme klang aufmerksam und betroffen. Ich verneinte stumm.
»Wie äußert sich denn ihre Krankheit?«
Es tat weh, überall tat es weh und ich verspürte Übelkeit.
»Sie . . . sie redet fast nie. Und sie rührt sich auch nicht.«
Fran nickte langsam.
»Erkennst sie dich nicht?«
»Doch, das schon.«
»Und?«
Ich schüttelte nur stumm den Kopf.
Nach ein paar Augenblick fragte Denis: »Kann deine Großmutter nichts für sie tun?«
Ich zog die Knie bis unter mein Kinn und fühlte mich geborgen. Eine kleine Brise wehte herüber, eine kleine, warme Brise, die nach Lavendel duftete. Glühwürmchen warfen ihre kleinen blauen Lichter zwischen den Büschen.
»Sie hat es immer wieder versucht. Aber ich glaube, sie . . . sie will nicht geheilt werden.«
Fran sprach sehr vorsichtig, als ob sie jedes Wort genau prüfte, bevor sie es aussprach. »Wie kommst du darauf?«
Ich fühlte, wie ich schwitzte, mein T-Shirt war ganz nass.
»Es ist nun mal so . . .«
Fran zögerte.

»Gab es irgendetwas, das sie . . . in diesen Zustand gebracht hat?«

Die Tränen liefen mir übers Gesicht, ohne dass ich versuchte, sie zurückzuhalten. Meine stolze, begabte Mutter! Sie hatte das schönste Lächeln der Welt, sagte Mamie Lucie. Und was für Haare! Lockig, kastanienbraun, Haare wie eine Prinzessin. Doch ihr Leben war umgeben von bösem Gekicher, von Geschnüffel, von dörflichem Klatsch. Man brauchte nur gewisse Stichworte zu sagen, um das schmutzige Lachen hervorzurufen. Da gab es das engstirnige Minderwertigkeitsgefühl der kleinen Leute, den Dreck, die Verleumdungen. An diese Sache, die damals vor hundert Jahren mit ihrer Großmutter Dorata geschah, erinnerten sich manche alte Leute heute noch. Und Coralie – man sah sie am Sonntagmorgen nie in der Kirche. Sie war etwas Fremdes, sie warf Fragen auf. Sie zeigte beim Gehen eine Haltung, so anmutig, so beschwingt, die viele Leute auf schlechte Gedanken brachte. Weil sie anders als andere war, galt ihre Schönheit als bösartig, als verdorben. Deswegen musste sie bestraft werden; nicht wie Dorata, nein, die Zeiten hatten sich geändert. Sie machten das auf andere Weise. Und weil sie Angst hatten, trauten sie sich nicht einzeln an sie heran. Nein. Sie kamen zu fünft. Fünf Männer, besoffen noch dazu, gegen eine einzelne junge Frau. Für sie ging eine Linie zurück zu ihren Vorfahren – ich aber hatte keine Abstammung. So war das eben, und das ließ sich nicht ändern. Ich war – auf ganz besondere Art – namenlos.

Ich konnte nicht mehr reden; doch Colins Eltern waren feinfühlig und verschonten mich mit weiteren Fragen. Zitternd stand ich auf. Jeder Muskel schmerzte.
»Ich . . . ich muss jetzt gehen.«
Colin sprang auf. Ich hielt ihn mit einer Handbewegung zurück.
»Nein, lass nur.«
»Bleib hier, Colin«, sagte Fran mit sanfter Stimme.
»Danke«, flüsterte ich, bevor ich mich abwandte. Ich hielt mich am Geländer fest, wobei ich mit den Füßen jeden Stufenrand abtastete. Das Mondlicht bleichte die Farben zu einem silbrigen, verwaschenen Blau und die Nacht war voller flüsternder Geräusche. Mein Herz klopfte und alle meine Nerven schienen zu vibrieren. Für einen Augenblick kam ich mir vor, als hätte ich ganz rasch viele zukünftige Jahre erlebt und sei ebenso schnell wieder in mein richtiges Alter zurückgeschnellt. Mit nassen Augen erblickte ich die Löwen beiderseits des Tors und sah auf einer der Steinfiguren eine große schwarze Grille sitzen. Ihr Zirpen verstummte, als ich vorbeiging, und begann erst wieder, nachdem ich mich entfernt hatte.

15

Solal stand im Gebüsch und betrachtete mich aus sicherer Entfernung, den Kopf aufmerksam erhoben. Für ein Pferd war es gefährlich, allein zu sein, denn überall in der Umgebung gab es Feinde. Es war ein Tier, das wild reagieren würde, um sich zu schützen. Aber ich spürte auch seine Traurigkeit, sein Bedürfnis nach Freundschaft. Als ich ganz langsam an ihn herantrat, glaubte ich, in den feuchten mandelbraunen Augen Interesse zu bemerken. Vielleicht war ich zu voreilig, nicht behutsam genug. Doch es ging nicht anders, ich musste herausfinden, ob Solal mir traute.

Schon mehrfach war ich ihm in die Höhle gefolgt, wo er seine inzwischen fast verheilte Wunde im Wasser kühlte. Manchmal, wenn das Licht ganz schräg fiel, erkannte ich die Zeichen an der Wand, bevor sie wieder ins Dunkle tauchten. Solal wusste, dass ich da war, und ich wusste, er hatte sich an mich gewöhnt, auch wenn er meine Gegenwart nicht beachtete.

An diesem Morgen, bevor ich zur Grotte ging, hatte ich mich in Onkel Pierres Stall geschlichen und Pardaillans geflochtenen Lederriemen mitgenommen. Als ich mich nun mit dem Zügel in der Hand dem Pferd näherte, klopfte mein Herz wie verrückt. Es konnte ja sein, dass

Solal Riemen und Zügel nicht annahm, dass er mir einen Hufschlag versetzte oder mit den Zähnen nach mir schnappte.

Das Pferd sah mich kommen und schaute mich aufmerksam an.

»Hab keine Angst . . .«, sagte ich leise. »Ich tu dir nichts Böses.«

Bei jedem Wort kam ich ein Stückchen näher, und als ich ihm die geflochtene Leine ins Maul schob, geschah etwas sehr Merkwürdiges: Solal öffnete vollkommen ruhig das Maul! Ich legte den geflochtenen Lederriemen über seine Zunge und verschnürte ihn unter dem Kinn. Meine Hände klebten vor Schweiß, aber es kam mir vor, als geschähe alles ganz von selbst. Solal betrachtete mich, schüttelte nur ein wenig seine Mähne. Mit den Fingerkuppen strich ich ihm leicht und zärtlich über die Stirn.

»Siehst du, wir verstehen uns schon«, flüsterte ich.

Das Aufsitzen ist nicht leicht und wird noch schwieriger, wenn man keine Steigbügel hat. Aber ich hatte Pardaillan immer ohne Sattel geritten, weil das dicke Leder die Verbundenheit zwischen Reiter und Pferd empfindlich störte. Jetzt war es so weit. Ich musste es tun. Konnte Solal meine Absicht erkennen? Ja, Pferde können das. Los jetzt, Leonie! Entweder du schaffst es oder du landest am Boden. Ich verlagerte mein Gewicht auf das linke Bein, legte die linke Hand, die die Zügel hielt, auf den Widerrist. Dann schwang ich das rechte Bein, so weit es ging, zurück und sprang. Für den Bruchteil einer

Sekunde hatte ich das Gefühl, dass das Pferd viel zu groß für mich war. Aber das stimmte nicht, Pardaillan war noch größer gewesen. Und dann lag ich oben auf dem Bauch, das Gesicht auf dem pulsierenden Hals des Pferdes; der Hengst ließ ein Schnauben hören, trat zur Seite, doch ich saß bereits oben und hielt die Zügel.

»Gut«, murmelte ich. »Ja, so ist's gut . . . Du hast keine Angst mehr, nicht wahr?« Hinter dem Schulterblatt des Pferdes spürte ich die Vertiefung, in die meine Beine hineinpassten, als wären sie dafür gemacht. Solal stand ganz ruhig, beide Ohren mir zugewandt. Offenbar wollte er wissen, was ich vorhatte.

»Du bist also schon geritten worden«, sagte ich.

Das erleichterte mir die Sache. Und gleichzeitig hatte ich Angst. Ich kannte nicht seine Bedürfnisse, seine eventuellen schlechten Gewohnheiten. Ich wollte nicht aus Gedankenlosigkeit oder Eile das zarte Band des Vertrauens zwischen uns zerstören. Jetzt stand mir der schwierige Teil der Übung bevor: Ich musste das Pferd aus der Schlucht lenken. Behutsam stützte ich mich auf die Innenseite meiner Schenkel, lehnte mich nach vorn. Mein Herz schlug heftig, als sich das Pferd in Bewegung setzte. Was ich von Pardaillan gelernt hatte, war dies: Hatte ich Zweifel, musste ich mein Pferd fragen. »Was würdest du tun?« Irgendwie konnte ich mich in ein Pferd hineinversetzen und fand immer eine Antwort. Aber Pardaillan hatte viel Erfahrung; er ging zwar dahin, wo ich wollte, allerdings kam es vor, dass er mir seinen Willen zeigte. Bei Solal war das nicht möglich, das spürte ich. Der

Fuchs war jung, nervös und verängstigt. Es lag an mir, ihn zu führen und zu beruhigen. Und so lenkte ich ihn den Hang hinunter, der nicht sehr steil war. Aufgepasst, Leonie, jetzt kommt der Bach! Ob der Hengst sich wohl fürchtet? Die Steine waren glitschig. Ich ritt langsam und vorsichtig, doch Solal fand immer die richtigen Stellen, bis wir mühelos das Wasser überquert hatten und ich erleichtert aufatmete. Alles gut, ausgezeichnet! Ich hatte das Tier richtig eingeschätzt! Ich beugte mich vor, streichelte Solals Hals.

»Großartig, Solal! Du bist ein kluges Pferd! So klug wie . . .«

Ich wollte sagen »wie Pardaillan«, aber das stimmte nicht. Das stimmte überhaupt nicht! Ich biss mir hart auf die Lippen. Die Erkenntnis traf mich wie ein kalter Strahl. Eine Befürchtung, die ich schon lange in mir spürte und nicht wahrhaben wollte, überkam mich: Die Gewissheit nämlich, dass ich Solal nicht einfach so behalten konnte.

Denis hatte recht, das Pferd gehörte jemandem. Brachte ich Solal ins Dorf, fiel ich zwangsläufig auf. Jemand würde mich beschuldigen das Pferd gestohlen zu haben. Vielleicht kam die Polizei, weil der rechtmäßige Besitzer Anzeige erstattet hatte, vielleicht musste Mamie Lucie eine hohe Buße zahlen. Vielleicht kam ich sogar ins Gefängnis. Oh, das wäre furchtbar! Ich empfand ein entsetzliches Gefühl aus Angst und Hilflosigkeit, wusste ich doch genau, dass man mir nicht glauben würde.

Anderseits war es klar, dass ich das Pferd aus einer gefährlichen Lage befreit hatte. Touristen hätten das Tier erschrecken können; oder sie hätten versucht, es einzufangen. Wer weiß, was dabei passiert wäre. Nein, es war schon besser, den Hengst da hinzubringen, wo er vorläufig in Sicherheit war. Und wo jemand vielleicht herausfinden konnte, wem das Tier gehörte. Darum dreht es sich ja eigentlich, dachte ich mit schmerzlicher Klarheit. Das ist ja gerade die Frage.

Es gab nur einen Ort, wo ich das Pferd unterbringen konnte: bei Pierre und Mireille. So bog ich kurze Zeit später in den schmalen Weg ein, der zu ihrem kleinen Besitz führte, und ritt durch das Tor in den Hof. Cachu, der Schäferhund, war viel zu beschäftigt, um uns zu beachten. Er hatte eine große Heuschrecke entdeckt. Immer, wenn Cachu nahe dabei war, sie zu fangen, sprang sie mit einem gewaltigen Satz weiter und Cachu knurrte enttäuscht. Der Hengst fühlte, dass von ihm nichts Drohendes ausging, schüttelte die Mähne, doch beruhigte sich sofort, als ich ihn zwischen den Ohren kraulte. Mireille hatte das Klackern der Hufe gehört und kam aus dem Haus; sie rollte offenbar einen Teig, ihre Arme waren bis zum Ellbogen mit weißem Mehlstaub überpudert. Jetzt stand sie im prallen Sonnenlicht, fassungslos blinzelnd.

»Leonie! Woher hast du dieses Pferd?«

»Gefunden.«

»Was du nicht sagst!«

»Ist es nicht prächtig?«

Sie schüttelte erbost den Kopf.
»Nimm doch mal Vernunft an! Willst du dich strafbar machen? Bring das Pferd sofort seinem Besitzer zurück!«
»Das kann ich nicht.«
»Und warum nicht?«
»Weil ich nicht weiß, wem es gehört.«
Sie kniff die Augen zusammen.
»Was erzählst du da für einen Unsinn?«
»Es ist die reine Wahrheit.«
»Das ist eine faule Sache«, meinte Mireille, trocken und bestimmt. »Das sage ich dir, ganz gleich, wie du es siehst.«
Ich schluckte.
»Kann ich einen Kaffee haben?«
Mireille warf ihr krauses Haar aus der Stirn.
»Na, komm schon.«
In der Wohnküche strampelte der kleine Christian in seinem Laufgitter. Ich streckte die Arme aus. Christian krabbelte auf mich zu, ich nahm ihn in die Arme und drückte ihn zärtlich an mich. Das Kind fühlte sich heiß und verschwitzt an.
»Er zahnt«, sagte Mireille. »Hast du gesehen? Seine Wange ist ganz rot.«
Auf dem Boden glänzte Sonnenlicht und ein merkwürdiges Geräusch erfüllte den Raum. Es waren die Seidenraupen im oberen Stock; sie fraßen Maulbeerbaumblätter, ein ununterbrochenes Nagen erfüllte den Raum mit leisem Rascheln. So klingt es, wenn Regen auf dürre Blätter niederfällt oder aus Dachrinnen tropft. Ich hätte

hier nicht schlafen können, aber Mireille und Pierre sagten, dass sie die Geräusche überhaupt nicht mehr hörten.
Ich trank den schwarzen Kaffee, den Mireille für mich aufgewärmt hatte. Solal hatte ich in den Stall gebracht und gut versorgt. Ich hatte ihm zu trinken gegeben, aus dem Eimer gefüttert und sauberes Stroh unter seine Hufe geschüttet. Während ich redete, schlug Mireille den Teig zusammen, rollte ihn unermüdlich wieder aus. Zum Essen würde es *Caillettes,* geben, eine Art Knödel mit Kräutern und gehacktem Schweinefleisch.
Als ich alles erzählt hatte, brachte sie sogar ein Lächeln zustande.
»Also, deine Geschichte ist schon anders, als ich dachte.«
»So richtig gestohlen habe ich das Pferd aber nicht, oder?«
»Nein, so richtig nicht.«
»Ich möchte es so gerne behalten«
Ihr Ausdruck wurde wieder herb und verschlossen.
»Schlag dir das aus dem Kopf! Aber Pierre ist gleich wieder da. Vielleicht kann er mehr über die Sache sagen.«
»Ich habe Angst«, flüsterte ich.
»Die kannst du schon haben«, meinte sie achselzuckend.
»Ich will nicht, dass man mir das Pferd wieder wegnimmt! Es ist so zutraulich geworden! Und wenn es jetzt ein anderer reitet . . .«
»Tja, das lässt sich wohl nicht ändern.«
»Es wird sich wehren. Das macht mich krank.«

»Unsinn, davon wirst du nicht krank!«
»Was soll ich tun?«
»Nichts. Auf Pierre warten. Ich bin froh, dass bald wieder die Schule anfängt«, setzte sie, scheinbar beziehungslos, hinzu. Sie befühlte Christians Stirn und steckte ihm den Schnuller in den Mund.
»Ich glaube, er hat Fieber.«
Es war mir schon aufgefallen, wie viel mehr Pierre verstehen konnte als Mireille. Mireille war zu sachlich und vielleicht fürchtete sie sich auch davor, gewisse Dinge zu begreifen. So ist das eben, dachte ich voller Kummer.

Eine Stunde später fuhr Pierre mit dem Traktor durch das Tor. Cachu lief ihm fröhlich bellend entgegen. Pierre rollte mit dem Traktor vor die Scheune, sprang von seinem Sitz und klatschte Cachu freundlich auf den Rücken. Dann stapfte er in die Küche, strich Christian über das verschwitzte Haar und holte Bier aus dem Kühlschrank.
»Leonie, du bist dünn geworden.«
Ich nickte; ja, das mochte schon sein.
»Das kommt, weil ich Sorgen habe.«
Er öffnete mit leisem Knall die Bierbüchse und witzelte: »Ich dachte, du hättest Ferien!«
Mireille wischte sich mit dem Handrücken über die Stirn. »Sorgen? Die wirst du auch bald haben.« Mireille wandte sich gereizt an ihren Mann. »Bist du schon im Stall gewesen?«
»Noch nicht. Warum?«

»Deine Sorgen stehen im Stall«, sagte sie trocken.
Pierre trank sein Bier aus und nickte mir zu.
»Sehen wir uns die mal an.«
Wortlos ging ich mit ihm über den Hof. Die Sonne schien durch das Fenster, Staubteilchen hingen in der Luft. Im warmen Schattenspiel stand Solal ruhig da. Sein Fell schimmerte wie blankes Gold. Als der Hengst mich sah, hob er wachsam den Kopf. Seine lockige Mähne fiel tief zwischen die Augen herab. Pierre blieb ruckartig stehen.
»Woher, zum Teufel, kommt dieses Tier?«
Seine Stimme klang hart. Es war ja nur natürlich, dass er beunruhigt war.
»Ach Pierre«, seufzte ich kläglich. »Ich habe nichts Böses getan.«
»Du musst doch verrückt sein, so ein Pferd hier unterzubringen«, knurrte er erbost. »Was soll ich jetzt der Polizei sagen?«
»Die kommt nicht, die kommt ganz bestimmt nicht.«
»So? Ich an deiner Stelle würde da nicht so sicher sein. Das ist nämlich kein Ackergaul, wie Pardaillan es war. Das ist ein Rennpferd.«
Ich konnte nicht anders, ich fing an zu zittern, und zwar so stark, dass es mich am ganzen Körper schüttelte. Pierre merkte es und hatte Mitleid mit mir. Er legte mir seine schwere Hand auf die Schulter.
»Komm, du bist ja ganz blass. Du musst etwas essen. Und dann erzählst du mir, was geschehen ist.«
So gut Mireilles *Caillettes* auch schmeckten, ich brachte

kaum einen Bissen herunter, stocherte in meinem Teller herum. Pierre wartete geduldig, bis ich alles erzählt hatte. Er verfolgte meine Sätze genau, achtete auf die Zwischentöne. Seine Hände mit den gelb verfärbten Nägel, kurz und rissig, lagen ganz ruhig auf dem Wachstuch. Nach dem Essen zündete er sich eine Zigarette an.

»Hm ja«, meinte er. »Jetzt sehe ich klarer.«

Ich lächelte zaghaft.

»Das geschieht nicht alle Tage, wie?«

»Ich will das Tier nicht bei uns haben!«, sagte Mireille. »Unter keinen Umständen.«

Pierre hob gelassen die Schultern.

»Als wenn ich das nicht wüsste.«

Ich ballte die Fäuste.

»Scheiße.«

Mireille holte zwei Tassen aus dem Schrank und goss Kaffee ein.

»Dann kommt das Tier also weg.«

Ich zuckte zusammen.

»Auf gar keinen Fall!«

»Schrei nicht so«, sagte Mireille.

Pierre griff nach dem Aschenbecher.

»Ich werde mal in Ruhe nachdenken.«

»Du solltest lieber überlegen, wo du einen Handwerker findest. Einer, der im August arbeitet. Da klappern seit Tagen drei Lüftungsziegel. Willst du, dass sie uns beim nächsten Sturm auf den Kopf rutschen?«

»Nein, das will ich nicht.«

»Onkel Pierre!«, rief ich. »Bitte!«

Er nickte mir zu.
»Warte ab, Leonie. Ich muss erst mit ein paar Leuten reden.«
Ich schluckte.
»Wirst du ihnen auch sagen, dass wir eine Höhle entdeckt haben?«
Pierre wirkte irgendwie unschlüssig, eher besorgt als zufrieden.
»Felszeichnungen bringen Gewinn, aber auch jede Menge Scherereien. Wie leichtsinnig Touristen sind, weiß jeder. Und die Unfälle gehen auf Kosten der Gemeinde. Unzureichende Sicherheitsvorkehrungen, heißt es dann. Das gibt Ärger . . .«
»Aber was ist mit dem Pferd?«, versteifte sich Mireille. »Was sollen wir da machen?«
Ich wischte mir den Schweiß aus der Stirn. Mein ganzer Körper stand unter Spannung und das Essen kam mir beinahe hoch.
»Wenn es nicht hierbleiben kann, dann . . . dann reite ich eben mit ihm weg! Mir ist egal, wohin.«
»Gar nichts tust du.« Pierre sprach bestimmt. »Du lässt das Pferd hier und wartest ab.«
Mireille schüttelte den Kopf, dass die Haare flogen.
»Pierre, das geht nicht! Das Tier hat bei uns nichts zu suchen.«
»Auf ein oder zwei Tage kommt es jetzt auch nicht mehr an. Ich habe da so meine Vermutung.«
Ich starrte ihn an.
»Wie meinst du das?«

Er zog seine buschigen Augenbrauen zusammen.
»Da war mal eine komische Geschichte. Ich glaube, sie stand sogar in der Zeitung.«
»Was für eine Geschichte?«
»Ich weiß nicht mehr. Ging mich ja nichts an. Ich werde ein paar Fragen stellen, Augen und Ohren offen halten. Kann sein, dass ich etwas in Erfahrung bringe. Warte mal ab, Mädchen. Hast du Vertrauen zu mir?«
Sein Blick berührte mein Herz mit Wärme. Ich nickte mit einem kleinen, schmerzlichen Lächeln.
»Ja, Onkel Pierre. Ich danke dir.«
Mireille räumte den Tisch ab, dass die Teller klirrten.
»Wenn die Sache nichts bringt, dann kriegst du deinen Teil«, sagte sie wütend zu mir. »Ich will die Polizei nicht am Hals haben.«

16

Das Klopfen der Pferdehufe klang im raschen, gleichmäßigen Rhythmus. Ich stand in der Mitte des Hofes, hielt eine kleine Peitsche in der Hand und ließ Solal an der Leine traben. Ich stand ganz ruhig, während das Pferd mit wippender Mähne unermüdlich und graziös seine Kreise zog. Der Hals war in einer anmutigen Linie gebogen und die Mähne wehte wie ein langer, lockiger Haarschopf. Solal trabte regelmäßig und willig, zeigte nicht den geringsten Widerwillen. Die Wunde war trocken und sauber. Mich um mich selbst drehend, hielt ich die Longe ganz locker in den Händen. Die Peitsche benutzte ich nur, um das Tier zu führen, den Rhythmus anzugeben. Colin stand selbstvergessen und bewundernd da, ließ das Pferd nicht aus den Augen. Nach einer Weile stieß ich einige Pfeiflaute aus. Solal ließ ein Schnauben hören, verlangsamte seinen Trab, näherte sich mit langsamen, wiegenden Schritten. Dicht hinter mir blieb er stehen, pustete mir seinen Atem in den Nacken und stieß mich sanft mit dem Maul an. Ich umfasste mit beiden Armen den Kopf des Pferdes. Colin trat vorsichtig näher.

»Kennst du mich noch?«, fragte er den Hengst.

»Natürlich kennt er dich. Pferde vergessen nie eine Stimme oder einen Geruch.«

Solal ließ die Ohren spielen. Er blähte die Nüstern, stieß ein zärtliches Prusten aus.

»Ich habe heute Nacht bei ihm geschlafen«, sagte ich.

Colin war fassungslos.

»Einfach so, im Stroh?«

»Ich hatte eine Decke.«

»Schläfst du oft bei den Pferden?«

»Ich wollte Solal nicht allein lassen. «

»Warum?«

Ich drückte mich enger an den warmen Pferdekörper.

»Tante Mireille glaubt, dass die Polizei ihn holen wird.«

Colin machte ein erschrockenes Gesicht.

»Dein Onkel hat doch gesagt, dass er die Sache in Ordnung bringt.«

»Ich weiß nicht, ob er das kann.«

»Wieso denn nicht? Er kennt doch viele Leute hier, oder?«

»Was nützt das schon?«, sagte ich traurig. »Er kann herausfinden, wer der Besitzer ist. Und was dann?«

Wir sahen uns an. Colin zog traurig die Schultern hoch.

»Der will sein Pferd zurückhaben, ist ja klar. Da kannst du nichts machen, Leonie.«

In meinen Ohren dröhnte der eigene Atem. Ich ballte die Fäuste.

»Das weiß ich schon.«

Wir brachten Solal in den Stall. Ich rieb das Tier ab und Colin schleppte frisches Wasser in einem Eimer herbei.

»Du hast meine Eltern mächtig beeindruckt«, meinte er.
Ich zog die Nase hoch
»Die können mir auch nicht helfen.«
»Nein. Aber ich wollte es dir sagen.«
Ich hatte einen schlechten Geschmack im Mund, salzig wie die Tränen, die ich mühsam runterschluckte.
»Ich bin so müde«, seufzte ich.
»Du hast nicht genug geschlafen«, sagte er. »Im Stall, also, ich weiß nicht . . .«
Ich bekam heiße Ohren.
»Stinke ich?«
Er grinste.
»Na ja, ein bisschen schon. Nimm doch eine Dusche.«
»Nein. Mit Mireille rede ich nicht mehr. Und Pierre ist nicht da.«
»Komm doch zu uns! Das Badezimmer ist okay. Mein Vater hat schon die Fließen gelegt.«
»Nein. Ich bleibe bei Solal . . .«
Er starrte mich an.
»Hast du gefrühstückt?«
Ich wehrte eine Fliege ab.
»Auch nicht.«
»Jetzt hör mal«, sagte Colin. »Du kannst doch nicht den ganzen Tag mit leerem Magen herumlaufen.«
»Mir egal. Stell dir mal vor, sie kommen und holen Solal, wenn ich nicht da bin.«
»Ob du nun da bist oder nicht . . .
»Sag so was nicht!«, schrie ich ihn an. »Ich kann das nicht ertragen.«

Er tippte sich an die Stirn.
»Hör mal, hast du einen Dickschädel! Glaubst du wahrhaftig, dass du die Sache verhindern kannst?«
Ich schluckte.
»Ich weiß nicht . . . Gestern Abend habe ich mit Mamie Lucie geredet und ihr gesagt, was ich tun will.«
»Und was hat sie gesagt?«
»Dass sie das auch so machen würde.«
»Aber was bringt das schon?«, fragte Colin verwirrt.
»Vielleicht kann sie etwas sehen, was ich nicht sehen kann.«
»Na gut. Deswegen schläfst du im Kuhstall?«
»Früher, im Winter, da saßen die Bauern oft stundenlang im Stall. Da konnten sie Brennholz sparen. Bei den Kühen war es immer warm.«
»Kühe machen Fladen.«
»Jetzt sind sie ja draußen.«
Colin gab es auf.
»Ist deine Tante deswegen so wütend?«
»Die hat getobt, als ob es das größte Verbrechen wäre. Sie wollte mich nicht hier haben. Auf keinen Fall, hat sie gesagt.«
»Der Polizei wegen?«
»Schon möglich. Aber Pierre hatte nichts dagegen, dass ich bei Solal schlief. Er hat mir sogar eine Decke gebracht.«
»Dein Onkel ist nett.«
»Er ist einer von uns. Nicht ganz, aber er versteht diese Dinge.«

Colin zog die Stirn kraus.
»Wie meinst du das?«
Ich wurde rot und wandte das Gesicht ab. Ich hasste es, wenn mich seine Fragen so verwirrten.
»Ach, nichts.«
Er holte tief Luft.
»Also, jetzt hör zu. Bleib du bei deinem Pferd und ich . . .«
Ich fuhr zusammen.
»Bei meinem Pferd? Aber . . .«
»Es ist nicht dein Pferd, ich weiß. Aber ich kann mir nicht vorstellen, dass irgendjemand kommt und sagt, es ist meins! Ehrlich, das kann ich nicht.«
Ich nickte, stumm und steif, aber irgendwie fühlte ich mich besser. Colin wusste, welche Angst ich hatte. Und er wusste auch, wie wichtig Solal für mich war. Er war der Einzige, mit dem ich darüber reden konnte.
»Also, was ich sagen wollte . . .«
Er runzelte die Stirn, dachte nach. Ich lächelte zaghaft.
»Was wolltest du sagen?«
»Dass du da bleiben sollst, wo du bist, und ich schnell nach Hause gehe und dir was zu essen hole.«
»Ich kann nichts essen. Mein ganzer Magen ist verkrampft.«
»Das kommt vom Hunger. Warte, in zehn Minuten bin ich wieder da.«
Ich setzte mich zu Solal ins Stroh. Der Hengst stand ganz ruhig, bevor er den Kopf senkte und ihn mit unendlicher Zartheit gegen meine Schulter lehnte. Die

feuchten, heißen Nüstern streiften meine Wange. Ich warf beide Arme um des Pferdes Hals, wiegte mich leicht hin und her. »Es muss schrecklich sein, von dir getrennt zu werden«, flüsterte ich.

17

Ich hatte nicht bemerkt, wie die Zeit verging; plötzlich hörte ich leichte Schritte, ein Schatten fiel auf den Steinboden.

»Da bin ich«, rief Colin atemlos. Er trug einen kleinen Rucksack, den er jetzt von der Schulter nahm.

»Es hat etwas länger gedauert, Fran hat Kaffee für dich gekocht. Da! In der Thermosflasche. Und von heute Morgen sind noch zwei Croissants da. Die müssen sofort gegessen werden, sonst werden sie weich und schmecken nicht mehr.«

Ich bedankte mich gerührt. Ich merkte plötzlich, was für einen entsetzlichen Hunger ich hatte. Nach ein paar Schlucken Milchkaffee fühlte mich sofort besser.

»Oh, das tut gut.«

Colin saß neben mir im Stroh und nickte zufrieden.

»Fran hat viel Zucker hineingetan. Das gibt dir Kraft.«

Ich hielt ihm die Thermosflasche hin.

»Da! Nimm dir auch. «

Er kicherte.

»Es ist das erste Mal, dass ich im Kuhstall Kaffee trinke.«

»Und, wie schmeckt er?«

»Wie im Grandhotel.«

Wir lachten.

»Hat dein Onkel nicht gesagt, wann er wieder da ist?«, fragte Colin.
»Nein.«
»Und wenn er heute nichts erfährt?«
»Dann bleibe ich eben noch eine zweite Nacht hier.«
»Kannst du überhaupt schlafen?«
»Nicht gut. Das Stroh kratzt.«
Er seufzte.
»Weißt du, was? Manchmal glaube ich, du spinnst.«
Ich legte den Kopf auf die Arme. Vielleicht hatte er recht. Vielleicht hatte ich wirklich einen Stich.
»Leonie . . .«, sagte er kehlig. »Es tut mir leid. Sag, bist du mir böse?«
Ich schüttelte wortlos den Kopf. Er legte mir den Arm um die Schulter.
»Es ist nur so . . . du redest manchmal komische Dinge und ich verstehe nur die Hälfte.«
Ich sah ihn von der Seite an; Colin war genau das, was ich jetzt brauchte, mit seinem Verständnis und Mitgefühl und wie sich das ausdrückte, in seiner Art zu lächeln, mich anzusehen, mit mir zu sprechen.
»Irgendwie hast du schon recht«, sagte ich leise. »Ich glaube langsam auch, dass ich spinne.«
»Weil wir hier im Kuhstall sitzen?«
»Nicht nur deswegen.«
Du bist ein albernes Ding, sagte ich zu mir selbst. Dir kann niemand helfen. Auch Colin nicht. Er wird nur denken, du bist nicht richtig im Kopf. Aber was sollte bloß aus mir werden? Vielleicht war es die Aufregung, die

schlaflose Nacht im Stroh, das abscheulich kratzte. Es ist besser, du hältst den Mund. Er wird das nicht ertragen, ohne zu kotzen.

Langsam bewegte ich die Hände, vergrub sie zwischen meinen Knien. Krallte beide Hände ineinander, so fest, dass sich meine Nägel in die Handfläche bohrten.

»Scheiße, du tust dir ja weh«, rief Colin.

Er riss meine Handgelenke hoch, zwang mich, die Hände zu öffnen.

»Was ist denn eigentlich los? Nun rede doch endlich!«

Ich saß still. Eine Art Starre hatte mich befallen. Er packte mich an den Schultern und schüttelte mich.

»Da ist nicht nur die Sache mit dem Pferd, nicht wahr?«

»Ich kann es nicht sagen . . . ich weiß es einfach nicht mehr.«

»Doch, du weißt es! Mensch, Leonie, stell dich nicht so an! Ich will endlich wissen, was mit dir los ist.«

Einen Atemzug lang saß ich da wie in einem Schockzustand. Auf einmal hatte ich ein Gefühl, als ob tief in mir ein Faden riss.

»Meine . . . Urgroßmutter . . . sie wurde gesteinigt.«

Er starrte mich an.

»Was wurde sie?«

»Gesteinigt. Sie galt als Hexe.«

Mein Kopf war plötzlich zu schwer für meinen Hals. Ich brach in Schluchzen aus. Colin drückte mich an sich, sprach ganz leise zu mir.

»Komm, weine nicht! Klar ist das schlimm, aber das ist doch schon lange her.«

»Nicht so lange. Das war 1918. Die Sache stand sogar in der Zeitung.«

»Und die Polizei?«

»Das Dorf liegt sehr abgelegen. Jeder kennt jeden. Die Polizei hat sich nicht eingemischt. Man hat die Angelegenheit als Unfall getarnt. Aber für meine Urgroßmutter wurde kein Gottesdienst abgehalten. Sie . . . wurde auch nicht auf dem Friedhof beigesetzt.«

»Wo denn?«

»Auf der anderen Seite. Hinter der Friedhofsmauer. Als ich geboren wurde, wuchsen schon Bäume über das Grab. Ihre Knochen waren irgendwo verstreut. Aber sie ist immer noch hier und spricht noch heute zu mir, leise, leise . . .«

Meine Stimme kippte. Ich wischte mit dem Ärmel über mein nasses Gesicht. Colin schluckte.

»Was hatte sie denn getan, dass die Bewohner so wütend wurden?«

»Sie . . . sie war Heilerin, wie Mamie Lucie. Sie hieß Dorata. Früher, vor fünfhundert Jahren, da waren meine Vorfahren Zigeuner. Sie kamen aus Ungarn und waren in Audon sesshaft geworden. Da war eine Frau im Dorf, die schon neun Kinder hatte. Sie war erst dreißig und hatte ein schweres Rückenleiden, weil sie in einer Wäscherei arbeitete und Körbe schleppen musste. Als sie ihr zehntes Kind erwartete, ging sie zu Dorata und bat sie um ein Mittel. »Hilf mir! Bringe ich dieses Baby zur Welt, muss ich sterben, und was wird aus meinen Kindern?«

»Und der Vater?«
»Der saß im Wirtshaus und trank. Er schlug seine Frau, war brutal zu den Kindern. Alle hatten Angst vor ihm. Dorata untersuchte die Schwangere. Ganz früher waren die Frauen in meiner Familie auch Hebammen, das gehörte dazu. Sie nahmen kein Geld dafür, dass sie ein Kind auf die Welt brachten, sie wurden nur mit Nahrungsmitteln oder Brennholz entlohnt. Ihre Berufung war, den Menschen zu helfen. »Warum hast du so lange gewartet?«, fragte Dorata die Schwangere. Die Frau weinte: »Es ist eine schlimme Sache.«
»Du kannst das Kind nicht austragen«, sagte Dorata. »Dein Körper hat keine Kraft mehr.« Sie gab der Frau ein Mittel. Aber es war schon zu spät: Die Frau verblutete. Man entschied, dass die Kinder in ein Waisenhaus untergebracht wurden. Aber die Dorfbewohner waren sehr aufgebracht. Man beschuldigte Dorata, den Tod der Frau herbeigeführt zu haben. Ein Verfahren wurde gegen sie eingeleitet. Inzwischen war Ostern. Dorata, die sehr gläubig war, besuchte mit ihrer kleinen Tochter Lucie die Ostermesse. Der Pfarrer erblickte sie und verurteilte von der Kanzel aus die teuflischen Mächte, die dem Dorf Schande machten und einer rechtschaffenen Mutter das Leben genommen hatten.«
Ich putzte mir die Nase am Ärmel und Colin fragte nach einer Weile betroffen: »Hat er das wirklich so gesagt?«
Ich nickte mit zugeschnürter Kehle.
»Dann stimmt das also, was mein Vater erzählte? Ich dachte immer, der hat zu viel Fantasie.«

»Es ist wahr«, sagte ich.

»Und dann?«

»Nach dem Gottesdienst fielen die Kirchgänger über Dorata her. »Hexe, Hexe«, schrien die Leute und warfen mit Steinen nach ihr. Dorata wollte sich in die Kirche retten, aber die kleine Lucie stolperte, schlug der Länge nach hin. Dorata schützte sie mit ihrem Körper. Ein schwerer Stein traf sie an der Schläfe und brach ihr den Schädel.«

Ich schwieg. Mein Atem ging heftig. Colin starrte mich an. Sein Gesicht war sehr ruhig, die Stimme aber fast heiser. Eine ganz neue Stimme.

»Warum wurde Dorata als Hexe bezeichnet?«

Ich holte tief Luft.

»Weil das Wissen damals noch Männersache war. Wussten die Frauen zu viel, bekamen es die Männer mit der Angst. Deswegen mussten die Frauen bestraft werden, verstehst du?«

»Das ist heute nicht mehr so.«

»In manchen Gegenden hat sich da wenig geändert.«

»Und Mamie Lucie . . . als sie noch klein war . . . hatte sie da auch Probleme?«

»Weißt du, das war ganz merkwürdig«, sagte ich und wurde auf einmal ganz lebhaft. »Man war gut zu ihr und ist es sogar heute noch! Irgendwie hatten die Leute ein schlechtes Gewissen. Pierres Großeltern nahmen sie bei sich auf. Sie waren Winzer und hatten zwei Söhne: Marius und Andrea. Lucie wurde mit ihnen groß. Sie heiratete Marius und zog mit ihm in das Haus, das wir heute noch bewohnen. Marius starb, als Coralie zwölf Jahre alt war. Er fiel von einem Gerüst und brach sich das Rückgrat.«

»Und dein Onkel Pierre?«

»Pierre ist Andreas Sohn, verstehst du das jetzt endlich?«

»So nach und nach. Und was war mit Coralie . . . mit deiner Mutter, meine ich? Du hast gesagt, dass sie krank ist?«

»Ja, sie wurde wahnsinnig.«

Ich stockte, biss mir hart auf die Lippen. Was sagte ich da? Am liebsten würde ich jetzt davonlaufen.

»Wie ist das gekommen?«

Alle Kraft wich plötzlich aus mir. Meine eigene Stimme klang wie die einer Fremden, so rau und schwach.

»Sie . . . sie wurde vergewaltigt.«

Es war sehr heiß im Stall, Staubkörnchen tanzten im Sonnenlicht. Nur Solals ruhiges Schnauben brach die Stille. Colin streckte den Arm aus, schraubte die Thermosflasche auf und goss den Rest Milchkaffee in den Becher.

»Trink!«

Er hielt den Becher an meine Lippen. Ich trank gierig, verschluckte mich, hustete.

»Nicht so schnell!«, sagte Colin.

Ich fuhr mit der Hand über die schwitzende Stirn.

»Mir dreht sich alles.«

Mit geschlossenen Augen hörte ich, wie er die Thermosflasche zuschraubte. Er setzte sich wieder zu mir und nahm mich in die Arme. Ich klammerte mich an ihn. Er streichelte mich sanft. Ich spürte seine Atemzüge an meiner glühenden Wange. So war es gut. Ich beruhigte mich.

»Ich will nicht davon reden . . .«

»Weißt du, was? Die ganze Geschichte mit deiner Mutter . . . die macht dir das Leben schwer.«

Ich hob die Schultern.

»Ist doch meine Sache.«

»Tut mir leid, du hast davon angefangen. Und jetzt möchte ich von dir hören, was passiert ist.«

»Das bringt nichts.«

»Doch. Ich mag dich nämlich. Ich mag dich sehr.«

»Mich?«

Jetzt war es Colin, der rot wurde.

»Ja . . . ich lüge nicht. Ehrenwort! Und . . . und ich finde es schlimm, dass du Probleme hast und nicht davon reden willst. Das macht dich doch kaputt!«

»Nein.«

»Verdammt, ich will dir helfen, merkst du das nicht?«

Ich legte mein Gesicht an seines.

»Doch.«

Er sprach zu mir ganz leise, Stirn gegen Stirn.

»Na also. Nun rede doch endlich.«

Ich holte tief Luft.

»Wir haben hier in Audon ein Campingplatz. Ein kleiner Junge hatte etwas gegessen, was nicht gut war. Er hatte hohes Fieber und Durchfall. Das war an einem Samstag. Ein Arzt war nicht aufzutreiben. Jemand hatte den Eltern gesagt, da sei eine junge Frau im Dorf, die dem Kind vielleicht helfen kann. »Die Reiterin«, so wurde sie genannt. Onkel Pierre hatte Pardaillan auf dem Viehmarkt gekauft. Er war noch nicht zugeritten und äußerst wild. Pierre, der ein Ackerpferd brauchte, bereute schon bald, das Tier gekauft zu haben, und wollte es wieder loswerden. Aber dann kam Coralie. Sie zähmte mühelos das Pferd und eine Zeit lang ließ sich Pardaillan nur von ihr versorgen und striegeln. Sie ritt täglich mit ihm aus, damit er genügend Bewegung hatte. Vielleicht auch aus reinem Instinkt, weil sie in einer gefährlichen Einsamkeit lebte und Schutz suchte. Keiner sollte sie berühren, ihr wehtun. Natürlich machte man am Anfang hämische Bemerkungen und Kommentare, aber später dann kaum noch. Weil die Leute im Grunde Angst vor ihr hatten. Und die Sache mit meiner Urgroßmutter noch nicht vergessen war.

An dem Tag aber, als Coralie das kranke Kind aufsuchte, hatte sich Pardaillan an einem rostigen Blechkanister verletzt. Die Wunde war ungefährlich, aber er brauchte Ruhe. Coralie ging also zum Campingplatz, sah sich das Kind an. Es sei nicht schlimm, sagte sie und gab den Eltern ein Säckchen mit der Rinde eines Weidenbaums, zu Pulver zerrieben. Sie sollten das Pulver und sieben Stück Zucker in einem Liter Wasser aufkochen und gut durchsieben. Der Kleine sollte täglich drei Tassen voll davon trinken. Am nächsten Tag, frühmorgens, ging Coralie wieder zum Campingplatz. Sie wollte sehen, wie es dem Kleinen ging. Die Eltern waren ganz glücklich:

Das Fieber war gesunken, der Junge hatte die ganze Nacht ruhig geschlafen. Auf dem Rückweg dann ... wurde Coralie von einer Bande Jugendlicher verfolgt. Sie waren zu fünft. Wo die herkamen? Neben dem Campingplatz gab es eine Diskothek. Die Jungen hatten die ganze Nacht gefeiert, waren mit Alkohol und Drogen vollgepumpt. Sie kannten Coralie, kannten auch Doratas Geschichte. Sie waren ja alle aus dem Dorf. Coralie hat sich gewehrt. Vergeblich! Sie haben sie am Boden festgehalten und vergewaltigt. Einer nach dem anderen. Zum Schluss haben sie ihr eine Bierflasche an den Kopf geschmettert und sie bewusstlos liegen lassen. Die Narbe sieht man noch heute ... Leute von dem Campingplatz fanden sie, brachten sie zum Arzt. Sie hatte das Gedächtnis verloren, wusste nicht einmal mehr ihren Namen. Sie blieb wochenlang im Krankenhaus ...«

Ich stockte. Mein Herz schlug wie verrückt. Colin war völlig ruhig und streichelte mich. Er sprach ganz leise, unser Atem vermischte sich.

»Es ist schlimm, ich weiß. Hör zu ... ich muss dir auch was sagen. Etwas, das ich noch keinem gesagt habe. Es ist nur so ... manchmal schäme ich mich, ein Junge zu sein. Weil es so brutale Typen gibt. Typen, die sich nur dann stark fühlen, wenn sie Schwächere erschrecken können. Das gefällt ihnen, da fühlen sie sich wichtig. Davon gibt es eine ganze Menge bei uns in der Schule.«

Ich schluckte schwer. »Ja, bei uns auch. Überall, glaube ich.«

»Und wie ging es weiter?«

»Coralie kam aus dem Krankenhaus, aber sie war ganz anders als früher. Sie hatte viele Dinge vergessen. Sie stand vor dem Haus und sagte: ›Was für ein Haus ist das?‹ Mamie Lucie sagte, komm, du musst dich hinlegen, und brachte sie in ihr Zimmer. Coralie fragte: ›Wer schläft hier?‹ Sie saß stundenlang auf einem Stuhl im Garten, starrte vor sich hin. Es wurde Herbst; Mamie Lucie fragte: ›Ist dir nicht kalt?‹ Sie sagte Nein. Sie hatte nur ihr Unterkleid an und eine Strickjacke darüber. Sie war barfuß. Mamie Lucie tat alles, was sie konnte, um sie gesund zu machen. Es war, als ob sie gegen eine Wand stieß. Als sie merkte, dass Coralie ein Kind erwartete, war sie bestürzt. Aber dann dachte sie, vielleicht gibt ihr das Kind ihren Lebenswillen zurück.«

Ich biss mir auf die Lippen. Colin sah mich an, aber ich hielt die Augen hartnäckig gesenkt.

»Das Kind«, fragte er behutsam. »Von wem war das Kind?«

Mir schmerzte der Hals, dass ich fast erstickte.

»Von einem dieser Dreckskerle eben ... es konnte jeder von ihnen gewesen sein.«

Er schloss mich noch enger in die Arme.

»Und dann?«

»Sie ... sie brachte das Kind zur Welt. Es war eine schwere Entbindung, weil sie ... innerlich ... so furchtbar verletzt worden war. Coralie wollte ihre Tochter nicht sehen. Sie sagte zu Mamie Lucie: »Bring sie weg!«

Colin holte gepresst Atem.

»Das Kind . . . das warst du, nicht wahr?«

Ich nickte nur. Das Schlimmste war gesagt. Meine Augen waren trocken, aber brannten ganz entsetzlich.

»Und weiter?«

»Coralie wollte mir keine Milch geben, mich nicht in die Arme nehmen, mich nicht einmal ansehen. Mamie Lucie kümmerte sich um alles. Sie gab mir den Namen Leonie, weil eine ihrer Vorfahren auch so hieß. Inzwischen lebte meine Mutter wie in einem Eisblock gefangen. Wenn man mit ihr redete, antwortete sie nicht oder gab irgendeine widersinnige Antwort. Sie bekam Krämpfe und fiel zu Boden. Sie wurde ganz steif, zerbiss sich die Zunge. Wenn sie in einem solchen Zustand war, hatte Mamie Lucie nicht mehr die Kraft, sie zu halten oder sie daran zu hindern, sich selbst ganz furchtbar zu verletzen. Es ging einfach nicht mehr, sie schaffte es nicht. Manchmal verließ sie das Haus, man fand sie kilometerweit wieder, im Wald und einmal sogar auf der Autobahn. Der Arzt sagte: ›Sie gehört in eine Anstalt‹. Mamie Lucie weigerte sich zunächst, aber sah nach und nach ein, dass es nicht anders ging.

Jahre vergingen. Ich merkte erst allmählich, dass mit mir etwas nicht stimmte. Ich hatte keinen Vater und meine Mutter war krank. Einmal im Monat fuhr Mamie Lucie mit mir nach Avignon, zu Coralie. Sie saß einfach da, redete kaum ein Wort oder nur schreckliche Sachen. ›Hab Geduld‹, sagte Mamie Lucie zu mir: ›Hab Geduld und sei immer nett und freundlich zu ihr, hast du gehört? Deine Mutter hat das absolut Böse erlebt, das

Schlimmste, was eine Frau durchmachen kann. In ihrem Kopf gehen sonderbare Dinge vor. Sie liebt dich, aber sie will es dir nicht zeigen. Wenn sie es dir zeigen würde, hieße es, dass sie verzeiht. Sie kann nicht verzeihen, sie will es einfach nicht.‹

Und mein Vater? Mein Vater konnte irgendjemand sein, dem ich im Dorf oder auf der Straße begegnete. Der ganz normal aussah, ein freundliches Gesicht machte und eine nette Familie hatte. Mein Vater war für mich kein Mensch; nichts als ein dunkler Fleck, mit bloßen Augen unsichtbar . . .«

Ich stockte, atmete tief durch. Ein Schweigen folgte.

Dann fragte Colin mit ruhiger Stimme: »Und deine Mutter? Was macht sie heute?«

»Nichts. Sie sitzt einfach da, still und unbeteiligt. Mamie Lucie sagt jedes Mal: ›Du darfst den Mut nicht verlieren, Leonie! Ich weiß, dass sie wieder gesund wird.‹ Mamie Lucie irrt sich selten. Aber ich glaube, in dieser Sache . . . da ist nichts zu machen.«

Wieder Schweigen. Colin saß ganz still neben mir. Ich spürte nur seine Wärme.

»Eigentlich wollte ich nie davon reden.«

Er rückte leicht von mir ab, sodass er mich ansehen konnte.

»Jetzt geht es dir doch besser, oder?«

»Irgendwie schon . . .«

Ich zögerte, bevor ich zaghaft sein Lächeln erwiderte. Seltsam! Die schrecklichen Dinge berührten mich viel weniger als zuvor. Die Schmerzen waren abgeklungen, die Schatten aufgelöst. In mir war eine neue Frische, eine neue Unbeschwertheit.

»Und die Leute im Dorf?«, fragte Colin nach einer Weile. »Kennen sie die Geschichte?«

»Aber sicher. Manche reden nicht mit mir. Eigentlich logisch, ich will ja auch nicht mit denen reden. Andere sind echt brutal. Unsere Familie hat einen schlechten Ruf, verstehst du? Ich muss sehr vorsichtig sein, damit mir nicht das Gleiche wie meiner Mutter passiert. Wenn ich ein Pferd habe, ist alles gut. Auf einem Pferd, da fühle ich mich sicher. Pardaillan hat mich immer beschützt; Tiere sind immer ehrlich. Deshalb will ich Tierärztin werden. Mein Leben mit Tieren verbringen. Ich wünsche mir nichts anderes im Leben.«

»Du wärst eine tolle Tierärztin«, meinte Colin und sah mich liebevoll an. »So, wie ich dich kenne . . .«

Ich stimmte ihm lebhaft zu.

»Irgendwie weiß ich, dass ich es schaffen werde. Ich will für die Tiere da sein. Genauso, wie Mamie Lucie für die Menschen da ist. Mit dem Unterschied, dass Tiere nie gemein sind. Oder nur, weil die Menschen sie so gemacht haben.«

»Du bist ganz schön verbittert.«

»Sicher denkst du, ich habe 'ne Meise. Dass ich eines Tages auch in der Klapsmühle lande . . .«

»Nein, das denke ich nicht.«

»Was denkst du denn?«

»Dass du wirklich Mut hast.«

Ich kicherte.

»Ach, komm! Hör doch auf.«

»Doch. Andere würden jetzt einen Haufen Probleme haben, mit Drogen und Alkohol und solchen Kram. Du nicht.«

»Das fehlte mir gerade noch.«

»Du bist verdammt stark.«

»Du machst dich lustig über mich«, sagte ich, etwas traurig.

»Nein. Ehrenwort! Und was du über Menschen und Tiere sagst . . . irgendwie stimmt das schon. Bloß wagt das kaum einer zu sagen! Und was nun?«

»Ich bleibe bei Solal. Auch eine zweite Nacht, wenn es sein muss.«

»Dann bleibe ich bei dir.«

Ich sagte das Erste, was mir in den Sinn kam: »Du musst doch etwas essen.«

»Ich hole Sandwiches. Und Cola. Wir picknicken hier.«

»Du kannst nicht im Stroh schlafen! Das juckt ganz fürchterlich!«

»Ich denke auch nicht daran. Ich habe meinen Schlafsack. Da ist sogar Platz für zwei.«

Ich wurde rot.

»Ach, das geht doch nicht.«

Er grinste mich an.

»Wieso nicht? Ich will mich nicht die ganze Nacht kratzen.«

18

Draußen war es stockdunkel. Die Lampe im Stall spendete nur trübes Licht. Wir saßen auf dem Schlafsack. Die Daunen fühlten sich so schön weich an, nichts, was juckte oder kratzte. Wir aßen Käsesandwich, Mandelplätzchen und tranken Cola. Ich fühlte mich eigentlich gut, obwohl mich die Spannung ganz kribbelig machte. Ich hatte meine Uhr nicht dabei und fragte immer wieder: »Wie spät ist es?«

»Spät. Und jetzt reg dich ab. Dein Onkel kümmert sich um deine Sache. Das hat er doch gesagt, oder? Wer weiß, wo der rumfährt.«

Da – plötzlich Schritte; ich schreckte hoch. Mein Herz klopfte wie rasend, alle möglichen Gedanken purzelten durch meinen Kopf. Die Stalltür ging auf. Es war nur Mireille. Sie trug ihr weißes T-Shirt und eine Jogginghose, die ihre runden Hüften noch runder machte.

»Was ist?«, fragte ich trotzig.

»Bist du noch da?«, fragte sie Colin. »Wird langsam Zeit, dass du nach Hause gehst, meinst du nicht auch?«

»Ich bleibe bei Leonie«, sagte Colin.

»Leonie geht auch nach Hause.«

»Kommt überhaupt nicht infrage!«, rief ich.

»Wir haben alles dabei, was wir brauchen«, sagte Colin.

Mireille hatte schlechte Laune. Im schummrigen Licht wirkte ihr Haar noch widerspenstiger, ihre Augenbrauen, die sie niemals zupfte, noch schwärzer.

»Das gehört sich einfach nicht, dass du hier übernachtest«, sagte sie streng zu Colin. »Und du, Leonie, wenn du nicht gleich hier verschwindest . . .«

Ich ließ sie nicht ausreden.

»Ich warte auf Onkel Pierre.«

»Der kommt heute Abend nicht mehr.«

Ich starrte sie an. Mein Gesicht glühte.

»Was?«

»Er hat vorhin angerufen. Er fährt nach Sète und trifft da einen Dachdecker. Er ist erst morgen wieder da.«

»Er hat mir doch versprochen . . .«, stammelte ich.

»Glaubst du denn, er hat nichts anderes zu tun? Was hast du dir eigentlich eingeredet? Dass du das Tier behalten kannst?«

»Er hat aber gesagt . . .«

»Ich weiß, was er gesagt hat, aber er hat im Augenblick Wichtigeres im Kopf. Zum Beispiel unsere kaputten Ziegel. Colin, ich denke, du willst vielleicht deine Sachen zusammenpacken? Leonie geht auch.«

»Nein!«, stieß ich trotzig hervor.

Colin räusperte sich.

»Also . . . wenn Leonie nicht gehen will, dann gehe ich auch nicht.«

»Geh, Colin! Deine Eltern fragen sich sicher, wo du steckst«, erwiderte sie scharf. Er schüttelte den Kopf.

»Stimmt gar nicht.«

Sie starrte ihn an.
»Was?«
»Die wissen, wo ich bin. Sie haben gesagt, ich soll Leonie nicht im Stich lassen. Meine Mutter hat mir Proviant mitgegeben, Seife, ein Handtuch und zwei Zahnbürsten. Sie hat an alles gedacht, sogar an Klopapier.«
Mireille stopfte wütend ihr Haar hinter die Ohren.
»Deine Mutter ist wirklich sehr großzügig.«
Colin nickte gelassen.
»Ja, die ist schon in Ordnung.«
Schweigen. Dann sagte Mireille spitz: »Ich will mal mit deinen Eltern reden.«
»Um diese Zeit? Die sind schon im Bett. Und das Handy, das haben sie abgeschaltet.«
»Morgen, gleich nach dem Frühstück«, sagte Mireille schroff, drehte sich um und schlurfte davon. Colin grinste.
»So. Die wären wir los.«
Ich ließ mich zurückfallen, den Kopf auf den Schlafsack. Mir war elend zumute.
»Pierre hat gesagt, ich soll ihm vertrauen. Genau das hat er gesagt . . .«
»Leonie, hör zu. Vielleicht hat er . . .«
Ich drehte mich zur Wand; an den Steinen klebten alte Spinnennetze, mit Staub vermischt.
»Geh weg!«
»Leonie . . .«
Er legte sich zu mir, zog mich an sich. Ich drückte den Kopf an seine Schulter. Er umfasste mein Gesicht, küss-

te mich zuerst auf die Stirn, dann auf die Wangen und schließlich auf den Mund. Ich hatte noch nie einen Jungen geküsst und hatte ein ganz merkwürdiges Gefühl dabei. Ich entdeckte, dass Jungen gut und voller Zärtlichkeit sein können, genauso wie Mädchen. Der Gedanke war neu für mich. Ich hatte immer Angst vor Jungen gehabt. Aber vor Colin nicht, niemals. Ich war zu viele Jahre einsam gewesen. Ich war fort gewesen, so schmerzhaft weit fort, dass ich gar nicht wusste, wie es ist, jemandem nahe zu sein. Außer Mamie Lucie natürlich, aber dies war etwas anderes. Nie hatte ich mir vorstellen können, wie es sein kann, wenn man einem Jungen vertraut. Wenn sich neue Gefühle öffnen, eine Stimme leise und zärtlich spricht. Ich hatte stets mit dem Gedanken gelebt, dass Liebe – oder vielmehr das, was man so nennt – in Wirklichkeit schmutzig und grausam und brutal ist. Das war jetzt vorbei. Meine Ängste und Hemmungen legte ich ab, ganz langsam, Stück für Stück. Ich war glücklich in den Armen eines Jungen, ein Junge, der sanfte Hände hatte. Der sich Zeit nahm, mein Gesicht zu streicheln, mich auf Lider und Nasenspitze zu küssen. Und obwohl wir noch zögerten, obwohl unsere Hände linkisch waren und zitterten, entdeckten wir gemeinsam unsere Körper, zart, behutsam, gaben uns unseren Gefühlen und unserer Liebe hin.
Lange Zeit verging, bis Colin sagte: »Schlaf ein wenig.«
»Ich kann nicht«, flüsterte ich.
»Doch. Du musst schlafen. Ich bin ja bei dir.«
»Ja, das ist gut«, flüsterte ich.

Das Pferd stand ruhig, scharrte manchmal mit dem Huf oder prustete, wie entspannte Tiere das tun. Ich lag neben Colin im Schlafsack und hörte sein Herz schlagen und hörte es noch später, im Traum, als ich tief und fest einschlief.

Als ich erwachte, sah ich, das Gesicht noch zur Wand gekehrt, einige helle Lichtstreifen auf den Steinen. Traumbilder, die ich nicht deuten konnte, schwebten in meinem Kopf. Ich streckte tastend die Hand aus. Wo war Colin? Ich richtete mich auf den Ellbogen auf.
»Colin?«
»Der holt Wasser für das Pferd«, sagte eine Stimme, die ich kannte. Ich setzte mich ruckartig hoch. Vor mir, im Gegenlicht, stand Onkel Pierre. Und daneben stand ein Polizist.
Mein Herz blieb stehen. Panik kroch in mir hoch.
»So, jedenfalls bist du wach«, sagte Pierre.
Ich hockte mit angezogenen Knien im Schlafsack, konnte mich nicht bewegen. Der Polizist trat einen Schritt vor, gab dem Pferd einen Klaps auf die Kruppe. Das Pferd stampfte und schüttelte die Mähne.
»Prachtvolles Tier«, sagte er.
»Rühren Sie es nicht an«, zischte ich.
»Nur ruhig, Mädchen«, grunzte der Mann. »Nicht gleich so aufgeregt sein.«
Was sollte das bedeuten? Warum war ich nicht fortgeritten, mitten in der Nacht, hatte Solal irgendwo versteckt? Warum hatte ich bloß geschlafen? Ich hatte Trä-

nen in den Augen. Meine Augen waren so nass, dass ich nicht richtig sah. Alle Gesichter wurden undeutlich, verschwommen.
»Wem . . . wem gehört es?«, stammelte ich.
»Ganz eindeutig diesem Dreckskerl«, sagte der Polizist. »Der Typ hat uns nichts als Scherereien gemacht. Er wusste genau, dass er mal dran glauben musste. Er war zu verflucht niederträchtig.«
Ich saß wie erstarrt, versuchte nachzudenken, die Situation zu verstehen. Pierre stand daneben, mit einem merkwürdigen Ausdruck im Gesicht. Als ob er grinsen wollte und sich zurückhielt. Ich konnte nicht mehr schlucken, meine Kehle war ganz dick geschwollen.
»Was . . . was für einem Dreckskerl?«, stammelte ich.
Pierre deutete auf den Polizisten.
»Frag ihn doch! Das ist übrigens Alain Bovet«, setzte er hinzu. »Wir haben zusammen die Schulbank gedrückt. Jetzt ist er Kommissar. Und hat mir alles erzählt.«
»Was?«, flüsterte ich.
Undeutlich sah ich im Gegenlicht eine Gestalt, die sich bewegte. Es war Colin, der mühsam einen Eimer schleppte. Er stellte den Eimer vor den Hengst, das Wasser schwappte über und Solal begann sofort zu trinken.
Colin rieb sich die Hände am nassen T-Shirt ab und sah mich an.
»Haben sie dir schon gesagt, wie es war?«
Ich schüttelte stumm den Kopf, starrte den Kommissar an, der Alain Bovet hieß. Er sah irgendwie froschartig

aus: klein, fett, mit einem fleischigen Gesicht, weder freundlich noch unfreundlich. Alles in allem eine schmuddelige, aber nicht unsympathische Erscheinung.

»Tja«, knurrte er, »wir beobachteten den Kerl und warteten darauf, dass er einen Fehler machte. Hatten die Handschellen schon bereit. Larzac hieß der, Alphonse Larzac. So 'n richtiges Aas, für jedes krumme Geschäft zu haben. Hatte ein Café-Restaurant gleich hinter der Autobahnraststätte von Causse. Damit ist er zu Geld gekommen, wollte das Lokal in einen Nightklub ausbauen, ein richtig schicker Kasten, mit Go-go-Girls und Spielsalon. Dazu brauchte er eine Genehmigung, die ihm nicht erteilt wurde. Von Mafia- Bossen und Drogenhändlern haben wir die Nase voll. Eines Nachts wartete Larzac, bis alle weg waren, schüttete Benzin aus und legte Feuer. Ein schlauer Trick war das: Als Täter würde ihn keiner verdächtigen. Wer ist so blöde und setzt sein Eigentum in Brand? Larzac hatte alles einkalkuliert: totaler Brandschaden, garantierte Abfindung und legale Baugenehmigung. Aber diesmal hatte er Pech: Ein Luftzug schlug ihm die Tür vor die Nase zu. Wir fanden seine verkohlte Leiche und daneben einen Kanister.«

Colin warf mir einen Blick zu, das spürte ich genau, aber ich starrte nur geradeaus, auf den Kommissar, besser gesagt, auf seine dreckigen Schuhe, gleich vor meiner Nase.

»Und das Pferd?«, flüsterte ich.

»Ja, das Pferd . . .«

Bovet bohrte in der Nase. Es sah aus, als ob er Schnupfen hatte. Ich hielt den Atem an.

»Nun, das Pferd gehörte zweifellos ihm. Hatte es von irgendeinem Typ, der ihm Geld schuldete und ihm dafür ein Rennpferd andrehte. Das Tier war zu Beginn seiner Karriere gut gelaufen. Larzac hatte es in ein paar Rennen eingesetzt und Geld dabei verloren, weil der Hengst nur noch auf den fünften oder sechsten Platz kam. Zu eigenwillig. Zu nervös. Spitzenklasse würde das Tier nie sein. Und mit jeder Niederlage sank sein zukünftiger Zuchtwert ein Stück in Richtung null. Am Ende war das Pferd nur ein Klotz am Bein, aus dem Rennalter heraus. Larzac versuchte vergeblich, das Tier loszuwerden. Er kam ums Leben, bevor er einen Käufer fand. Und in der Nacht, in der der Brand ausbrach, setzte das Pferd über den Stacheldraht und floh. Und zunächst interessierte sich keiner dafür, was aus ihm geworden war.«

Mein Herz klopfte wie rasend.

»Und . . . was nun?«

Kommissar Bovet räusperte sich gewichtig.

»Also . . . die Lage sieht folgendermaßen aus: Wir haben in Sachen Erbschaft nachgeforscht. Larzac war geschieden. Die Frau treibt sich irgendwo in Brasilien herum. Sein einziger Sohn kam vor zwei Jahren ums Leben. Keine krummen Geschäfte, nein. Ein Motorradunfall. War zu schnell gefahren. Larzac hat also keine Familie mehr, die Erbanspruch stellen könnte. Keine Eltern, keinen Onkel, keine Tante. Bedauerlich, aber so was kommt vor. Die Gemeinde setzt keine Hoffnung mehr darauf, dass plötzlich jemand auftaucht, und wird das Grundstück versteigern. Tja, und was sollen wir mit einem Rennpferd, das nie gewinnt?«

Mein Herz klopfte stürmisch. Ich schaute Bovet in die vorstehenden Augen und konnte darin keine Arglist erkennen, nichts, außer vielleicht einem winzigen Funken Ironie, einem kaum wahrnehmbaren Schalk, sodass ich mich nicht traute, es überhaupt zur Kenntnis zu nehmen.

»Ja . . . was wird jetzt aus ihm?«, flüsterte ich heiser.

»Das ist eben die Frage.« Kommissar Bovet schnalzte mit der Zunge.

»Warum so nervös, Kleine?«

»Ich . . .«

»Dein Onkel hat von einer Höhle erzählt, die du entdeckt haben willst. Ganz in der Nähe, so viel er gesagt hat. Mit einer Quelle, richtig?«

Ich schluckte schwer.

»Eigentlich ist es ein kleiner See . . . will sagen, drei kleine Seen.«

»Mit Pflanzen im Wasser«, warf Colin ein.

Ich wischte mir das klamme Haar aus der Stirn.

»Heilpflanzen, hat meine Großmutter gesagt. Und die kennt sich aus.«

Bovet schnalzte mit der Zunge.

»Heilpflanzen? So, so? Im Wasser?«

»Die duften ganz irre gut«, sagte Colin. »Und das Wasser ist eiskalt.«

»Algen duften nicht«, sagte Bovet im belehrenden Ton. »Algen stinken. Und eiskaltes Wasser?« Der Dicke mimte Schüttelfrost. »Brrrrr! Wer holt sich schon gerne eine Lungenentzündung? Eine Thermalquelle wäre besser gewesen.«

Aber Colin sprach aufgeregt weiter.

»Da sind auch Felszeichnungen. Und eine Art Altar, mit Pferdeschädeln.«

»Pferdeschädel? Auf einem Altar?« Kommissar Bovet ließ ein Schmatzen hören.

»Ulkige Idee, würde ich sagen. Na gut, ich bin kein Fachmann. Man muss die Höhle erforschen. Könnte eine Attraktion werden. Vielleicht lässt sich ein Platz für Picknicktische und einen Kiosk errichten. Den Touristen gefällt das.«

Pierre nickte, nicht unbedingt glücklich.

»Hoffentlich muss die Höhle nicht eines Tages durch Stahltüren und Fernsehüberwachung geschützt werden, wie die *Grotte Chauvet.*

Alain Bovet zuckte mit den Schultern.

»Werde die zuständigen Stellen informieren. Aber bevor da was läuft, können Jahre vergehen. Gottes Mühlen mahlen langsam, die Mühlen der Verwaltung trödelig und plangemäß«, setzte er hinzu und zeigte beim Grinsen, dass er noch recht gute Zähne hatte.

Was redet er sich da zusammen?, dachte ich verzweifelt. Geschmackloses Zeug, offenbar. Ich hatte nur Solal im Kopf.

»Und . . . und das Pferd?«

»Ach so . . . das Pferd.« Kommissar Bovet wandte den Kopf. Sein Blick richtete sich auf Solal, der mit aufgerichteten Ohren wie ein sonnenhelles Bild im Halbdunkeln stand.

»Schönes Tier, aber aus dem Rennalter heraus. Da hat was mit dem Training nicht gestimmt. Von Anfang an, würde ich sagen.«

Sein Blick richtete sich auf Pierre, der sich ein Lächeln verkniff, und dann auf wieder auf mich. »Tja, ich denke, dass es hier gut aufgehoben ist.«

Ein paar Sekunden vergingen. Ich rührte mich nicht. Was sagt er?, dachte ich, wie betäubt. Was hat er wirklich gesagt? Mein Mund bewegte sich, aber die Worte blieben aus. Ich konnte nicht reden. Es ging einfach nicht.

»Mensch, bist du taub?«, rief Colin. »Hast du nicht gehört, was er gesagt hat? Das Pferd gehört dir! Du darfst es behalten! Wow!«

Er streckte beide Arme aus, drehte sich um die eigene Achse, bis er taumelte. »Wow!«, rief er noch einmal, und zwar so laut, dass Solal die Ohren spitzte. Er wandte den Kopf mit anmutigem Schwung, horchte auf den Klang unserer Stimmen. Seine Augen glänzten wie dunkle Spiegel. Tiere spüren, was Menschen empfinden, ob Schrecken oder Freude.

Ich saß stocksteif da, starrte zu dem Polizisten empor. Endlich gelang es mir zu sprechen.

»Ist das wahr? Ist das wirklich wahr?«

Es hörte sich wie ein Krächzen an, aber er lächelte zum

allerersten Mal, mit einer Andeutung von Freundlichkeit.

»Tja, was soll ich sagen? Wenn du mit dem Tier umzugehen weißt, wird er sich ganz gut reiten lassen. Allerdings würde ich nie einen Euro auf ihn setzen!«

19

»Ach, Leonie! Wie nett, dass du da bist.«
Schwester Bernarda lächelte mich an.
»Ich soll dir Grüße von Schwester Romana ausrichten, sie hat ein paar Tage Urlaub genommen.«
Ich erwiderte ihr Lächeln.
»Wie geht es meiner Mutter?«
»Sie sitzt auf der Terrasse. Die frische Luft tut ihr gut.«
Die *Tramontane,* der Südwind, heulte um die Ecken. Der Himmel war tiefblau, mit ziehenden Wolken. Durch die breite Verbindungstür sah ich die Terrasse, trat blinzelnd nach draußen. Die Blumen nickten hin und her, die Äste schaukelten, die silbrigen Blätter der Eukalypten rauschten. Meine Mutter saß auf einem Stuhl, unnatürlich still wie eine Steinfigur. Sie blickte über den Garten, die Hände im Schoß. Sie war offenbar so hingesetzt worden. Doch das Licht, das schräg auf sie fiel, machte, dass sie irgendwie hell aussah. Die abwesenden Augen leuchteten und auf dem Gesicht lag ein ruhiger Glanz. Ihre Augen starrten ins Nichts, ihre Gedanken – wenn sie welche hatte – kreisten irgendwo, abgeschnitten und unerreichbar. Ihre Schönheit und Anmut, wie ich sie auf einem alten Foto gesehen hatte, kamen mir in den Sinn, als ich vor ihr stand und mein Schatten auf sie

fiel. Oder war ich es, die im Schatten stand, während ihr Licht auf mich herüberschien? Ich ahnte plötzlich den Zauber, der einst von ihr ausging und ihr mit so brutaler Gewalt entzogen worden war. Alle Erinnerungen, die ich um sie gebildet hatte, kamen wieder mit dem Bedürfnis, bei ihr zu sein, mit ihr zu reden, sie zu umarmen – alles Dinge, die für mich unerreichbar blieben.

»Es tut mir leid, dass ich nicht früher gekommen bin. Wie fühlst du dich?«

Keine Antwort. Ich seufzte, suchte mit den Augen einen Stuhl. Ich holte mir einen, setzte mich meiner Mutter gegenüber. Doch in Wirklichkeit saß meine Mutter nicht hier. Hier saß eine Kranke, der ich nichts zu sagen hatte – und gleichwohl so viel, dass mein Herz voll davon war. Wie jedes Mal musste ich einen Anfang finden. Zuerst würde es mir schwerfallen, aber dann würde ich einfach drauflosreden und irgendwie würde die Zeit schon vergehen.

»Soll ich dir erzählen, was ich in den Ferien gemacht habe? Soll ich? Sag ja! Ich habe ganz andere Ferien als sonst erlebt. Manchmal frage ich mich, ob das alles wahr ist, ob ich nicht geträumt habe . . .«

Ich dachte, ist ja egal, wenn ich alles durcheinanderbringe. Wichtig ist nur, dass sie meine Stimme hört. So erzählte ich, wie Pardaillan mich zu der Felswand gebracht hatte. Und wie ich unter der Steinfigur den Eingang zu einer Höhle entdeckt hatte, die keiner kannte.

»Aber alleine traute ich mich nicht hinein. Und inzwischen starb Pardaillan und ich lernte Colin kennen. Sicher willst du wissen, wer Colin ist. Nun, er ist in den Ferien da und wohnt mit seinen Eltern in der *Villa Theotime*. Du weißt doch, Maman, der Garten mit dem Löwentor. Colin ist ganz anders als die Jungen hier im Dorf und ich . . . ich mag ihn sehr.«

Ich stockte, biss mir auf die Lippen.

»Colin und ich wollten wissen, was in der Höhle war. Du meinst, dass wir leichtsinnig waren? Ja, das schon. Aber wir waren so neugierig! Und stell dir vor, Maman, wir fanden einen Saal so hoch wie eine Kathedrale. Und einen Altar, wo sie früher Pferde opferten. Und drei unterirdische Seen! Im Wasser wachsen Pflanzen, die ganz herrlich duften. Und – du glaubst es nicht, Maman, im Wasser stand ein Pferd! Es hatte sich am Bein verletzt und schien zu wissen, dass es im Wasser schneller gesund werden konnte.«

»Ja, das wusste Pardaillan auch. Alle Pferde wissen das, seit Jahrtausenden.«

»Aber Maman«, unterbrach ich sie lebhaft. »Dann haben Pferde also ein Gedächtnis wie wir? Aber sie reden doch nicht! Wie können sie dann . . .«

Mitten im Satz brach ich ab. Stille. Das Schweigen um uns herum war mit einem Mal so tief, dass ich das Rauschen der Blätter, das vereinzelte Zwitschern der Vögel vernahm.

Meine Mutter hatte gesprochen!

Der Klang ihrer Worte tönte in meinem Bewusstsein wie ein fernes Echo. Sie hatte ihr Gesicht mir zugewandt. Die plötzliche Veränderung raubte mir den

Atem. Ihre goldbraunen Augen blickten klar und wach. Ihr eben noch so verkniffener Mund zeigte den Anflug eines zärtlichen, schelmischen Lächelns.

»Ich kenne die Höhle«, sagte sie ruhig. »Auch Pardaillan war damals verletzt und kühlte seine Wunde im Wasser. Aber das war lange, bevor du geboren wurdest . . .«

Die Tränen liefen mir über die Wangen. Ich spürte ihren salzigen Geschmack auf den Lippen und hörte mein eigenes Schluchzen.

»Ich habe dich immer geliebt, Maman. Ich . . . ich war noch klein und habe immer auf dich gewartet. Ich entsinne mich gut, einmal, da war ich krank. Ich hustete und hatte hohes Fieber. Da hast du dich . . . nur ein einziges Mal . . . an mein Bett gesetzt und deine Hand auf meine Stirn gelegt. Und bald danach ging es mir besser. Hast du das vergessen, Maman? Ich nicht. Niemals!«

Sie schüttelte sanft den Kopf.

»Manchmal . . . da habe ich geträumt. Von früher. Hier fühlte ich mich manchmal sehr . . . einsam.«

Unsere Blicke begegneten sich. Ich sah alles verschwommen und wagte mich nicht zu rühren. Dann, plötzlich, beugte ich mich vor und nahm ihre Hand, die etwas klamm in ihrem Schoß lag. Unsere Finger verschränkten sich zu einem Knoten, fest und warm. Ich nickte ganz langsam, die Augen auf ihr Gesicht gerichtet. Die Zeit stand still. Ich fühlte nichts anderes mehr als dieses helle, schmerzliche Glück, etwas, das ich vorher nie gekannt hatte, nicht einmal im Traum.

»Das ist jetzt vorbei, Maman. Du wirst wieder gesund

werden, Maman! Ich weiß es . . . ich weiß es ganz sicher.«
»Ja«, murmelte sie, mit abwesendem Ausdruck. »Ich muss wohl krank gewesen sein. Wie lange denn schon?«
Welche Bilder wanderten durch ihren Geist? Fühlte sie sich in die Jahre zurückversetzt, als sie auf Pardaillan durch Ginster- und Lavendelfelder ritt? Sah sie die steinerne Göttin wieder, die nur einmal im Jahr erscheint? Die eiskalten Seen mit den duftenden Heilkräutern? Bilder aus den Zeiten »davor«, als die Welt noch voller Zeichen und Wunder war und jeder Tag ein frisches Lebensgefühl brachte? Dazwischen lag nichts – ein finsteres Loch. Doch jetzt hatte sie eine Brücke gefunden, eine Brücke zwischen damals und dem, was jetzt war. Die Erinnerung kam wieder, unmerklich und sachte wie bei einem Kind, das beginnt, in den Farben, Lauten, Berührungen und Geräuschen um sich herum die Welt zu entdecken. Und ich – ich hatte jetzt eine Aufgabe. Es kam nur noch auf mich an. Aber darauf war ich vorbereitet.
»Ziemlich lange, ja«, beantwortete ich ihre Frage. »Etwas steckt in dir, Maman, schon jahrelang. Das musst du loswerden. Ich werde dir helfen. Ich weiß, es wird dir wehtun. Aber ich bin stark, glaube mir, ich mache die Dinge jetzt richtig. Ich werde dir helfen! Alles wird gut, Maman, das verspreche ich dir!«
Sie betrachtete mich mit unstetem Blick, der plötzlich aufmerksam und klar leuchtete.

»Ja«, flüsterte sie, »du bist jetzt kein Kind mehr. Ich weiß, dass du es kannst . . .«

20

Sie war zerstört«, sagte Mamie Lucie, »zerstört und in Stücke zerbrochen und irgendwie zusammengeklebt wie ein zertrümmertes Spielzeug. Sie war fort, so schmerzlich weit fort, dass sie gar nicht mehr wusste, wie es ist, jemandem nahe zu sein. Jetzt besteht Hoffnung. Bald ist sie wieder bei uns.«

»Wann, Mamie Lucie?«

»Es kann noch einige Wochen dauern. Ein paar Monate vielleicht. Die Ärzte werden sie untersuchen. Vielleicht gibt es einen Rückfall, ja, das ist möglich. Aber sie wird geheilt werden.«

»Wird sie wieder so sein wie früher?«

Die alte Frau wiegte sinnend den Kopf.

»Jahrelang war sie weit entfernt und unberührbar. Für sie kann es unglaublich schwierig sein, sich in diesem Leben wieder zurechtzufinden. Sie wird Hilfe brauchen.«

»Das weiß ich schon.«

»Macht dir das Angst?«

»Nein. Jetzt nicht mehr.«

»Gut.«

Ich saß bei Mamie Lucie, im Garten. Sie auf ihrem Stuhl, ich auf dem kleinen Schemel daneben, wie immer die

Stirn an ihre Knie gelehnt. Sie hatte diese ganz eigene Geste, meinen Hinterkopf zu umfassen, mein Haar zu kraulen. Ich hob das Gesicht zu ihr empor.

»Warum hat es so lange gedauert?«

»Die äußeren Wunden heilen schnell und vernarben. Die inneren Wunden, die seelischen, bluten lange.«

Die Sonne ging langsam unter, die Hitze wurde schwächer. Auf den Weiden grasten Ziegen, wir hörten das ferne Bimmeln ihrer Glöckchen.

»Als ich von dem Pferd in der Höhle sprach, da war sie plötzlich wie verwandelt.«

Und ich erzählte einmal mehr und in allen Einzelheiten, wie das ausdruckslose Gesicht meiner Mutter plötzlich den Blick und das Lächeln einer sehr schönen, jungen Frau getragen hatte. Mamie Lucie hörte zu, aufmerksam wie beim ersten Mal. Sie kniff die Lider zusammen, um den Blick zu schärfen, betrachtete mich mit diesen leuchtenden Augen, die ihr altes Gesicht so jugendlich machten.

»Siehst du? Du bist nicht umsonst zu ihr gegangen.«

»Ich war auf so was nicht vorbereitet . . . überhaupt nicht, verstehst du? Ich war doch für sie nie vorhanden. Warum hat sie . . . als ich von dem Pferd sprach, auf einmal reagiert?«

»Du hast sie in jene Zeit zurückversetzt, als sie noch jung und unbeschwert war und das Leben für sie voller Zauber. Und da, wo jede Therapie versagte, hat ein vergessenes Traumbild ihr Bewusstsein geweckt und belebt.«

Ich rückte noch enger an sie heran, atmete ihren vertrauten Geruch ein, Rauch, erhitzte Haut, Olivenöl und Minze. Der Geruch meiner Kindheit.

»Ja, so wird es wohl gewesen sein. Es ist wirklich ein Wunder«

Sie streichelte lächelnd meine Hand.

»Es ist das Wunder der Pferde.«

Es war Colins letzter Ferientag. Die *Villa Theotime* würde morgen geschlossen sein, alle Fensterläden fest zugezogen; das Haus würde schlafen, eine verwunschene Welt ohne Lichtschein, die nach altem Gips und frischer Farbe roch. Ein Mann aus dem Dorf war beauftragt worden, den Garten zu pflegen und in regelmäßigen Abständen nachzusehen, ob alles in Ordnung war.

»Glaubst du, dass ich mit dir reiten kann?«, fragte Colin. »Was, wenn Solal mich abwirft?«

Ich bemühte mich um einen heiteren Ton.

»Dann bleibst du mit einem Gips hier.«

Er lachte zögernd.

»Wäre gar nicht so übel. Auch wegen der Schule, meine ich.«

Wir gingen durch den Hof auf den Stall zu. Mireille war zum Einkaufen gefahren; wir hatten uns versöhnt, wie es sich gehörte. Mireille hatte große Angst gehabt; sie wollte nicht, dass man ihr etwas Falsches nachsagte. Aber jetzt war die Sache geklärt, und solange ich in der Schule war, würde sie Solal freundlich und pflichtbewusst versorgen.

Solal stand ruhig im Kuhstall und blickte uns aufmerksam entgegen. Colin trat an ihn heran, legte dem Tier die Hand auf die Stirn. Solal blähte die Nüstern, rieb den Kopf an Colins Schulter. Er sah mich an und verzog das Gesicht.

»Ich glaube leider, dass er mich mag.«

Ich seufzte.

»Kein Gips, also.«

»Wahrscheinlich nicht. Tut mir leid . . .«

Solal ließ die Ohren spielen. Ein Schauer kräuselte das leuchtende Fell. Ich legte ihm Zaumzeug und Mundstück an und führte ihn aus dem Stall. Colin sah mich unschlüssig an. Ich verschränkte die Hände.

»Los!«

Er ergriff die Zügel, setzte den Fuß in meine Hände und schwang sich hinauf.

»Nicht schlecht«, meinte ich. Er verzog das Gesicht.

»Ich dachte schon, dass du über mich lachen würdest.«

Ich schlang die Zügel um mein Handgelenk und sprang vor Colin auf den Pferderücken. Er lehnte sich an mich, während ich den Hengst aus dem Hof lenkte und im Schritt den Kastanienwald entgegenritt.

»Eigentlich hatte ich keine Lust, mit meinen Eltern in die Ferien zu fahren«, gestand Colin. »Ich dachte, das wird bestimmt langweilig.«

»Deine Eltern sind klasse«, sagte ich.

Am Morgen hatte ich mich von ihnen verabschiedet. Ich hatte von meiner Mutter erzählt; nur kurz, denn sie waren am Packen. Aber sie hatten sich Zeit für mich genommen, mir aufmerksam und ergriffen zugehört. Sie

würden in den Weihnachtsferien wieder da sein, hatte Fran gesagt.
»Wir hoffen, dass deine Mutter dann hier ist. Und dass wir sie kennenlernen.«
Ich hatte gelächelt.
»Ja, das hoffe ich auch.«
Denis hatte erklärt, dass er das Haus instand setzen würde, so nach und nach. Er verstand etwas von Schreinerei, aber er brauchte Zeit. Und die Kanalisation war in schlechtem Zustand.
»Auf der Bühne können wir die Welt so entwerfen, wie wir sie gerne hätten. Aber Häuser haben eigene Träume und Erinnerungen. Da müssen wir uns anpassen.«
Colin hatte mir einen Seitenblick zugeworfen.
»Er redet manchmal komisch, findest du nicht auch?«
»Ich finde das nicht komisch, nein.«
Denis hatte mir zugeblinzelt. Denis mit seinen verschmitzten Augen, die so anders waren als die von Colin und doch in ihrem Ausdruck so ähnlich.
»Leonie ist ein besonderes Mädchen. Sie versteht diese Dinge.«
Und Fran hatte noch etwas anderes gesagt.
»Leonie, hör zu. Wenn du später mal ein Stipendium beantragst und Unterstützung brauchst, du weißt, du kannst auf uns zählen. Wir kennen einige Leute, die sich für dich einsetzen werden.«
Das kam unerwartet und war fast zu viel für mich. Ich schluckte vor Rührung. Fran hatte mir die Hand auf die Schulter gelegt.

»Wenn es an der Zeit ist, reden wir darüber. Mit Mamie Lucie. Und vielleicht auch mit deiner Mutter. Und selbstverständlich mit deiner Lehrerin. Die soll nett sein, hast du gesagt?«

Ich hatte genickt, mehrmals und mit großem Nachdruck.

»Sie heißt Madame Florier. Und sie ist wirklich sehr nett.«

Nun ritten wir durch den Wald, wo der Spätsommer die ersten Blätter schon gelb färbte. Über den Weinbergen flimmerte Hitze. Am Himmel zogen zwei Falken ihre Kreise. Wir bewegten uns in einer Natur, die ihren Zauber bewahrt hatte, in einer verwunschenen Stille, in der nur die Wildbäche rauschten.

Colin lehnte das Kinn an meine Schulter.

»Ich bin echt kaputt. Weiß der Kuckuck, was mit mir los ist. Nichts ist mehr wie vorher. Und glaubst du mir, wenn ich dir sage, dass es die schönsten Ferien meines Lebens waren?«

Ich hatte mir vorgenommen, kein Theater zu machen, aber das ging nicht, das fühlte ich.

»Ja«, flüsterte ich rau. »Für mich auch, genauso. Wann . . . wann kommst du wieder zurück?«

Er atmete dicht an meiner Wange.

»In den Weihnachtsferien, ganz bestimmt. Eigentlich wollten meine Eltern Ski fahren. Ohne mich! Ich will nicht mit einer Seilbahn auf einen Berg. Das habe ich denen ganz deutlich beigebracht. Denis hat da gesagt, na gut, ich habe noch ein paar Wände anzustreichen.

Ich habe gesagt, okay, versprochen ist versprochen! Sag, was denkst du?«

Ich lachte ein wenig.

»Keine Ahnung! Ich bin einfach froh.«

»Ehrlich?«

»Doch. Die paar Monate, die gehen schnell vorbei. Inzwischen muss ich gut in der Schule sein. Und mich auch um meine Mutter kümmern. Aber das schaffe ich schon.«

Er legte beide Arme um meinen Körper, drückte mich eng an sich.

»Klar schaffst du das. Du hast ja deinen Glücksstein, oder? Ich habe keinen.«

Ich lächelte, wenn auch nur flüchtig.

»Glaubst du, der hilft?«

»Schon möglich. Aber ich muss ein Examen machen und meine Eltern sagen schon jetzt, die Sache ist gelaufen. Weil ich zu viel anderes Zeug im Kopf habe. Mist! Die vergessen, wie schwer das manchmal ist. Sie sollen doch verstehen, warum . . . warum ich . . .«

Er stockte, brach mitten im Satz ab.

»Die verstehen dich doch«, sagte ich.

Er räusperte sich.

»Irgendwie schon.«

Die Sonne schien uns in die Augen. Ich befreite mich sanft aus seiner Umarmung und drehte mich um, sodass mein Schatten auf Colins Gesicht fiel. Dann schob ich meine Hand in die Hosentasche, nahm den Muschelstein hervor und legte ihn in Colins Hand.

»Da, für den Fall, dass du Probleme hast. Beim Examen oder so . . .«

Er war gerührt und verlegen.

»Und du, Leonie? Ist das okay für dich?«

»Macht mir nichts ohne.«

Das war keine Lüge: Ich spürte eine merkwürdige Kraft in mir, die von meinem Herzen ausging und mich froh machte.

Er stieß einen Pfiff aus.

»Das Ding nimmt den Stress, hast du gesagt. Mann, jetzt werde ich so richtig tough im Unterricht!«

»Und fällst beim Skaten nicht auf die Nase.«

»Ein Gips in den Weihnachtsferien, das wäre der Hit, oder?«

»Hör bloß auf mit dem Quatsch!«

Wir blufften, weil es uns mies ging, aber nach einer Weile hielten wir beide den Mund. Viel Zeit blieb nicht mehr übrig. Schweigend ritten wir weiter, gefangen im gemeinsamen Schmerz. Und doch war dieser Schmerz mit Hoffnung verbunden. »Ich schreibe dir, versprochen«, sagte Colin. »Du hast ja kein Telefon!«

»Und auch keinen Computer. Mailen kannst du gleich vergessen.«

Er streichelte mein Gesicht mit den Fingerspitzen.

»Bescheuert, das sagte ich doch! Zum Glück ist noch die Post da.«

Wir ritten, eng umschlungen. Wir hatten zusammen so viel erlebt! Das machte uns so leicht keiner nach. Das schuf eine Verbundenheit. Solal ging gleichmäßig. Ich sah vor mir, im Licht, seine wippenden Ohren. Er war glücklich, er hatte seine Heimat gefunden. Und die Höhle war immer da. Der Inspektor hatte gemeint, es würde Jahre dauern, bis sie erforscht wurde. Aber inzwischen gehörte sie mir. Wie wunderbar, trotz allem! Ich würde es sein, die Coralie zurückführte, bis zu den heilenden Seen, die nach Blumen und Gräser dufteten. Das, was sie wirklich benötigte, war dort, in dieser Höhle. Ich wusste nicht, was es war, aber es war vor Jahrtausenden entstanden und regte sich noch heute in uns. Was hatte Mamie Lucie gesagt? »Wo Menschen und Tiere gemeinsam träumen, entsteht eine mächtige Kraft, ein Gleichgewicht.« So ungefähr hatte sie sich ausgedrückt und recht gehabt, wie immer. Mir fiel auf, dass ich lächelte.

Milas Zauberlied

1

Meine Geschichte hört sich sehr merkwürdig an; deswegen erzähle ich sie selten. Seit zwei Jahren lebe ich in Tucson im Internat und besuche die Kunstakademie. Weil ich die einzige Indianerin bin und dank eines Stipendiums studieren kann, behandeln mich ein paar weiße Studenten von oben herab. Klar, ich habe einige gute Freunde, aber auch ihnen vertraue ich nicht restlos. Sie würden wahrscheinlich über meine Geschichte lachen oder den Kopf schütteln: »Ihr Indianer habt zu viel Fantasie, das hast du dir alles nur eingebildet . . .« Zum Glück ist seit dem Wintersemester Naiche da. Er war damals auch dabei, als jene Sache passierte. Naiche will Tierarzt werden und hat – im zweiten Anlauf – die Prüfung für die Highschool bestanden. Wir sind zusammen aufgewachsen und wir lieben uns. Im Internat dür-

fen wir zwar nicht im selben Zimmer schlafen – Mädchen und Jungen sind streng getrennt –, aber außerhalb des Camps tun wir, was wir wollen.
Dass ich meine Geschichte jetzt aufschreibe, verdanke ich Ajo Turner. Er ist mit meiner früheren Lehrerin Marella verheiratet, gibt im San-Carlos-Reservat die einzige Wochenzeitschrift heraus und veröffentlicht Bücher von indianischen Schriftstellern. In den letzten Ferien zeigte ich ihm einige Notizen, die ich mir gemacht hatte. Er gab mir den Rat: »Schreib weiter! Vielleicht kann ein Buch daraus werden.«
»Das kann ich nicht«, hatte ich danach zu Naiche gesagt. Er hatte gelächelt und nachdrücklich gesagt: »Doch, Mila, du kannst alles, was du nur willst.«
Seine Antwort hat die Erinnerungen in mir verstärkt. Und so schreibe ich nun über das, was sich vor sechs Jahren auf dem Heiligen Berg ereignete. Ich schreibe mit dem Gefühl, dass es für die amerikanischen Ureinwohner wichtig sein könnte, diese Geschichte zu erfahren. Weil wir oft an uns zweifeln, unterschätzen wir die Kraft in uns. Aber wir sind Menschen mit starken Träumen und manchmal werden diese Träume wahr, wenn wir intensiv genug wollen. Wir haben diese Fähigkeit, wir müssen uns nur auf sie zurückbesinnen und sie wieder in uns aufnehmen.

Damals, als ich noch nicht 13 war, stand Luna, meine Stute, im Mittelpunkt meines Lebens. Und auch heute noch, wenn ich sie in den Ferien auf der Koppel begrüße, be-

schnuppert sie mich mit vertrauensvoller Zuneigung, als hätten wir uns erst gestern getrennt. Apachenkinder haben selten ein Pferd, aber ich habe großes Glück gehabt. Luna ist auf der Farm meines Onkels geboren; er hat einige Pferde und eine Herde Schafe, die er geschickt zu Geld macht. Er hatte mir Luna geschenkt, als ich zehn Jahre alt war, weil sie mit einem verkrüppelten Vorderbein auf die Welt gekommen war und er das kleine Fohlen nicht töten wollte. Aber Luna war schon immer ein gescheites Pferd. Sie hatte rasch aus ihrem Makel eine Tugend gemacht, indem sie die verkümmerten Muskeln trainierte und das rechte Bein beim Galoppieren auf besondere Art vorstreckte. Bald war sie schneller und ausdauernder als irgendein anderes Pferd. Als Onkel Victor ein Jahr später zu Besuch kam, war aus dem missgebildeten Fohlen ein eigenwilliges Tier geworden – ein Energiebündel aus Knochen und Muskeln, mit struppigem Fell, eisernen Kiefern und samtenem Maul und mit dem angeborenen Willen zum Durchhalten.
Onkel Victor traute seinen Augen nicht. »Aber das ist doch kein Kinderpferd!«
Grandma Alope hatte amüsiert geblinzelt.
»Doch. Sie duldet nur Mila auf ihrem Rücken.«
»Sie ist ein Jagdpferd!«
»Ein Pferd erkennt einen Menschen«, sagte Alope ruhig.
»Richtig«, knurrte Onkel Victor. »Aber ein Mensch erkennt nicht immer ein Pferd.«
Nach Onkel Victors Besuch sagte ich zu Alope: »Vielleicht tut es ihm leid, dass er mir Luna gegeben hat.«

Sie lachte leise. »Und wie!«
Wir Indianer betrachten Pferde als uns gleich geartete Wesen. So war meine Beziehung zu Luna von Anfang an sehr eng und jeder Vorzug, jeder Fehler der Stute war mir vertraut: Ihr Kopf, den sie sehr hoch trug, war im Verhältnis zum Rumpf zu groß, aber wohlgeformt, mit weit auseinanderstehenden Augen und kleinen, spitzen Ohren; ihr dunkelgraues Fell war sogar im Sommer zottig; die Augen waren groß, klar wie Kristall, und manchmal schien es, als ob tief in ihnen etwas Goldenes schimmerte. Die Winkelstellung der Beine war nicht korrekt, auf Brust und Flanken zeichneten sich deutlich die Adern ab. Die Mähne, struppig und so lang, dass sie bis weit über den Hals fiel, peitschte mir beim Galoppieren ins Gesicht, was manchmal richtig wehtat. Doch die eigenwilligste Besonderheit von Luna war ihr Geruch. Es gibt Pferde, die stark aus dem Mund riechen; Luna nicht. Niemals. Sie roch von Anfang an, ich weiß nicht, warum, nach Apfel.
Aber ich schweife ab, weil ich Luna so liebe. Vielleicht sollte ich zuerst erzählen, dass ich meine Eltern verlor, als ich drei Jahre alt war, und seitdem bei meiner Großmutter lebe. Damals war im Reservat eine schwere Grippeepidemie ausgebrochen. Zuerst war Lina, meine Mutter, erkrankt. Mein Vater Jorge hatte sie gepflegt und sich ebenfalls angesteckt. Früher hatten viele Indianer in unserem Reservat im Kindesalter Tuberkulose; ihr Immunsystem war geschwächt, sodass sie als Erwachsene bei anderen Krankheiten kaum Widerstandskräfte

aufbrachten. Meine Eltern starben also und Grandma nahm mich zu sich.
Grandma Alope hatte Grandpa Martin mit 17 Jahren geheiratet und Jorge als einzigen Sohn geboren. Als er groß genug war, um für sich selbst zu sorgen, hatte Alope ihn und ihren Mann verlassen, um Medizinfrau zu werden. Das ist auch in der heutigen Zeit nichts Ungewöhnliches. Indianerfrauen sind sehr selbstständig, weil sie früher, wenn die Männer auf Beutezug waren, oft monatelang alle Verantwortung im Lager trugen. Kein Mann widerspricht der Entscheidung einer Frau. Schon möglich, dass er manchmal murrt; aber er fügt sich, das ist bei uns nach wie vor Tradition. Alopes eigene Mutter, meine Urgroßmutter Nalika, ist übrigens Medizinfrau gewesen, ebenso wie meine anderen Ahnfrauen, von denen ich sämtliche Namen aufsagen kann. Wir Indianer haben einfach ein gutes Gedächtnis, weil unsere ganze Kultur mündlich überliefert wird . . .
Alope hatte wie gesagt nur den einen Sohn. Mein Vater Jorge wollte aber nicht Medizinmann werden und Grandma akzeptierte dies. Wer nicht die Berufung dazu fühlt, kann es niemals lernen. Mein Vater besuchte die Highschool in Tucson und leitete später eine kleine Radiostation, einen Privatsender in der Apachensprache, der aus Mangel an Sponsoren nur zwei Stunden am Tag senden konnte. Lina, meine Mutter, war offizielle Fremdenführerin für die Touristen, die zu uns nach San Carlos kommen, um Schmuck, handgewebte Teppiche und Töpfereiwaren zu kaufen – sie kaufen allerdings immer

nur das Grellste und Kitschigste. Als ich alt genug war, um diese Dinge zu verstehen, erzählte mir Alope, dass Lina ihren Beruf gehasst hatte. Doch damals wie heute waren viele Indianer arbeitslos, Lina war auf das Trinkgeld der Touristen angewiesen. Ich besaß nur wenige Fotos von ihr, die meisten unscharf und vergilbt. Wie hübsch sie war mit ihrem ovalen Gesicht, ihren mandelförmigen Augen! Ich betrachtete jedes Foto mit größter Aufmerksamkeit.

»Sehe ich ihr ähnlich?«, fragte ich eines Tages Alope.

Sie lächelte.

»Ein wenig schon.«

Meine Mutter trug auf den Fotos ihr Haar offen, mit bunten Wollfäden durchzogen. Am nächsten Morgen machte ich mir die gleiche Frisur. Worauf Abel Wood, der weiße Leiter unserer Missionsschule über meine »abscheuliche Eitelkeit« schimpfte. Dabei war ich zu jener Zeit nicht älter als zehn!

Ich lebte also mit Grandma Alope, seit ich denken konnte, zusammen. Alopes Haus befindet sich in einem Tal, unweit eines kleinen Wasserlaufs. Er trocknet im Sommer aus und schwillt nach den Regenfällen an. Es gibt auch einen kleinen Garten, in dem Kartoffeln, Kürbisse und Tomaten wachsen. Und da Grandma früher ein paar Schafe gezüchtet hat, besitzt sie sogar eine kleine Koppel, auf der Luna grasen kann. Trotzdem verfügten wir in all den Jahren kaum über das Nötigste zum Leben. Einmal, ich erinnere mich gut, beklagte ich mich über unsere Lage. Weiße Kinder hatten mich ausgelacht,

weil die Jeans, die ich trug, nicht von der richtigen Marke waren. Außerdem hatte ich nachts nicht schlafen können, weil die Luft so stickig war.
»Bevor die Weißen kamen«, sagte Alope darauf, »zogen wir Apachen frei durch unsere Heimat. Im Winter besiedelten wir die Täler, im Sommer schlugen wir das Lager in den Bergen auf, wo es genug zum Leben gibt und die Luft frisch und klar ist. Wir hatten alles, was wir brauchten. Heute müssen wir nun einmal mit dem vorlieb nehmen, was uns zugewiesen wurde: auch mit den kargsten und lebensfeindlichsten Orten. Aber wir werden uns davon nicht besiegen lassen.«
Ihre vernünftige Art beruhigte mich schnell. Wenn Alope redete, hatte ich ihr schon immer gern gelauscht. Bereits als Kind hatte ich ihr stundenlang zugehört, wenn sie von unseren alten Bräuchen erzählte. Alope bewahrte viele Geheimnisse; sie wusste Geschichten, die seit Generationen von Mund zu Mund überliefert wurden, und da sie ein großartiges Gedächtnis und eine geläufige Zunge hatte, gab sie mir einen schier unerschöpflichen Schatz an Legenden weiter. Ich kann mich nicht entsinnen, jemals eingeschlafen zu sein, ohne eine Geschichte von ihren Lippen zu hören. Am liebsten war es mir, wenn Alope von der Zeit erzählte, da die Geister den Indianern erschienen und jedes Kind mit ihnen sprechen konnte.
»Sie sprechen auch heute noch«, sagte Alope, »aber die Menschen verstopfen ihre Ohren mit Kopfhörern und hocken vor der Glotze. Die Weißen reden so laut, dass

sie ihr eigenes Wort nicht verstehen. Die Geister jedoch flüstern.«

So ganz allmählich hatte ich begonnen, mir über diese Dinge Gedanken zu machen. Eines Abends, ich war inzwischen zwölf Jahre alt, saß ich mit Alope auf der Bank neben der Haustür. Unser Blick schweifte über die Ebene mit ihren Telegrafenmasten, die sich bis zum Heiligen Berg, dem *Dzil Nchaa si an,* erstreckt – jenem Berg, den die Weißen *Mount Graham* nennen. Die Sonne sank glutrot, Fledermäuse zuckten über die Büsche. Dies war Alope und mir die liebste Stunde des Tages.

»Grandma, woher kommen die Geister?«, brach ich irgendwann das Schweigen.

Sie nickte mir zu.

»Dazu muss ich dir erzählen, wie die Welt entstanden ist«, antwortete sie mit ihrer kehligen, etwas schleppenden Stimme.

Eine Geschichte, von Grandma erzählt! Das war das Beste, was ich mir wünschen konnte. Ich setzte mich bequem zurecht und Alope begann.

»Am Anfang war die Erde nur von Tieren bevölkert. Alle diese Tiere konnten sprechen und waren mit Vernunft begabt. Es gab drei Arten von Tieren: die Vögel, die Säugetiere und die Reptilien. Der Häuptling der Vögel war der Adler, der Häuptling der Säugetiere der Silberlöwe, der Häuptling der Reptilien der Drache. Jahrtausendelang lebten die Tiere in Frieden, bis eine große Dürre ausbrach und die Nahrung knapp wurde. Statt nun die

Vorräte gerecht unter sich zu verteilen, gerieten die Tiere in Streit.
Bald begann ein heftiger Krieg. Die Säugetiere hatten sich mit Stöcken bewaffnet, aber die Adler hatten die Vögel gelehrt, mit Pfeil und Bogen umzugehen. So waren die Vögel die Stärkeren. Am allergefährlichsten allerdings waren die Reptilien, die, wie du ja weißt, weder Vögel noch Vierfüßler sind. Der Drache nämlich, so groß wie ein Berg, war gegen Pfeile fast unverwundbar. Da hatte der Adler einen Einfall: Er flog in die Luft empor, mit einem weißen Stein im Schnabel. Aus gewaltiger Höhe ließ er den Stein auf den Kopf des Drachen fallen und der Drache starb. So gewannen die Vögel den Krieg.
Der Adler war weise und regierte klug; und als keine bösen Drachen mehr die Welt bevölkerten, konnten schließlich die Menschen entstehen. Weil wir es aber dem Adler verdanken, dass wir auf der Welt sind, schmücken wir uns ihm zu Ehren mit Adlerfedern. Wir tragen diese Federn als Zeichen der Weisheit, der Gerechtigkeit und der Macht.«
Grandma betonte das Erzählte mit ausdrucksstarken Gesten ihrer kleinen braunen Hände. Ich rutschte unruhig auf der Bank hin und her und wollte wissen, wie die Geschichte weiterging.
»Geduld!«, sagte Alope.
»Eines Tages«, fuhr sie fort, »trat ein Wasserlauf über das Ufer. Danach trocknete der Lehm in der Sonne und nahm die Form einer Frau an. Der große Geist, der

Mond und Sterne bewegt, wärmte sie mit seinem Atem. Die Frau öffnete die Augen und richtete sich auf. Ihr Name war *Weiß-bemalte-Dame*. Bald erkannte sie, dass sie allein auf dieser Welt war, und wurde traurig. Da kam nach einiger Zeit ein Gewitter. Weiß-bemalte-Dame entledigte sich ihrer Kleider und badete im Regen. Der Geist des Wassers verliebte sich in sie, verwandelte sich in einen Regenbogen und hüllte sie in seine Farben ein. So wurde Weiß-bemalte-Dame schwanger und gebar einen Sohn, den sie *Wasserkind* nannte.
Aber ein Drache hatte noch überlebt, der sich in einem Wald verborgen hielt. Nun kam er hervor und versuchte, das Baby zu töten. Seine Mutter grub deshalb einen unterirdischen Gang und versteckte das Baby heimlich dort. Vor dem Ausgang zündete sie ein Feuer an, um den Drachen abzuschrecken; unterdessen stieg sie täglich in die Höhle und nährte das Baby. Und täglich, wenn der Drache auf Jagd war, verließ Wasserkind seinen Unterschlupf und ging in den Bergen auf Entdeckung. Bald lernte er alle Tiere kennen und befreundete sich mit ihnen.
Doch eines Tages bemerkte der Drache seine Fußspuren. Er sagte zu Weiß-bemalte-Dame: ›Wenn du mir nicht deinen Sohn gibst, fresse ich dich.‹
Weiß-bemalte-Dame ließ sich nicht einschüchtern, obwohl sie wusste, wie stark und schlau der Drache war. Sie warnte ihren Sohn, der inzwischen zu einem kräftigen Jüngling herangewachsen war. Der Junge sagte: ›Ich will das Ungeheuer töten.‹

Seine Mutter antwortete: ›Warte, du benötigst eine Waffe.‹ Sie fertigte einen Bogen an, dazu einen Köcher mit starken Pfeilen. Um den Jungen im Gebrauch dieser Waffe zu unterweisen, erlegte sie zusammen mit ihm einen Hirschen. Dann zerteilte sie das Fleisch, briet es über dem Feuer und legte es zum Erkalten auf einem Busch aus. Während sie das Fleisch aßen, erklang ein mächtiges Stampfen und Schnaufen. Der Drache, vom Geruch angelockt, erschien auf dem Gipfel des Berges. Er war so gewaltig, dass er die Sonne verdunkelte.
›So!‹, rief das Ungeheuer. ›Bist du der tapfere Junge, der sich vor mir in einer Höhle versteckt? Ich werde zuerst das gebratene Fleisch fressen, dann dich und schließlich deine Mutter!‹
Der Junge rief zurück: ›Ich werde mit dir kämpfen und dich töten.‹
Der Drache brach in Gelächter aus, doch der Junge schoss zwei Pfeile ab: einen in jedes Auge, die einzigen Stellen, wo der Drache verwundbar war. Der Drache stieß einen entsetzlichen Schrei aus, stürzte den Berg hinab und 1000 Meter tief in eine Schlucht, wo seine Knochen noch heute liegen. Da krachte ein mächtiger Donnerschlag, Blitze flackerten zwischen den Wolken und Regen prasselte auf die Erde. Plötzlich erschien ein Regenbogen in schillernden Farben. Weiß-bemalte-Dame sagte zu ihrem Sohn: ›Dein Vater kommt!‹
Kaum hatte sie das gesagt, als ein kräftiger Mann aus dem Regenbogen trat. Der Vater sprach zu seinem Sohn: ›Weil du die Welt von diesem Ungetüm befreit

hast, sollst du *Apache* heißen, was *Feind des Bösen* bedeutet.‹

Da er aus Liebe menschliche Gestalt angenommen hatte, verlor der Geist des Wassers die Kraft, zum Himmel zurückzukehren. Von nun an war er gezwungen, wie ein Mensch zu leben und auch zu sterben. Der Geist des Wassers und Weiß-bemalte-Dame bekamen viele Kinder, die die Erde bevölkerten. Apache wurde ihr erster großer Häuptling und seine Eltern lehrten ihn die 32 Heiligen Gesänge, die Segen und Wohlstand über das Volk brachten.

Als die Eltern ihre letzte Stunde gekommen sahen, riefen sie ihren Sohn und sprachen: ›Wenn wir gestorben sind, bestatte uns auf dem Heiligen Berg Dzil Nchaa si an. Dort werden unsere Knochen zu Staub werden, aber unser Herz wird ewig in dem Berg schlagen. Gib die Heiligen Lieder an deine Kinder und Kindeskinder weiter. In Zeiten der Not sollen sie unser Grab aufsuchen und das *Lied des Herzens* anstimmen. Vertraue auf unsere Hilfe!‹

Genug, beide starben. Apache erfüllte den Wunsch seiner Eltern. Seinen Kindern überlieferte er die 32 Heiligen Lieder. Wenn seine Nachkommen danach schwere Zeiten durchstanden, besuchten sie das Felsengrab und sangen das Lied des Herzens. Dann hörten sie das Herz der Ahnen in der Erde pochen. Die Geister erschienen ihnen im Traum, erteilten weise Ratschläge. So konnten sie manches Übel abwehren und die Apachen wurden ein mächtiges Volk.«

Alopes Stimme erlosch. Mir war, als ob die Stille atmete. Es war fast völlig dunkel jetzt; ein Mondsplitter leuchtete über den Berg. Ich fühlte, wie ich fröstelte, nicht aus Angst, sondern aus Erregung. Dieses Märchen verbarg einen besonderen Sinn. Da waren sehr viele Dinge, über die ich nachdenken musste.
»Grandma«, fragte ich leise, »ist es wirklich wahr, dass man das Herz der Ahnen schlagen hört?«
Alopes Schaukelstuhl quietschte.
»Nur, wenn du das Lied des Herzens singst.«
»Kennst du dieses Lied?«
Ich spüre, wie sie in der Dunkelheit nickte.
»Meine Mutter hat mir alles beigebracht, was ich wissen musste. Ja, auch dieses Lied.«
»Würdest du es *mir* beibringen?«
Ihre weißen Zähne schimmerten.
»Solange du ein Kind bist, nicht. Danach werden wir sehen.«

2

Heute ist mir klar, dass meine Großmutter damals einen besonderen Grund hatte, mir diese Geschichte zu erzählen: Bald würde ich meine erste Monatsblutung haben und dann würde ich kein Kind mehr sein. Manche Mädchen bekommen sie mit zwölf, andere erst mit 13. Ich freute mich sehr darauf, denn aus diesem Anlass würde ich im Mittelpunkt einer Zeremonie stehen, an der sich der ganze Stamm beteiligte. Vier Tage lang würde ich den Namen Weiß-bemalte-Dame tragen und in einem besonderen *wickiup,* einer Hütte, wie eine Heilige verehrt werden – wir Apachen glauben, dass ein Mädchen in dieser Zeit eine mächtige Zauberkraft gewinnt, sie kann Wunden heilen, Kranke gesund machen und Wünsche erfüllen. Und an vier Abenden würde mir zu Ehren der Geistertanz aufgeführt werden. Damit würde ich fest in den Kreis der Erwachsenen aufgenommen werden.

Dabei wusste ich, dass diese Feierlichkeiten vor über 80 Jahren von den Amerikanern verboten worden waren. Die Weißen waren schockiert, dass die Regelblutung eines Mädchens gefeiert wurde: Über solche Dinge redeten sie nicht! Für uns allerdings war der Vorgang nicht nur vollkommen natürlich, sondern ruhmreich, wurde

er doch früher der ersten Mutprobe eines jungen Kriegers gleichgesetzt. Das Leben in der Wildnis war hart; die Apachenfrauen hatten im Allgemeinen wenig Kinder. Aber das Fortbestehen der Sippe war wesentlich. Und so wurde alles, was mit der Fruchtbarkeit in Verbindung stand, besonders hervorgehoben.
Natürlich hatten nur ein paar Weiße eine Ahnung von diesen Traditionen. Und was die Geistertänze betraf, die waren für sie eindeutig »heidnisch«. So durften solche Feste nur noch einmal im Jahr – als groteske Parodie – für Touristen aufgeführt werden. Aber Grandma Alope hatte vor Kurzem beim Stammesrat verkündet, damit solle jetzt endgültig Schluss sein. Die Zeremonien sollten wie in alten Zeiten stattfinden, Touristen nicht mehr zugelassen werden.
Als Vorsitzende des Stammesrats übte Alope das Amt aus, das früher dem Häuptling zukam. Als sie jene Entscheidung unterbreitete, unterstützten sie fast alle unsere Ratsmitglieder. Bedenken zeigten nur jene, die die Wertbegriffe der Weißen anerkannten, weil es ihnen Vorteile brachte: Unterstützungen, Schmiergelder, Steuerermäßigungen, das Übliche. Sie wagten jedoch nicht, Alope unter Druck zu setzen; der Stammesverband hätte es nicht geduldet. Und so wurde Alopes Beschluss angenommen.
Eines späten Abends, kurz danach, kam Alope blass und aufgewühlt von der Ratssitzung heim. Ich erschrak, als ich ihr Gesicht sah.
»Grandma, was ist los?«

»Ich brauche einen Tee«, antwortete sie mit rauer Stimme. Ich steckte sofort eine Flamme auf dem Herd an, füllte den Kessel und setzte ihn auf. Grandma beugte sich über das Spülbecken, wusch sich das Gesicht, ließ kühles Wasser über ihre Arme laufen. Dann setzte sie sich an ihren Platz und starrte wie geistesabwesend ins Leere, während ich sie von der Seite betrachtete. Ich war sehr beunruhigt. Schweigend brühte ich für sie einen guten, starken Tee auf, gab viel Zucker in den Becher. Erst als sie getrunken hatte, kehrte wieder etwas Farbe in ihre Wangen zurück. Sie seufzte tief auf.

»Es tut mir Leid, Kind. Ich bin eine alte Frau, die schon viel in ihrem Leben erdulden musste. Aber was ich heute erfahren habe, ist bei Weitem das Schlimmste. Und ich kann nicht einmal sagen: Wäre ich doch gestorben! Denn auch in meinem Grab würde ich keine Ruhe mehr finden.«

Ich starrte sie an, fassungslos und erschrocken. Dann begann sie zu erzählen. Es war das erste Mal, dass sie zu mir wie zu einer Erwachsenen sprach.

Die Universität von Arizona plante den Bau eines Forschungsinstituts und einer Sternwarte auf dem Dzil Nchaa si an. Der amerikanische Bundesstaat und ausländische Konzerne beteiligten sich an diesem sogenannten Columbia-Projekt. Alles war bereits klammheimlich und auf höchster politischer Ebene entschieden, die nötigen Kredite waren bereits bewilligt. Heute Abend hatte Abel Wood, mein Lehrer an der Missionsschule, den Stammesrat informiert und über die Vorteile dieses »außerordentlich rentablen Bauvorhabens« in Kenntnis gesetzt. »Das Reservat wird von dem Projekt profitieren. Die Bau- und Forstarbeiten sichern Arbeitsplätze«, hatte er vor dem Stammesrat beteuert.

Rod Silver, unser alter Sheriff, der stark an Rheuma litt und bald zurücktreten wollte, hatte lauten Protest erhoben:

»Kein Indianer wird sich an diesem Frevel beteiligen! Der Berg, den Sie ›Mount Graham‹ nennen, ist unser Heiliger Berg. Was würden Sie zu dem Bau eines McDonald's in der Sankt-Peters-Kirche in Rom sagen?«

»Und was hat Abel Wood darauf geantwortet?«

Sie verzog das Gesicht.

»Du kennst ihn ja. Er zeigte sein säuerliches Gesicht. ›Dieser Vergleich hinkt, Sheriff. Eine Kirche ist ein Gotteshaus.‹

Alope kratzte den Rest des Zuckers aus ihrem Becher. »Ich sagte diesem Großmaul, dass wir nun mal keine Kirchen bauen. ›Das ist ja der springende Punkt‹, erwiderte er scheinheilig. ›Wenn man sich auf alte Legenden stützt, kann jeder kommen und sagen, dieser Berg ist heilig. Auf dem Mount Graham steht keine Kirche, die das bezeugt.‹

›Und wo war dann Gott, bevor die Menschen ihm Kirchen bauten?‹, fragte ich ihn. Und mit dieser Frage, Kind, setzte ich ihn schachmatt. Er wurde rot und stammelte etwas über Moses. Aber keiner hörte mehr zu.«

Sie legte ihre Hand auf meine. Ich spürte ihre Erregung an dem schnellen Pulsschlag. »Siehst du, Mila, die Weißen glauben eben, dass ihr Gott nur in der Kirche wohnt. Aber der Große Geist ist doch überall und in allem! Er ist ein Stein am Rande des Weges, ein jagendes Pferd und ein singender Vogel, eine schöne Frau, ein alter Mann oder ein Baby, das gerade geboren wird. Er ist die kleinste Blume und der fernste Stern. Der Große Geist ist der Traum, der alles umschließt.«

Was für eine schöne Sprache sie spricht, dachte ich ergriffen. Laut fragte ich: »Und nun?«

Alope strich sich das verschwitzte Haar aus der Stirn. »Wir müssen diese entsetzliche Sache stoppen. Irgendwie. Aber ich weiß mir keinen Rat.«

»Du wirst dich schon nicht unterkriegen lassen«, sagte ich. »Nicht von Abel Wood!«

Sie straffte den Rücken. »Nein. Von diesem Kerl nicht.«

Wir konnten beide Abel Wood nicht leiden. Mit ihm hatte mir das Lernen nie Spaß gemacht. Er versuchte, uns in der Schule Dinge beizubringen, für die ich nicht das geringste Interesse aufbrachte. Sicher, in Missionsschulen wie unserer – die meisten waren im 19. Jahrhundert von spanischen Mönchen gegründet worden – sollten Indianerkinder nicht nur lesen und schreiben und rechnen lernen, sondern auch, wie man ein guter Christ wird. Leider haben wir Indianer aber wenig Talent zum Christentum und die Art, wie Abel Wood es uns einbläute, machte uns die Sache nicht schmackhafter. Wir reagierten zumeist mit stummer Verweigerung. Also verhielt auch ich mich im Unterricht still – besser gesagt, ich schlief mit offenen Augen. Worauf

Abel Wood mich als »langsam, möglicherweise zurückgeblieben« einstufte.
Alope schlug keinen Krach, weil sie Abel Wood nicht ernst nahm. Sie murmelte lediglich: »So ein Idiot!«
In Wirklichkeit hatte ich früh lesen gelernt und ich las gierig. In der Bibliothek standen mir reichlich Bücher zur Verfügung. Ich suchte mir aus, was ich lesen wollte – und das waren nicht unbedingt die Bücher, die Abel Wood empfahl. Wenn ich dann einmal ein Buch angefangen hatte, las ich es immer aus. Dabei lernte ich am meisten, weil ich es ja war, die es sich ausgewählt hatte.
Dazu kam, dass ich schon lange Freude am Malen hatte. Ich experimentierte mit Buntstiften, dann mit Aquarellfarben und später mit Acrylfarben, mit denen ich sparsam umging, da sie teuer waren. Malen, die Welt darstellen, wie man sie empfindet, gibt es etwas Schöneres? Sogar Abel Wood gab zu, dass ich Talent hatte. Doch im vergangenen Jahr hatte er verlangt, dass ich zu Weihnachten Szenen aus der Bibel malte, um das Klassenzimmer zu schmücken. Da sagte ich, Menschen male ich nicht gut, ich male lieber Landschaften. Das stimmte zwar nicht, aber ich wollte mich einfach nicht von ihm für seine Zwecke einspannen lassen.
Nachdem ihm nun Alope im Stammesrat die Meinung gesagt hatte, ging ich am folgenden Tag wutentbrannt in die Schule. Ich hätte ihn am liebsten angeschnauzt. Doch Apachenkinder lernen, immer höflich zu Erwachsenen zu sein, und das war mir so in Fleisch und Blut übergegangen, dass ich kaum je ein grobes Wort über

die Lippen brachte, auch wenn ich vor Wut platzte. Und so saß ich einfach da wie ein Holzklotz, starrte durch den Mann hindurch und wünschte ihn weit weg.
Dies geschah ein paar Tage vor Frühlingsanfang. Frühlingsanfang – das war diesmal etwas Besonderes: Zum ersten Mal seit 80 Jahren treten die Geistertänzer wieder auf. An diesem Abend wirbelte ein kalter Wind Funkenregen in den Himmel, als die Tänzer aus der Dunkelheit traten. Sie schüttelten Glocken, schwenkten Fächer aus Adlerfedern, schlugen im dumpfen Rhythmus kleine Holztrommeln. Ihre Gesichter waren hinter Masken verborgen, ihre halb nackten Körper bemalt, ihr Kopfputz zeigte die geheiligten Sonnen- und Mondzeichen. Sie kamen aus einer anderen Welt und tanzten im roten Feuerschein, bis die Sterne erloschen. Es war ein tief berührendes, eindrucksvolles Schauspiel; Abel Wood jedoch und ein paar andere Lehrer aus der Missionsschule sahen sich das Ganze mit missbilligenden Mienen an. Dagegen akzeptierten sie gerne das ihnen angebotene traditionelle Apachenbier *tiswin,* das extra für die Feier gebraut worden war. Abel Wood trank in großen Mengen davon und verließ das Fest wie ein Schlafwandler.
Am nächsten Morgen, in der Schule, war er nicht da. Und wir erfuhren unglaubliche Dinge: Abel Wood hatte Benzin in Kanister gegossen und sein Haus angezündet. Dann, so wurde uns gesagt, hatte er sich die Kleider vom Leib gerissen und war in die Wüste hinausgelaufen . . .

Erst zwei Tage später fand man ihn, splitternackt und halb verdurstet. Als man ihn mitnehmen wollte, bekam er einen Tobsuchtsanfall. Drei kräftige Männer überwältigten ihn mit Mühe. Sie brachten ihn in die Krankenstation, wo man ihm eine Beruhigungsspritze verpasste. Ein paar Tage später musste er in eine Heilanstalt eingeliefert werden.
Natürlich waren wir Schüler sehr aufgeregt. Keiner konnte sich erklären, was eigentlich in unserem Lehrer vorgegangen war. Ich redete über das alles mit Alope, die aber wenig Überraschung zeigte. »Die Geistertänzer haben eine mächtige Medizin«, war alles, was sie achselzuckend kommentierte.
Danach unterrichtete uns eine Zeit lang ein junger Hilfslehrer. Einige Wochen später kam endlich die neue Lehrerin. Marella Clares Eltern, so erfuhren wir, hatten lange Zeit in Europa gelebt; Marella war dort geboren und aufgewachsen. Sie sprach ein leises, freundliches Englisch. Ihre maisfarbenen Locken fielen weich um ihr Gesicht. Ihre Haut war wächsern und zart wie ein Blumenblatt, die Augen mandelförmig wie die einer Indianerin und der hohe Bogen der Wangenknochen gab ihnen eine Schrägneigung nach oben. Diese Augen schlugen mich sofort in ihren Bann. Sie waren von einem tiefen, ruhigen Grün wie ein Bergsee. Marellas ganzes Gesicht war schön und so war es kein Wunder, dass bald alle Schüler in sie verliebt waren.
Fast zur gleichen Zeit, genauer gesagt kurz vorher, kehrte auch Ajo Turner zurück. Ajo Turner ist der Bru-

der eines angeheirateten Onkels meiner Familie. Wir sind alle mehr oder weniger miteinander verwandt. Ich war noch klein, als Ajo die Highschool absolvierte und das Reservat verließ. Er studierte damals in Tucson Volkskunde und englische Literatur, dann ging er nach Kanada und später nach Europa und jetzt war er also wieder im Reservat. Er erzählte Alope, dass er eigentlich einen Verlag für indianische Literatur gründen wollte; da ihm aber das Geld fehlte, verschob er diese Pläne auf später und suchte einen Job. Der Stammesrat ernannte ihn zum Hilfssheriff, um den alten Rod Silver zu entlasten. Ajos Aufgabe bestand darin, Betrunkene zu beruhigen, das Reservat zu bereisen und darauf zu schauen, dass die Farmer Recht und Gesetz nicht missachteten und die Touristen die Apachen nicht gegen ihren Willen fotografierten. Er übernahm diese wenig erbauliche Arbeit, weil er im Augenblick keine bessere fand, lebte sehr genügsam und legte Geld auf die Seite – für später, wie er Alope erzählte.
Man tuschelte, dass Ajo und Marella sich in Europa getroffen und ineinander verliebt hatten. Dass sie seinetwegen diese Stelle angenommen hatte. Von mir aus. Das waren Geschichten, die uns nichts angingen. Ich hoffte bloß, dass sie sich nicht verkrachten und Marella nicht deswegen bald ihre Koffer wieder packte. Eine Lehrerin wie sie, die so feinfühlig auf jeden Schüler einging und obendrein immer guter Laune war, gab es kein zweites Mal. Und sie war von meinen Bildern begeistert!

»Wenn du weiter so gut bist«, sagte sie einmal, »könnte ich überlegen, ob ich für dich ein Stipendium an der Kunstakademie beantrage. Dann stehen dir alle Möglichkeiten offen.«

Ich bekam einen heißen Kopf, als sie das sagte, und hüpfte von einem Fuß auf den anderen. Dass sie so viel Notiz von mir nahm, erfüllte mich mit Stolz. Ich war schließlich in einem Alter, wo man für solches Lob am empfänglichsten ist.

Doch während sich in diesen kleinen Dingen einiges zum Guten veränderte, legte sich in jener großen, ungeheuer wichtigen Angelegenheit langsam die Schlinge um unseren Hals: Inzwischen hatten die Bauarbeiten für die Sternwarte auf dem Dzil Nchaa si an begonnen und die Apachen mussten machtlos zusehen.

Immerhin hatte Alopes kämpferischer Geist in ihr längst wieder die Oberhand gewonnen. Sie begann, Briefe zu schreiben. Es wurde bald zu ihrer Hauptbeschäftigung. Sie schrieb Briefe an das *BIA*, das *Bureau of Indian Affairs*, an die Universität von Arizona, an das Bundesamt für Forstnutzung, an einen Senator namens Edward Ducon, der Abgeordneter im Washington D.C. war, und an verschiedene andere Instanzen. Sie zeigte mir die Briefe, die alle denselben Wortlaut hatten:

»Der Dzil Nchaa si an ist der Heilige Berg der Apachen. 1873 wurde meinem Urahnen Chee Solano von der amerikanischen Regierung zugesichert, dass dieser Berg zu unserem Reservat gehören soll. Doch die Weißen versprachen uns oft, etwas zu tun, und dann taten sie etwas ganz anderes. Im Laufe der Zeit verlangten die amerikanischen Siedler die Nutzung der Wälder auf dem Berg und sie wurde ihnen gewährt. Tausendjährige Bäume – das lebendige Gedächtnis unserer Planeten – fielen der Profitgier zum Opfer. Die Holzfäller töteten Wölfe und Bären und zerstörten Adlernester. Man baute eine Asphaltstraße, einen künstlichen See, ein Restaurant. Nur der obere Teil des Berges, wo sich auch die Felsengräber unserer Ahnen befinden, konnte noch unversehrt bewahrt werden.

Dieser Teil des Dzil Nchaa si an aber ist ein einzigartiges Naturwunder, weil seine Pflanzen- und Tierwelt eine ökologische Vielfalt von der Wüste bis zu Nadelwäldern und Tundra umfasst. Das haben auch die Weißen so gesehen. Kurz bevor jedoch ein Regierungserlass den Berg zum Naturschutzgebiet erklärte, erhob die Universität von Arizona Einspruch. Eine im letzten Augenblick in den Erlass eingefügte Klausel befreit ihr Forschungsinstitut von jeglichen Verpflichtungen gegenüber den amerikanischen Umweltschutzgesetzen. Einem Großkonzern wurde daraufhin erlaubt Pläne zur Errichtung einer Sternwarte zu verwirklichen.

Wir, der Stammesrat der San-Carlos-Apachen, protestieren mit äußerstem Nachdruck gegen die schändliche Missachtung unserer politischen und bürgerlichen Rechte und verlangen, dass die Bauarbeiten unverzüglich eingestellt werden!«

In den Wochen darauf trafen die Antworten ein. Sie wiesen auf die gesetzlichen Regelungen hin, auf den wirtschaftlichen Aufschwung. Man versprach Entschädigungen und Finanzhilfen, Gelder für die Schule und das Krankenhaus. Jeder Brief, den mir Alope zu lesen gab, enthielt schöne Worte und leere Versprechungen – nicht anders als vor 100 Jahren.

Verbittert sammelte Alope alle Briefe in einem Ordner. Zu mir sagte sie:

»Menschen müssen geboren und wieder geboren werden. Wir werden aus dem Staub der Knochen unserer Vorfahren geformt. Wenn die Gräber unserer Ahnen nicht mehr sind, reißen die uralten Fäden, die uns mit unserer Heimat verbinden.«

Ich erschrak über die Mutlosigkeit in ihrer Stimme. Angst überfiel mich und das Gefühl, dass bald etwas Furchtbares geschehen werde.

»Schreibst du noch mehr Briefe?«, fragte ich.

»Es mag sein, dass es schon zu spät ist«, antwortete Alope. »Dass bald unsere Erinnerung schwächer und schwächer wird und in dunklem Vergessen verschwindet.«

»Aber Grandma, was wird dann?«, fragte ich betroffen.

»Das wird das Ende der Apachen sein«, sagte Alope.

Sie weinte nicht, das war nicht ihre Art, aber ihr Gesicht war hart wie Stein. Ich spürte einen Kloß in der Kehle.

»Gibt es gar nichts, was wir tun können?«

Sie schob ihre Brille zurück, rieb sich die geröteten Augen. »Wir haben keine Wahl, Kind. Wir müssen weiterkämpfen.«

3

In dieser unruhigen Zeit, die Alope so viel Sorgen brachte, ging das Leben trotzdem wie gewohnt weiter. Jeden Tag nach der Schule ritt ich mit Luna aus. Ich hatte uns ein neues Kunststück beigebracht. Tagelang hatte ich auf der Koppel geübt und mir dabei blaue Flecken geholt. Aber ich war hartnäckig und gab nicht auf.
Das Kunststück ging so: Ich legte in einiger Entfernung hinter mir ein rotes Tuch in den Sand. Dann schwang ich mich in den Sattel, riss Luna herum und setzte sie in einen leichten, kurzen Galopp. Die Beschleunigung war gleichmäßig, Luna und ich waren perfekt eingespielt und ich schätzte die Entfernung gut ab. Sobald Luna sich dem Tuch näherte, beugte ich mich weit aus dem Sattel. Ich schmiegte eine Schulter seitlich an die Vorhand des Pferdes, streckte den rechten Arm nach vorn – und schwenkte einen Atemzug später das rote Tuch hoch über meinem Kopf.
Am Anfang war das Ganze eine ziemliche Quälerei für mich gewesen. Nicht nur, dass ich ein paar Mal aus dem Sattel gerutscht war; oft genug hatte ich auch das Tuch berührt, ohne es greifen zu können. Ich war zwar groß für mein Alter, hatte aber noch nicht die Gliedmaßen einer Erwachsenen. Doch jetzt klappte die Übung gut.

Und als ich an diesem Nachmittag Applaus hörte, hielt ich siegesbewusst das rote Tuch in den Wind.
»Nicht übel!«, rief eine mir bekannte Stimme.
Ich wandte den Kopf und grinste Naiche an. Er saß auf den abgewetzten Stangen des Koppelzaunes und klatschte noch einmal Beifall.
Naiche heißt eigentlich John, aber er sagte schon immer, dass er diesen verdammten Cowboynamen nicht tragen wollte. John – der Name erinnerte ihn an John Wayne mit seinem heimtückischen Grinsen. Naiche und ich gingen zusammen zur Schule. Er wohnte mit seiner Mutter Ola in einem alten Wohnwagen, ganz in der Nähe der Koppel. Sein Vater verdiente sich seinen Lebensunterhalt, indem er in Rodeos auftrat. Er war fähig, in vier Minuten und 20 Sekunden zwölf Rinder zu verschnüren und sich eine halbe Minute auf einem ungezähmten Mustang zu halten. Leider war er streitsüchtig und trank; deshalb war ihm Naiches Mutter davongelaufen und arbeitete jetzt als Krankenschwester. Naiche selbst war ein guter Sportler, er spielte hervorragend Basketball.
Ich ritt zu ihm hinüber und brachte mein Pferd zum Stehen. Dabei betrachtete ich ihn genauer. Naiche trug Jeans und ein rotes T-Shirt, das vom vielen Waschen schon ausgebleicht war. Sein kurzes Strubbelhaar stand vom Kopf ab, die Stupsnase und die brombeerschwarzen Augen gaben seinem Gesicht einen schelmischen Ausdruck. Ich fand, dass er irgendwie gut aussah. Nun tätschelte er Lunas Nacken und seufzte.

»So ein Pferd möchte ich auch! Hätte ich früher gelebt, dann hätte ich mir eins bei den Weißen geklaut.«
»Und sie hätten dich aufgehängt oder erschossen.«
»Wenn sie mich erwischt hätten.«
Wir lachten beide. Bestimmt dachte auch Naiche daran, wie ich Abel Wood einmal erklärt hatte, was wir von Pferden hielten. Dass Indianer früher Pferde gestohlen haben, ist nämlich eine Sache, für die man sich schämen müsste. Die Weißen haben immer geglaubt, dass sie mit ihrem Geld auch die Seele der Tiere kaufen könnten. Für uns dagegen ist ein Pferd ein Partner, ein freies Geschöpf, das sich nur aus Angst unterwirft. Sobald also einer von unseren Leuten kam, wusste ein Pferd, dass es befreit werden sollte. Der Indianer rief ihm wortlos zu: »Kommst du mit mir?«, und das Pferd zitterte vor Aufregung und Glück. Der Mann brauchte weder Zaumzeug noch Sattel. Er schwang sich auf den Rücken des Pferdes und beide verschwanden in der Nacht. Das war kein Raub, sondern eine gemeinsame Flucht. Die Weißen allerdings haben das niemals verstanden.
»Das mit den Pferden hast du in der Klasse erzählt«, sagte Naiche tatsächlich. Er grinste. »Und seitdem hat Abel Wood einen Dachschaden.«
»Das stimmt nicht«, protestierte ich. »Er ist vor den Geistertänzern davongelaufen.«
»Vielleicht erscheinen sie ihm jetzt im Traum und machen: Huhuhu!«
Ich lachte wieder. »Steig auf!«, rief ich.
Naiche schwang sich hinter mir in den Sattel. Wir verlie-

ßen im Schritt die Koppel und bogen in einen Weg ein, der hinaus in die Wüste führt. Dort stand Grandmas grünbrauner Pick-up, mit dem sie durch das Reservat fährt, um jene Familien zu besuchen, die an abgelegenen Orten wohnen. Luna witterte und sog den Duft ein, der von der heißen Erde aufstieg, jenen Duft nach trockenen Gräsern und nach Salbei, den der Wind uns zutrug. Ich spürte, wie ihre Muskeln sich spannten. Mit dem Daumen strich ich leicht über Lunas flatternde Lider. Dann beugte ich mich über die Mähne und flüsterte ihr ins Ohr:

»Los!«

Ein kurzes, heiseres Schnauben drang aus der Kehle der Stute. Sie schnellte in einem Satz vorwärts und trug uns in pfeilschnellem Galopp davon. Es war, als berührten ihre Hufe kaum den vertrauten Boden. Vor uns lag das Land der Apachen, eine weite Ebene unter einem Himmel, der hoch und blau wie Türkis war. Flaumige Wölkchen segelten dahin, ließen kleine Schatten über die Ebene schweben. Der Heilige Berg schien sehr nahe, seine Schluchten und Wälder leuchteten im Nachmittagslicht.

Ich musste an den Winter denken, an die weißen Stürme unter schwarzem Himmel, an die verschneiten Büsche und das helle Klirren des Eises. Jetzt, im Frühling, hatte die Sonne den Schnee geschmolzen und 1000 winzige Bäche verwandelten die Wüste in einen Blumenteppich. Die Landschaft schien strahlend und unberührt wie am ersten Tag der Schöpfung.

Doch zugleich wurde mir schmerzhaft bewusst, dass gerade dies nur noch eine Illusion war, wie aus einem kitschigen Hollywoodfilm: Im Hintergrund ratterten Bagger und in einer Staubwolke krochen Lastwagen die Asphaltstraße entlang, um Baumaterial auf den Berg zu schaffen. Der Lärm und das Tuckern der Motoren schallten weithin über die Hochebene, störten die Ruhe der Adler, die am Himmel ihre Kreise zogen. Wenn sich nach einer Weile der Staub legte, weil die Fahrzeuge in einer Senke verschwunden waren, tauchten sie kurz darauf an einem höheren Punkt wieder auf.

Am liebsten wäre ich umgekehrt, um das alles nicht sehen zu müssen; aber Luna drängte so ungestüm vorwärts, dass ich sie kaum zu halten vermochte. So kamen wir dem Berg immer näher. Als wir fast an seinem Fuß angelangt waren, bemerkten wir einen Landrover mitten auf der Straße. Zwei Polizisten gaben uns Zeichen anzuhalten.

»Die lassen hier keine Autofahrer vorbei«, sagte Naiche.

»Wir sind mit dem Pferd hier, nicht mit dem Auto«, erwiderte ich.

Bald waren wir in Rufweite. Die beiden Polizisten waren Weiße. Der eine war klein, mit einem Schwabbelbauch unter dem verschwitzten Hemd, der andere war hochgewachsen und trug eine Sonnenbrille.

»He, Kids!«, rief der Dicke. »Umkehren!«

Ich brachte Luna vor ihm zum Stehen.

»Warum?«

»Sie sprengen gleich ein paar Felsen weg«, sagte der

Lange mit der Sonnenbrille. »Sonst kommen sie mit dem Kran nicht rauf.«

»Aber das dürfen sie nicht tun!«, platzte ich heraus, ohne zu überlegen.

Der Lange grinste. Der Dicke auch.

»So? Und warum nicht?«

Naiche versuchte, mir zu helfen.

»Sie stören unsere Vorfahren, die auf dem Berg begraben sind!«

Die beiden grinsten noch breiter.

»Ein bisschen Lärm macht denen nichts aus«, meinte der Dicke ungerührt. »Die sind an das Ballern von Gewehren gewöhnt.«

»Ich werde es meiner Grandma sagen!«, rief ich hilflos und empört.

»Schon recht, Kleine. Das kannst du ihr ruhig sagen«, versuchte der Lange mich zu besänftigen.

»Sie wird einen Brief nach Washington schreiben!«

Der Dicke schnalzte mit der Zunge.

»Sie hat schreiben gelernt? Donnerwetter!«

»Wie heißt denn deine Großmutter?«

»Alope Davis. Sie ist die Vorsitzende vom Stammesrat«, beantwortete ich heftig.

Die beiden Männer tauschten einen Blick. Das Lachen verschwand aus ihren Gesichtern.

»Der Name ist uns nicht unbekannt«, sagte der Dicke langsam. Der Lange nickte ebenfalls.

»Deine Grandma wirbelt viel Staub auf, Kleine. Das sollte sie lieber lassen, denn es wird ihr nichts als Ärger bringen. Und das Gleiche gilt auch für euch, Kids. So, und jetzt verschwindet. Wir haben Befehl, jeden Indianer hier zurückzuhalten – jeden. Ein Apache, der hier oben gesehen wird, muss ab sofort 500 Dollar Buße zahlen.«

Ich erschrak und wandte mich zu Naiche um. Er sah ebenfalls ganz entsetzt aus. Das war wahnsinnig viel Geld!

»Aber wie sollen wir denn zu unseren Gräbern gehen?«, rief ich.

Die Polizisten lachten. Und wie sie lachten! Der mit der Sonnenbrille sagte:

»Die Gräber? Die werden heute in die Luft gejagt!« Er sah auf seine Uhr und setzte hinzu:

»In genau drei Minuten sprengen sie. Ich empfehle euch, Kids, schleunigst das Weite zu suchen.«

Ich spürte kochende Wut aufsteigen.

»Arschlöcher!«, kreischte ich.

Jetzt wurden beide böse, und zwar richtig.

»Du frecher Balg!«, rief der Lange. »Dafür entschuldigst du dich oder deine Alte blättert 500 Dollar auf den Tisch!«

Er hatte noch nicht ausgesprochen, da riss ich Luna herum und bohrte ihr die Fersen in die Flanken. Im Galopp jagte ich die Stute über die Ebene. Sie sprengte in langen Sätzen dahin, mit fliegender Mähne und die Nase im Wind. Naiche klammerte sich an mir fest.

»Wir müssen Grandma Bescheid sagen!«, keuchte ich.

Ich trieb Luna zu höchster Geschwindigkeit an. Ihre Hu-

fe hämmerten; immer wilder, immer ungestümer wurde der Ritt – bis plötzlich ein Donnerschlag die Stille zerriss. Dumpf rollte die Explosion.
Wie betäubt griff ich nach Lunas Zügeln und brachte sie zum Stehen. Naiche und ich blickten über unsere Schultern zurück, sahen die riesige Staubwolke, die mit alptraumhafter Langsamkeit über die Mitte der Bergflanke kroch. Das Echo dröhnte von Tal zu Tal, bis es langsam erstarb und die Erde wieder zur Ruhe kam. Selbst die Vögel schwiegen vor Entsetzen, der Wind schien sich gelegt zu haben. Nur das harte Klopfen unserer Herzen, unsere rasselnden Atemzüge durchbrachen die Stille.
»Zu spät!«, flüsterte Naiche.

4

Als wir wenig später aufgelöst und zitternd vor Alope standen und ihr von der Sprengung berichteten, ließ sie sich erst einmal die Stelle, wo die Explosion stattgefunden hatte, ganz genau erklären. Und dann beruhigte sie uns:

»Die Felsengräber befinden sich ja unterhalb des Gipfels. Die Sprengung wurde aber viel tiefer vorgenommen, auf halber Höhe der Bergflanke. Das habt ihr in eurem Schrecken nicht begriffen.«

»Warum hat uns die Polizei dann angelogen?«, fragte ich, immer noch außer mir vor Wut.

»Sie wollten euch vermutlich Angst einjagen und mich schikanieren. Aber mich alarmiert noch etwas anderes: dass sie uns jetzt den Zugang zu unserem Berg sperren wollen. 500 Dollar Buße? Eine Unverschämtheit! Das lassen wir uns nicht gefallen.«

Alope berief gleich für den folgenden Tag eine Versammlung ein. Der Stammesrat teilte ihre Empörung und sie beschlossen eine Reise nach Washington, um ein Gesuch bei der Regierung einzureichen. Alope sollte die Abordnung, die aus den drei ältesten Ratsmitgliedern bestand, anführen.

»Wie lange wirst du fortbleiben?«, fragte ich sie.

»Nicht länger als drei Tage. Wir müssen die Kosten so gering wie möglich halten.«
Am Morgen der Abreise kam sie zu mir, um sich zu verabschieden. Sie trug unsere Stammestracht: ein langes Kleid aus weichem Hirschleder, prachtvoll bestickt, das bis zu den Knöcheln fiel. An den langen Fransen waren kleine Silberglöckchen befestigt, die bei jedem Schritt sanft klingelten. Ihr graues Haar wurde durch ein Stirnband gehalten, in dessen Mitte ein großer Türkis angebracht war, und an ihrem Hinterkopf waren zwei gleich lange Adlerfedern befestigt. Der Anblick war für mich wie ein Schock. Wenn ich meine Großmutter täglich in Jeans und verwaschenen T-Shirts sah, hatte ich nie das Gefühl, dass sie eine schöne Frau war. Jetzt trat sie mir in ihrer Würde und Eleganz wie eine Fürstin vergangener Zeiten entgegen. Ich empfand tiefe Liebe für sie und auch Stolz. Und ich dachte: Sie muss recht bekommen, es geht nicht anders! Mein Gerechtigkeitsgefühl wollte nicht zulassen, dass ehrwürdige und weise Menschen wie sie unterliegen konnten.
Sie umarmte mich und ich sah zu, wie sie in ihrem Pickup die Straße hinunterfuhr und sich in einer Staubwolke entfernte. Sie würde zusammen mit den anderen in Tucson das Flugzeug nehmen.
Es war frühmorgens, die Luft war noch kalt. Heute hatten wir schulfrei; ich blieb also zu Hause, spülte das Geschirr und machte die Betten. Weil Luna neben dem Haus auf der Koppel weidete, fühlte ich mich nicht einsam. Dann holte ich mein Malzeug hervor und setzte

mich an den Küchentisch. Die aufgehende Sonne beleuchtete das Wachstuch, das Licht war gut. Ich schlug meinen Malblock auf und skizzierte mit Buntstift ein rotes Eichhörnchen. Diese hübschen Tiere kommen nur noch auf dem Dzil Nchaa si an vor – sie gehören zu den Tierarten, die in ihrer Existenz bedroht sind. Ich zeichnete immer wieder, sechs- oder siebenmal, bis ich bei der siebten Skizze endlich zufrieden war.
Nun mischte ich die Wasserfarben, ließ dabei jedoch meine Gedanken schweifen. Ich malte wie geistesabwesend. Und als ich mich nach einer Stunde mit steifem Nacken zurücklehnte, erschrak ich selbst über das fertige Bild: Es zeigte ein Eichhörnchen auf einem Baumstumpf. Das Maul des Tieres war weit aufgerissen, in den Augen spiegelte sich Entsetzen. Zudem hatte ich das Tier so leuchtend bunt und zugleich tot wie auf einem dieser Souvenir-Bilder gemalt und das war völlig widersinnig, weil ein Souvenir-Eichhörnchen niemals diesen gespenstisch erschrockenen Ausdruck zeigt! Ich starrte das Bild an, während die Wasserfarben trockneten. Ich verstand mich selbst nicht mehr. Ich hatte doch eigentlich nur ein schönes Bild malen wollen. Es war, als ob eine fremde Kraft meine Hand gelenkt hätte.
Verwirrt dachte ich darüber nach, als ich ein Geräusch am Fenster hörte. Ruckartig hob ich den Kopf und sah Naiches Gesicht, das er an die Scheibe drückte. Ich gab ihm ein Zeichen hereinzukommen.
Er stieß die Tür auf.
»Ist deine Grandma schon fort?«

Ich nickte.

»So früh?«

»Sie müssen um zehn in Tucson sein. Das Flugzeug startet um elf.«

Naiche wischte sich mit dem Handrücken über die Nase.

»Meine Mutter war auch in der Versammlung. Sie sagt, der Konzern hat schon Millionen für den Bau ausgegeben und die Regierung in Washington unterstützt das Projekt. Von da ist nichts zu erhoffen, meint meine Mutter.«

Ich warf mit einer Kopfbewegung meine Haare aus der Stirn.

»Wer weiß?«

Naiche stützte beide Ellbogen auf den Tisch. Er sah sonst gelegentlich ganz gerne zu, wenn ich malte. Jetzt machte er ein betroffenes Gesicht.

»Soll das ein Eichhörnchen sein?«

Sicher kein Elefant«, sagte ich etwas schnippisch.

»Das ist nicht schön.«

Ich war beleidigt.

»Kannst du es vielleicht besser?«

Naiche ist ein Stümper im Malen. Er wusste, dass ich es wusste, und biss sich auf die Lippen.

»Was ich sagen will . . . es ist schon toll gemalt. Bloß . . . das Tier sieht schrecklich aus!«

Ich holte gepresst Luft.

»Ach, findest du?«

»Ja. Es sieht aus, als hätte es ganz schlimme Angst.«

Unsere Augen trafen sich. Ich rieb ihm die Stirn.

»Wahrscheinlich ist es wirklich so.«

»Eben. Das meinte ich ja. Du zeigst, was das Eichhörnchen empfindet. Das ist wie . . . wie ein Traumbild, verstehst du?«

Ich wunderte mich nicht, dass Naiche so etwas sagte. Weil er in der Schule immer ein bisschen geistesabwesend wirkte, hatte er lange – ebenso wie ich – als Niete gegolten. Aber ich hatte längst begriffen, dass er sich nicht nur für Basketball interessiert. Ich lächelte ihm zu.

»Okay.«

Wir schwiegen eine Weile. Dann sagte ich:

»Ich glaube, dass sich alle Tiere bedroht fühlen, nicht nur die Eichhörnchen. Auch die Silberlöwen zum Beispiel. Auf dem Dzil Nchaa si an gibt es die letzten von ganz Arizona! Meine Grandma sagt, dass der Berg alle Landschaften Amerikas vereint.«

»Was heißt das?«

Ich kaute auf meinem Buntstift.

»Also: Ganz unten findet man die Wüste, dann eine Graslandschaft, dann Laub- und Nadelwälder. Dort stehen Fichten und Erlen, die sind über 1000 Jahre alt. Und am Gipfel wachsen Flechten und Moose, wie am Polarkreis. Seltsam, nicht wahr?«

»Ist der Berg auch deswegen heilig?«

»Ich weiß nicht, aber ich denke schon. Unsere Ahnen hatten bestimmt ihre besonderen Gründe, warum bereits sie den Dzil Nchaa si an verehrten. Sonst könnte ja jeder Berg heilig sein.«

Naiche setzte sich mir gegenüber auf die Tischkante und ließ die Beine baumeln. Dabei seufzte er.

»Und jetzt sprengt man und fällt Bäume.«

»Wer von uns hat überhaupt eine Ahnung, welchen Schaden sie schon angerichtet haben? Und ob die Gräber wirklich noch bestehen, wie Grandma meint?«

»Es wird immer schwerer, das herauszufinden. 500 Dollar will vermutlich keiner riskieren.«

In diesem Augenblick keimte in mir ein Gedanke auf. Ich zögerte noch ein bisschen, dann sagte ich:

»Kinder kommen überall durch, wenn sie es schlau anstellen. Was meinst du – sollen *wir* uns dort umsehen . . .«

». . . und es den Stammesrat dann wissen lassen?«, ergänzte Naiche.

Wir schauten uns über das Wachstuch hinweg an. Naiche und ich hatten den gleichen Gedanken gehabt! Wir wussten nicht, woher das kam, und zerbrachen uns auch nicht den Kopf darüber. Es war einfach so.

»Die Straße ist natürlich gesperrt«, fuhr ich fort. »Wir müssten einen Umweg machen.«

Naiche runzelte die Stirn.

»Durch den *Geisterspiegel?«*

»Anders geht es nicht.«

»Das ist äußerst gefährlich.«

»Ich weiß. Aber mit Luna könnten wir es riskieren, denke ich.«

Er schnalzte mit der Zunge.

»Eine bessere Gelegenheit als heute finden wir nicht.

Wir haben schulfrei, deine Grandma ist nicht da; und falls es spät wird: Meine Mutter hat Nachtdienst.«
Wir waren plötzlich Feuer und Flamme.
»Wenn wir nicht gehen, sind wir traurige Nullen! Hol Proviant, Naiche, warmes Zeug zum Anziehen und eine Decke. Nur für den Fall, dass wir draußen übernachten müssen.«
Naiche schlug verlegen die Augen nieder.
»Ich kann keinen Proviant bringen. Unser Kühlschrank ist leer. Meine Mutter kriegt erst morgen ihr Monatsgehalt.«
Ich nickte. Früher haben die Indianer kaum Hunger gekannt, aber seit wir in Reservaten leben, sind manche so arm, dass sie betteln oder klauen müssen. Viele Kinder sind chronisch unterernährt. Auch Naiche aß sich nicht alle Tage satt, das wusste ich.
»Ich habe noch Kartoffelchips«, sagte ich. »Und ein ganzes Brot. Und sogar noch zwei Orangen.«
Er sprang auf die Füße und stürmte bereits zur Tür hinaus. »Ich bin gleich wieder da!«
Ich räumte hastig mein Malzeug weg. Dann öffnete ich den Schrank, in dem Alope ihre Sachen aufbewahrte, und kramte darin herum. Ich brachte eine Feldflasche zum Vorschein, wie sie das Militär benutzt. Ich spülte sie mehrmals gut aus, füllte sie mit Leitungswasser und gab etwas Eis hinzu. Diese Flasche und die Verpflegung stopfte ich in einen kleinen Rucksack. Dann rollte ich meine Windjacke und eine Decke zu einem Bündel zusammen.

Als ich aus dem Haus trat, spürte Luna sofort, dass ich gemeinsam mit ihr etwas vorhatte. Sie hob den Kopf, ließ die Ohren spielen und scharrte mit den Hufen. Ich brachte ihr einen Eimer Wasser, in das ich Kleie gemischt hatte. Während Luna fraß, hielt ich den Eimer und sprach sehr ernsthaft mit ihr.
»Hör gut zu, Luna. Heute ist ein besonderer Tag. Wir reiten durch den Geisterspiegel. Du musst uns helfen, verstehst du? – He, du hast nur die Hälfte gefressen. Weiter!«
Als der Eimer leer war, sattelte ich meine Stute und legte ihr den geflochtenen indianischen Halfter an. Luna hat ein ganz weiches Maul. Ich würde ihr nie eine Gebissstange aufzwingen, wie die Weißen das tun. Wenn sich Pferd und Reiter gut kennen, werden sie nämlich wie Freunde und jeder kann sich auf den anderen verlassen.
Sobald Naiche dann mit seinen Sachen zurückkehrte, schloss ich die Haustür ab. Auch das ist übrigens so eine komische Sitte von den Weißen. Bevor sie kamen, gab es bei den Indianern weder Schloss noch Riegel. Wenn jemand so arm war, dass er kein Pferd besaß, kein Zelt oder keine Decke, so bekam er es geschenkt. Der Wert eines Menschen hing nicht von seinem Reichtum ab. Aber bei den Weißen ist eben alles umgekehrt. Und da sie die Indianer besiegt haben, haben sie uns auch ihre schlechten Sitten weitergegeben . . .
»Ich habe noch eine Dose Rindfleisch gefunden«, rief Naiche atemlos.

»Großartig!«
Wir stiegen hintereinander in den Sattel und verließen die Koppel. Zwischen den baufälligen Sandsteinhäusern und den Wohnwagen unserer Siedlung begann sich bereits die Hitze zu stauen. Wir ritten an der Tankstelle vorbei. Vor den Zapfsäulen stand Paula mit ihren fettigen, langen Haaren im Schlabberhemd und in Filzlatschen und wusch die Scheiben eines alten Dodges. Wir grüßten höflich und sie hob mit breitem Grinsen die Hand. Kurz darauf ließen wir die letzten Häuser hinter uns.
Hier draußen wurde es mit einem Mal still, nur noch die Brise flüsterte in den kleinen Wacholderbüschen. Bald nahm die Hitze zu. Die Landschaft zitterte im flüssigen Blau der Lichtspiegelungen. Naiche und ich schwitzten stark, aber die Luft war so trocken, dass der Schweiß sofort verdunstete und die Haut niemals klebrig wurde. In der Ferne wirbelten Windhosen, ein harmloses Spiel des Wüstensands.
Luna ging in schnellem Schritt. Manchmal ließ ich sie eine Weile traben, aber nicht zu lange, denn ich wollte ihre Kräfte schonen. Gleichwohl zählte jede Minute: Wir mussten durch den Geisterspiegel, bevor die Sonne hoch am Himmel stand! Schon jetzt schien uns das Licht hart und grell in die Augen. Durch den Hitzedunst sahen wir nun die Straßen am Berghang mit den Sperrungen und einigen dunklen Punkten, die sich bewegten.
»Was machen wir, wenn sie Feldstecher haben?«, fragte Naiche.

»Die sehen uns nicht, wenn wir durch den Geisterspiegel reiten. Das Licht blendet zu stark.«
Der Geisterspiegel ist zwischen Bundesstraße und Berg der letzte Ausläufer der großen Sandwüste im Westen. Flächenmäßig ist das Gebiet relativ klein, man kann es gut in einer Stunde durchqueren; eigentlich handelt es sich nur um einen Flussarm, der vor Jahrtausenden ausgetrocknet ist. Der ewige Wüstenwind aber hat Sand gegen die Felsen angeweht und so ein unheimliches und gefährliches Gebiet geschaffen, das von Touristen und Einheimischen gemieden wird. Wagen kommen nur durch die Sanddünen, wenn viel Luft aus den Reifen abgelassen wird, manche bleiben trotzdem auf der Strecke. Man erzählt sich bei uns, dass einige Menschen, von den Luftspiegelungen getäuscht, die Orientierung verloren haben und verdurstet sind. Die besten Chancen haben Reiter: Der Instinkt der Pferde ist unfehlbar.
Ich fühlte mich auf einmal schuldbewusst. Grandma würde das hier nicht gefallen! Sie würde nicht schimpfen und mich auch nicht schlagen, das ist bei uns nicht üblich. Aber sie würde mich vielleicht ein paar Tage lang wie Luft behandeln, wenn sie es erfuhr, und das würde ich als sehr beschämend empfinden. Hoffentlich ging alles gut!
Wir ritten also in zügigem Tempo auf den Geisterspiegel zu. Der Übergang geschah ganz plötzlich: Es ging über Steine und fest gebackene Sandkörner, die in allen möglichen Kupfer- und Grauschattierungen schimmer-

ten, als sich schlagartig vor uns die Sandebene auftat, weiß glitzernd und in blendendes Licht getaucht. Und sobald Luna die Hufe auf den Sand gesetzt hatte, geschah etwas Merkwürdiges – es war, als ob gelbliche Schleier sich auf uns hinabsenkten, wir sahen nichts mehr in scharfen Umrissen. Im flimmernden Licht schien die Sonne selbst zu pulsieren. Nicht nur die Schatten, sondern alle Gegenstände schrumpften. Und mit jedem Schritt verstärkten sich die Hitzewellen. Hier und da wuchsen Kakteen, die sich in der Luft zu winden und zu tanzen schienen. Von Weitem sahen sie wie Menschen aus, die mit beiden Armen winkten.
Ich rang nach Luft. Oh ja, die Gegend wurde nicht umsonst Geisterspiegel genannt! Während wir uns stumm voranmühten, wurden kleine Dornenbüsche zu dahintreibenden Inseln, ein Felsen verwandelte sich in ein Segelschiff, das über seinem eigenen Spiegelbild schwebte. Lunas Gang, zuerst noch leicht und schnell, wurde bald schwerfällig. Auch ein Pferd konnte in dieser Gluthitze nicht lange durchhalten; aber wenn wir die Richtung gut einhielten, den Berg vor uns nie aus den Augen verloren, mussten wir es schaffen. Der Heilige Berg glich jetzt einem blauen Vorhang, der Falten warf. Schon machte sich bei uns Durst bemerkbar. Naiche schüttelte die Feldflasche und schraubte sie auf. Wir tranken, indem wir nach Indianerart das Wasser lange im Mund behielten und es langsam schluckten. Komisch, dachte ich kurz, das hat uns niemand beigebracht. Wir wissen einfach, dass es so gemacht wird.

Obwohl wir aber sparsam mit dem Trinken waren, nahm unser Wasservorrat schnell ab. Die Sonne stieg weiter; es war ein Wettlauf mit der Zeit. Und dann, Luna mochte vielleicht eine gute halbe Stunde unermüdlich durch die mörderische Glut getrabt sein, fuhr uns plötzlich ein helles, scharfes Rattern durch Mark und Bein. Es klang, als würde man zwei Knochen schnell aneinanderschlagen. Eine Klapperschlange! Sie war im Schatten eines Steins wie eine große Spirale zusammengerollt gewesen und zuckte unmittelbar vor den Hufen des Pferdes auf.
Vielleicht wäre nichts passiert, wenn nicht eine Klapperschlange Luna gebissen hätte, als sie noch ein kleines Fohlen war. Alope hatte die Wunde erst bemerkt, als das Gift bereits wirkte, und sofort den Tierarzt geholt.
Die Schmerzen hat Luna wohl niemals vergessen. Jedenfalls brach sie beim Anblick der aufgerichteten Schlange so heftig aus, dass ich das Gleichgewicht verlor.
Ich wurde davon überrascht und stemmte die Fersen nicht fest genug in die Flanken des Pferdes; und da Naiche sich an mir festhielt, wurden wir beide aus dem Sattel geschleudert. Ich fiel ziemlich hart auf die linke Schulter, konnte mich aber abrollen und blieb glücklicherweise unverletzt. Auch Naiche kam einige Sekunden später wieder auf die Beine. Luna jedoch, blind vor Schrecken, jagte im Galopp davon in die Richtung, aus der wir gekommen waren, und zwar mitsamt unserem Gepäck.

»Luna!«, schrie ich. »Luna, komm zurück!«
Ich glaubte, sehr laut geschrien zu haben, doch meine Stimme war nur ein heiseres Krächzen. Das Hämmern der Hufe entfernte sich. In Sekundenschnelle war die Stute nur noch ein dunkler Fleck, der in spiegelnde Lichtschleier eintauchte und verschwand.

5

Fassungslos standen Naiche und ich da, klopften uns den Sand aus den Kleidern. Unsere Herzen pochten wild, in unseren Köpfen herrschte Chaos. Erst nach einigen Atemzügen hatten wir uns so weit beruhigt, dass wir immerhin nachdenken konnten. Wir wussten, dass wir in großer Gefahr waren. Wir durften nicht einmal viel sprechen: Bei jedem Wort verschwendeten wir Feuchtigkeit, die unsere Lungen brauchten.

»Wir müssen zurück«, stammelte Naiche schließlich.

Ich schüttelte den Kopf.

»Weiter! Wir sind schon fast auf der anderen Seite.«

Ein Pferd kann in der Wüste ohne jedes Wasser drei Stunden lang laufen, bevor es zusammenbricht – ein Mensch ungefähr 40 Minuten. Das hatte mir Grandma beigebracht.

»Los«, keuchte ich.

»Scheiße!«, fluchte Naiche.

»Mund halten!«, fuhr ich ihn an.

Stumm begannen wir, einen Fuß vor den anderen zu setzen. Naiche hatte sich, wie ich erst jetzt bemerkte, beim Sturz das Knie aufgeschürft und humpelte. Inzwischen stand die Sonne fast senkrecht am Himmel. Kleine, glutheiße Windstöße kräuselten den Sand.

Noch ein paar Minuten und die Fläche würde wie das Wasser brodeln, das hier vor Jahrtausenden gewesen war. Die Hitze brannte durch unsere Turnschuhe. Unser Atem rasselte in der Kehle, jeder Schritt wurde zur Qual. Vor uns schien ein Stein über den Boden zu gleiten; aus dem Sand brachen weiße Lichtbündel, Kakteen verdrehten sich in der Luft wie Korkenzieher. Wir schleppten uns weiter, Schritt für Schritt. Die Augen brannten, der Schweiß auf den Lippen schmeckte salzig. Wir waren zu benommen zum Denken, zu müde zum Gehen, wir gingen trotzdem, automatisch wie Maschinen. An manchen Stellen war der Boden so nachgiebig, dass man ihn kaum betreten konnte und wir uns mit vorgeneigtem Oberkörper tastend vorankämpften.
Auf einmal war es mir, als ob der Boden unter meinen Füßen vibrierte. Ich wandte mich um. In der Ferne nahm ich schemenhaft eine Bewegung wahr. Ein eigenartiger Strich erschien in den Luftspiegelungen. Manchmal löste sich das Ding vollkommen in der Helligkeit auf, zersprühte in schwärzliche Flecken, die sich wieder zusammenfügten. Es kam eindeutig näher, verwandelte sich in eine dunkelgraue Gestalt, von wehendem Haar umgeben. Mein Atem setzte aus. Wenn es ein Mensch war, musste er riesengroß sein. War es ein Tier . . .
»Luna!«, murmelte ich.
»Sie . . . sie kommt zurück!«, flüsterte Naiche.
Im selben Augenblick merkte ich, dass ich keine fünf Schritte mehr gehen konnte. Die Beine gaben unter mir

nach. Ich stolperte über meine eigenen Füße und sackte zu Boden.

Die Stute näherte sich nun rasch, trat aus dem Dunst hervor. Ihre Gestalt festigte sich; jetzt stand sie vor uns, sah auf uns herab. Ihre weißen Augäpfel waren von einem rötlichen Adernetz durchzogen, Schauer durchliefen ihren erhitzten Körper, doch sie hatte ihre Panik überwunden. Ich tastete mich hoch, ergriff die herunterhängenden Zügel.

»Hilf mir«, flüsterte ich Naiche zu.

Er verschränkte beide Hände, um mir eine Stütze zum Hochsteigen zu geben, doch ohne Erfolg. Er hatte längst nicht mehr die Kraft, mein Gewicht zu tragen. Auch ich bemühte mich vergeblich, mich selbst an Luna hochzuziehen. Die Muskeln der Arme, der Beine versagten. Naiche und ich taumelten, wir fielen beide wie betäubt zurück in den Sand. Luna hatte sich nicht gerührt. Mit einem Mal stieß sie ein heiseres Schnauben aus, ging langsam in die Knie und warf sich seitwärts neben uns auf den Boden. Dann hob sie den Kopf, stupste mit unglaublicher Zartheit meine Schulter. Sie atmete schwer, die Nüstern schnupperten an meiner Wange. Sie hatte begriffen, dass wir zu keiner Anstrengung mehr fähig waren. Wir krochen dicht an den Pferdekörper heran, warfen Arme und Beine um ihn und klammerten uns mit den Knien fest. Und tatsächlich richtete sich Luna langsam auf; sie kam zitternd auf die Beine.

Mit letzter Energie hielten Naiche und ich uns im Sattel: Eine falsche Bewegung und wir wären wieder zu Boden gestürzt. Jeder nahm einen Schluck aus der Feldflasche, dann war kein Wasser mehr da. Doch wir hatten Luna wieder und jetzt setzte sie erneut, wenn auch mühevoll, einen Huf vor den anderen. Ihr Atem ging stoßweise, ihre Zunge hing dick und geschwollen zwischen den gelben Zähnen, aber sie wanderte zäh dem Ziel entgegen.

Später vermochten wir nicht zu sagen, wie viel Zeit vergangen war – doch ebenso plötzlich, wie sie begonnen hatte, blieb die Sandfläche hinter uns zurück. Wir erreichten das erste Schatten spendende Wacholdergestrüpp. Naiche und ich hingen nur noch im Sattel und hatten ein einziges Bedürfnis: Wasser!

Zum Glück besitzen Pferde den sichersten Instinkt, eine Quelle ausfindig zu machen. So ließen wir Luna gewähren. Zuerst hob sie den Kopf und witterte langsam. Immer wieder schnupperte sie mit den Nüstern; und irgendwann schien sie sich zu entscheiden. Sie ging ein paar Schritte, blieb stehen, wieherte kurz und bewegte sich schneller. Jeder Schritt erschütterte unsere steifen, kraftlosen Körper. Nun wurden die Schatten dichter; nach ein paar Minuten roch die Luft nach Feuchtigkeit und endlich schimmerte uns zwischen verkrüppelten Weidenbäumen eine kleine Sickerquelle entgegen.

Wir waren gerettet!

So schnell wir konnten, ließen wir uns zu Boden gleiten, krochen die flache Böschung hinab und tranken in langen, gierigen Zügen neben Luna, die schon ein nasses Maul hatte. Wir tauchten Gesicht und Arme in die wunderbar frische Quelle und fühlten, wie uns das Wasser neue Lebenskräfte schenkte. Jetzt konnten wir auch wieder sprechen.

Ich sagte nur:

»Pferde sind wirklich kluge Geschöpfe, nicht wahr?«

»Aber es wäre beinahe schlimm ausgegangen!«, stöhnte Naiche.

»Luna hat panische Angst vor Schlangen, das musst du verstehen. Doch sobald ihre Angst vorbei war, hat sie sich um uns gekümmert.«

Natürlich saß uns die Anstrengung in den Knochen. Deshalb brachen wir das Brot entzwei, das wir als Verpflegung mitgenommen hatten, kauten langsam ein paar Bissen und teilten uns auch eine Orange. Dann streckten wir uns im Schatten aus, um ein wenig zu schlafen. Wir schliefen nicht lange. Als wir erwachten, fühlten wir uns wieder kräftig genug, den Ritt fortzusetzen.

»Ob Mrs Clare uns böse ist, wenn wir morgen in der Schule fehlen?«, fragte Naiche.

»Das glaube ich nicht. Ich denke, sie wird sich Sorgen machen. Aber das ist nicht so wichtig wie das, was wir vorhaben!«

Wir stiegen in den Sattel und ritten den Hang hinauf. In der Ferne sahen wir die Straße, die in Schleifen auf den Berg führte. Lastwagen krochen langsam aufwärts, brachten Material auf das Baugelände; von hier aus gesehen, wirkten sie wie Spielzeuge. Umgekehrt hätten uns die Wächter sicher mit dem Feldstecher sehen können, aber es war kaum anzunehmen, dass sie diese Bergseite unter Beobachtung hielten. Bald nahm außerdem das Buschwerk um uns zu. Das Geröll war an manchen Stellen locker, aber Luna hatte einen sicheren Tritt. Sie fürchtete weder die Kiesel, die plötzlich unter ihrem Huf wegrutschten, noch die schmalen Pfade zwischen Büschen und Felsbrocken.

Dann wurde allmählich der Abhang steiler. Ich wusste von Alope, dass der Berg vor Millionen von Jahren ein Vulkan gewesen war. Wir ritten an turmartigen Basaltfelsen vorbei; auf schwarzen, eigentümlich geformten Klippen spiegelte sich das Licht. Die Zeit verstrich. Auch die Bäume standen nun dichter und höher. Lunas Schritt war zwar der gleiche geblieben, doch ihr Atem ging rascher und ihr Gang war – fast unmerklich – ein wenig steifer geworden. Als schließlich die Sonne unterging und es ziemlich schlagartig dunkel wurde, brachen wir unseren Marsch mit einer gewissen Erleichterung ab.

Zugleich erblickten wir auf der anderen Bergseite ein fahles, geisterhaftes Licht. Ein weißes Feuer erhellte die Nacht. Es war ein Leuchten, grell, aber nicht scharf umrissen, von dem aus dünne Strahlen durch die Dunkelheit wanderten, wobei die Helligkeit gelegentlich wuchs oder abnahm.

»Scheinwerfer«, sagte Naiche müde. »Sie arbeiten mit Nachtschicht.« Wir schätzten die Strecke ab, die uns noch fehlte; der Weg zu der Baustelle führte über ein

Hochtal, immer durch den Wald. Es war Neumond, die Nacht war pechschwarz.

»Was meinst du?«, fragte ich Naiche.

Er schnalzte mit der Zunge.

»Gefährlich!«

»Wir müssen hier rasten«, sagte ich entschieden. »Wir haben heute schon genug riskiert.«

Wir fanden eine Sandmulde unter einem Felsen, die sich gut als Schlafstelle eignete. In der Nähe sprühte eine kleine Quelle über das Gestein. Die hohen Bäume bildeten einen schützenden Wall gegen die nächtliche Kälte. Wir knabberten an dem restlichen Brot, das zunehmend trockener wurde, spülten es mit Quellwasser hinunter und teilten uns die Kartoffelchips.

»Hör mal, Mila, deine Grandma kennt sich doch mit diesen Dingen gut aus. Wurden eigentlich in den alten Zeiten alle Apachen hier auf dem Heiligen Berg bestattet?«, fragte Naiche.

»Nein«, sagte ich. »Nur Männer und Frauen, die sich besonders auszeichneten, wie etwa Häuptlinge. Sie wurden in eine rote Decke gewickelt und auf eine Bahre gelegt. Ihr Haar wurde sorgfältig geflochten, ihr Gesicht mit frischer Farbe bemalt. Dann folgte der ganze Stamm dem Trauerzug bis zu den Felsengräbern. Die Frauen behielten ihren Schmuck, die Männer ihre Waffen. Und ihr Lieblingstier wurde getötet und mit ihnen bestattet. Die Tiere wollten doch ihre Besitzer auch im Jenseits nicht verlassen.«

»Du, da ist was dran«, meinte Naiche. »Ich kenne einen

Hund, der nicht mehr fressen wollte, als sein Herr starb. Er verkroch sich in eine Ecke und war nach ein paar Wochen tot!«

Ich nickte. »Ich denke, dass Luna auch entsetzlich traurig wäre, wenn mir etwas passieren würde.«

»Und wie ging die Zeremonie dann weiter?«

»Alle Sachen, die den Verstorbenen gehört hatten, wurden verbrannt.«

»Warum denn das?«

»Die Totengeister brauchten die Dinge nicht mehr. Und es wäre respektlos gewesen, wenn Lebende sie benützt hätten.«

Naiche seufzte. Als er weitersprach, klang seine Stimme bitter.

»Ja, Grandma Alope weiß noch genau, wie es früher war. Meine Mutter nicht. Die wurde ja schon in eine Missionsschule geschickt. Da hat man ihr nur die Geschichte und Religion der Weißen beigebracht. Genau wie uns.«

»Als ob die so interessant für uns wären.«

»Eben. Wenn ich mal Dinge von früher erfahren will, sagt meine Mutter immer: Das wissen nur noch die Alten.«

Ein leichter Windstoß fuhr durch den Wald. Ich fröstelte und zog meine Windjacke enger um mich. »Ach, Naiche! Ich will die Kunstakademie besuchen. Und ich will auch lernen, wie man mit einem Computer umgeht. Aber deswegen will ich nicht vergessen, wie unsere Vorfahren gelebt haben. Sie haben uns noch viel zu sagen . . .«

Naiche schwieg. Dann hörte ich seine Stimme sehr leise: »Manchmal glaube ich, dass sie nicht richtig tot sind.«
»Sie sind nicht tot«, erwiderte ich. »Sie sind jetzt die guten Geister, die uns schützen.«
Danach verstummten wir beide und jeder hing seinen eigenen Gedanken nach.
In unserem Versteck war es dunkel und still, aber der Wald war erfüllt von allen möglichen Geräuschen, so deutlich und zugleich so verschieden wie die Sprachen fremder Völker. Ein Marder schnatterte, eine Eule ließ ihren sanften Ruf hören. Das Unterholz raschelte, als eine Dachsfamilie aus ihrem Bau kroch. Zweige wippten unter den lautlosen Sätzen der Eichhörnchen. Manchmal piepste schläfrig ein Vogel. Ich lauschte und spürte, wie die Anspannung dieses Tages langsam von mir wich. Dafür überkam mich bleierne Müdigkeit.
Naiche ging es ebenso. Wir brauchten Schlaf, um am nächsten Morgen wieder bei Kräften zu sein. Schnell höhlten wir in dem weichen Sand eine Grube aus, damit wir besser liegen konnten. Wir rollten unsere Decken auseinander und wickelten uns fest darin ein. Schon nach wenigen Sekunden gingen Naiches Atemzüge tief und regelmäßig: Er war sofort eingeschlafen.
Ich warf einen Blick zu Luna hinüber. Ich hatte ihr zuvor den Sattel abgenommen und nun rupfte sie das Gras ab, das hier ausreichend vorhanden war. Das Geräusch ihrer mahlenden Kiefer war vertraut und beruhigend. Dann, während ich durch die Zweige in den Nachthim-

mel starrte, wechselte der Wind die Richtung. Aus der Ferne drang ein schnarrendes Geräusch an meine Ohren, das nicht zu den Stimmen der Natur gehörte. Was konnte das sein? Ein Bagger vielleicht? Doch ich wollte nicht mehr länger nachdenken, ich schloss die Augen und schlief ebenfalls ein.

6

Wir schliefen unruhig und mehrmals in der Nacht weckte uns die Kälte. Die letzten Sterne schimmerten noch am glasklaren Himmel, als wir bereits die Augen öffneten. Unsere Gesichter waren feucht vom Tau.
Wir rollten unsere Decken ein, richteten uns mit steifen Gliedern auf. Mit ein paar Bewegungen versuchten wir, unsere erstarrten Muskeln zu lockern. Nebenan knackten Zweige: Luna, die ebenfalls geschlafen hatte, stellte sich auf die Beine, wobei sie heftig ihre Mähne schüttelte.
»Ein Milchkaffee wäre jetzt gut«, seufzte ich, »ja, mit viel Zucker.«
Stattdessen gingen Naiche und ich zur Quelle, hielten Hände und Gesicht in das wunderbar eisige Wasser, tranken davon und spülten uns den Mund aus. Als das Wasser auf unserer Haut getrocknet war, fühlten wir uns hellwach. Wir kämmten uns, klopften den Sand aus unseren Kleidern. Dann teilten wir uns das letzte Stück Brot.
Währenddessen hatte die Helligkeit stetig zugenommen, bis sie schließlich den ganzen Himmel überflutete. Und auf einmal schwebte die Sonne empor und ließ auf jedem Grashalm, jedem Blatt Tautropfen glänzen.

Ich schaute wie gebannt auf dieses Schauspiel. Wie einmalig schön war es hier! Doch nach kurzer Zeit riss ich mich wieder los. Naiche und ich hatten heute noch viel vor . . .

Ich führte Luna zu der Quelle, ließ sie das Maul ins klare Wasser tauchen. Danach füllte ich die Feldflasche und sattelte die Stute und wir machten uns auf den Weg.

Eine Zeit lang noch ritten wir durch Wald, immer bergaufwärts. Nach und nach veränderte sich dabei die Landschaft: Der Laubwald ging in Nadelwald über. Nur der sanfte Hufschlag des Pferdes, das Quietschen des Sattelleders waren zu hören. Dann aber brach ein neues Geräusch die Stille; es klang wie ein regelmäßiges Sirren. Ich hielt Luna an. Reglos saßen wir im Sattel, um besser zu hören.

»Was ist das?«, flüsterte Naiche.

Das Geräusch setzte für ein paar Sekunden aus. Dann begann es von Neuem. Und plötzlich wussten wir, was es war.

»Sie fällen Bäume!«, sagte ich leise.

Naiche nickte und ich setzte Luna wieder in Bewegung.

»Lass uns nachsehen. Aber wir müssen vorsichtig sein.«

Endlich erreichten wir den höchsten Punkt der Strecke. Der Wald hatte sich inzwischen gelichtet, auf der einen Seite unseres Weges stieg eine Felswand zum Gipfel empor, während die andere Seite steil abfiel. Hier konnten Reiter von weither gesichtet werden. Es war besser, den Rest zu Fuß zu gehen. Wir stiegen aus dem Sattel. Ich führte Luna noch ein Stück hinter uns her; als aber auch die Büsche spärlicher wurden, knotete ich ihre Zügel an einen Ast.

»Warte auf uns, Luna. Wir sind bald wieder da.«

Die Stute senkte ruhig den Kopf und begann, den Boden zu beschnuppern.

Naiche und ich liefen weiter, den Geräuschen folgend. Sie waren jetzt ganz nahe, klangen laut und schrill und bedrohlich. Geduckt bewegten wir uns vorwärts. Plötzlich erreichten wir die Grenze der Büsche; von hier aus konnten wir ein Stück freies Gelände überblicken.

Mein Herz zog sich zusammen. Eine große Zahl wundervoller alter Fichten war bereits gefällt worden! Die runden Baumstümpfe ragten aus der Erde, die Schnittflächen wirkten wie frisch klaffende Wunden. Der Anblick tat mir körperlich weh.

»Jeder Baum ist ein Gedächtnis«, pflegte meine Grandma zu sagen. »Stirbt ein Baum, wird ein Gedächtnis vernichtet.«

Ein Dutzend Männer arbeitete hier; sie trugen orangefarbene Schutzkleidung und Helme mit Augenschutz. Maschinen zum Entästen der Stämme kreischten. Einige der langen Stämme waren zum Abtransport bereit, Schlepper standen schon beladen. Ganz in unserer Nähe waren zwei Arbeiter dabei, mit der Kreissäge eine Ponderosa-Fichte zu fällen. Der Baum stand hoch und still; er hatte Jahrhunderte dort gestanden, jetzt würde auch er sterben. Wir hörten, wie der starke Stamm ein Stöhnen von sich gab. Dann riefen sich die Arbeiter eine Warnung zu und brachten sich in Sicherheit. Ein mächtiges Rauschen erfüllte den Wald; die Baumkrone bewegte sich wie unter einem Windstoß. In einem Wirbel von krachenden, splitternden Ästen stürzte die Fichte langsam, wie in Zeitlupe, zu Boden. Danach erschütterte ein gewaltiger Stoß den Grund. Ein Regen von Blättern und Zweigen und weißlichen Splittern prasselte auf uns nieder. Wir duckten uns tiefer und schützten Kopf und Gesicht mit den Armen. Der Baum war tot, nur der noch lebende Stumpf schrie seine stumme Klage in den Himmel.

»Naiche«, flüsterte ich, »das sind geschützte Bäume. Warum dürfen sie die fällen?«

»Sie machen, was sie wollen«, sagte Naiche. »Das weißt du doch längst.«

Dicke, heiße Tränen traten mir in die Augen.

»Es muss einfach möglich sein, sie aufzuhalten!«

Er schüttelte traurig den Kopf.

»Wenn es so wäre, hätten deine Grandma und unser Stammesrat es längst getan. Sie sind die Stärkeren.«

Ich ballte die Fäuste.

»Nein, das sind sie nicht! Das *dürfen* sie nicht sein!«

Naiche schwieg. Sein Gesicht war blass vor Kummer. Plötzlich überfiel auch mich Mutlosigkeit. Naiche sagte die Wahrheit. Der Stammesrat war ja wirklich machtlos, Alope reiste sicher vergeblich nach Washington. Sie hatten den Bau der Sternwarte auf dem Heiligen Berg auch bisher nicht stoppen können.

Was waren das für Kerle, die dort in ihren voll klimatisierten Büros saßen und ihre Entscheidungen trafen!

Klar, sie gaben den Leuten Arbeit. Aber was war der Preis dafür? Was sollten wir denn später einmal für eine Natur hinterlassen? Einen Planeten mit zerstörten Wäldern, verwüsteten Landschaften?

Mir fiel ein, was Alope mir von der großen Umweltkonferenz in Brasilien erzählt hatte. »Der Umweltschutz ist nicht das Wesentliche«, hatte der amerikanische Präsident damals zu sagen gewagt. »Ich habe die vorrangige Pflicht, amerikanische Arbeitsplätze zu sichern.«

Die Erde gehört ihm nicht, dachte ich zornig. Die Erde ist lebendig und gehört nur sich selbst. Sie duldet die Menschen, bis es ihr zu viel wird. Und dann wird sie zurückschlagen. Erbarmungslos.

In diesem Moment raschelte etwas neben uns am Boden. Naiche spähte zwischen die Äste und Blätter, die uns umgaben, tastete darin umher und richtete sich, etwas in der hohlen Hand haltend, behutsam wieder auf. Ich sah in seiner Hand ein junges rotes Eichhörnchen.

»Tot?«, flüsterte ich.

»Verletzt. Es atmet noch.«

Naiche hauchte zart auf das Tierchen, aus dessen Maul Blut tropfte. Ich konnte das winzige Herz unter dem klebrigen Flaum jagen sehen. Das Eichhörnchen zuckte, warf sich ein paar Mal in Naiches Hand hin und her.

»Ich glaube, es hat das Rückgrat gebrochen«, sagte er.

Das Tier krümmte sich, streckte die Krallen aus. Sein Atem flog. Nach einer Weile kamen seine bebenden Flanken zur Ruhe. Es lag schlaff und rührte sich nicht mehr.

Naiches und meine Augen begegneten sich. Wir verständigten uns stumm. Naiche hielt das Tier, während ich mit den Händen ein Loch grub. Wir legten das Eichhörnchen hinein und deckten es mit einer Schicht Erde zu.

Die ganze Zeit arbeiteten die Männer weiter. Langsam schob eine Spezialmaschine ihr Frontschild durch das Gewirr von Ästen und Zweigen. Das Langholz wurde aufgeschichtet. Naiche und ich hatten genug gesehen; vorsichtig krochen wir durchs Unterholz zurück. Jetzt wollten wir uns die Baustelle näher anschauen, die ein Stück tiefer lag.

Sobald wir wieder bei Luna waren, band ich sie los und führte sie am Zügel hinter mir her. Im Schutz der alten Bäume gingen wir weiter bis an den Rand des Abhanges und spähten hinunter. Doch was wir dort sahen, traf uns noch einmal wie ein Schock: Dass die Arbeiten schon so weit fortgeschritten waren, hatten wir nicht erwartet! Die Fundamentgräben für den Bau waren zugeschüttet, die Grundmauern standen. Sogar das spinnennetzförmige Stahlgerüst für die Kuppel der Sternwarte war schon aufgerichtet. Männer bewegten sich auf den Gerüsten, einige arbeiteten an den Mörtelpfannen. Ein Kran hievte Backsteine nach oben, Betonmischer tuckerten. Es würde ein gewaltiges Bauwerk werden. Der Baukonzern hatte offenbar mit Scherereien gerechnet und sich sehr beeilt.

»Scheiße!«, murmelte Naiche. »Was nun?«

»Unsere Vorfahren hätten Krieg geführt«, sagte ich. »Das geht heute nicht mehr.«

»Es gibt verschiedene Arten von Krieg.«
Naiche schüttelte den Kopf, wie schon vorher.
»Die bauen ihr verflixtes Ding, ob es uns passt oder nicht.«
Wie wir es auch drehten und wendeten: Immer wieder wurden wir daran erinnert, dass wir Indianer auf ziemlich verlorenem Posten standen. Die Versuche unseres Stammrates, auf politischem Weg etwas zu erreichen, waren bisher alle fruchtlos geblieben. Und selbst wenn es Naiche und mir gelungen war, zumindest ungesehen bis hierher vorzudringen – der Baukonzern, der schon viel Geld investiert hatte, hatte sich gegen eventuelle Übergriffe vor Ort gut abgesichert. Nachts wurde das Gelände durch Scheinwerfer erleuchtet, ein hoher Gitterzaun schützte die Baustelle und beim Eingang befand sich ein Wärterhaus mit Schlagbaum, hinter dem zwei angekettete Schäferhunde warteten.
»Die tun uns nichts«, sagte Naiche.
»Nein, die Hunde nicht.«
Wir lächelten unfroh. Indianer fürchten sich nicht vor dressierten Schäferhunden. Wir wissen, dass diese Tiere lieber uns gehorchen als den Weißen. Das ist schon immer so gewesen.
Ich berührte Naiches Arm.
»Komm! Wir reiten zu den Gräbern.«
Wir stiegen in den Sattel. Vor etwa einem Jahr, zur Frühlingssonnenwende, hatte ich Alope in das Hochtal begleitet. Ich entsann mich noch gut an den Weg. Unweit der Stelle, wo die Bäume gefällt wurden, führte ein

Pfad durchs Unterholz, fest getrampelt von Generationen von Menschen und Pferden, die in den letzten Jahrhunderten hier entlanggegangen waren. Dieser Pfad wurde schmaler. Die Felsen rückten immer enger zusammen, bis die Bäume hoch über uns ihre Kronen vereinten. Dann plötzlich lichtete sich der Wald: Wir standen über einem Felsabhang, der in steilen Stufen zu einem Tal abfiel. Das kleine Tal war wie ein Kessel von Wänden umschlossen. Wir ritten behutsam weiter, auf eine Anhäufung grober dunkler Steinblöcke zu. Das Sonnenlicht funkelte auf ihnen, das Gestein war von Höhlungen und Spalten durchzogen. Dort war der Ort, der für uns Apachen so große Bedeutung hatte. Dort wurden seit Menschengedenken die Apachenhäuptlinge bestattet.

Ich atmete unwillkürlich auf. Der Ort schien wild und einsam, von ewiger Ruhe erfüllt. Er war von den Arbeitern nicht angetastet worden. Ich ließ meine Augen über das Gelände schweifen – und genau da überfiel mich die brutale Erkenntnis: Eine der Straßen, die jetzt gebaut wurden, würde genau in dieses Hochtal münden!

Naiche sprach meine Gedanken laut aus.

»Ich glaube, sie werden hier einen Parkplatz bauen.«

Ich merkte, wie meine Wut erneut zunahm und mich fast zu ersticken drohte. Ich konnte sie nicht unterdrücken.

»Ausgerechnet bei den Gräbern! Haben sie vor nichts, vor gar nichts Respekt?«

Naiches schmale Nasenflügel bebten. Meine Frage blieb ohne Antwort. Noch war das Tal unberührt, waren die Gräber der Vorfahren unversehrt. Die Arbeiter würden vielleicht noch einige Wochen brauchen, bis sie alle Bäume gefällt und den Boden geebnet hatten.

Wir ritten im Trab weiter, bis unmittelbar vor den Grabhügel. Ein Stab mit einem roten, verwitterten Tuchfetzen war in den Boden gerammt. Dieses Zeichen lässt uns Indianer wissen, dass wir einen heiligen Ort betreten. Wir schwangen uns aus dem Sattel. Ich warf die Zügel einfach hin, darauf vertrauend, dass Luna uns folgen würde. Stumm traten wir dem Hügel entgegen.

Hier, so wusste ich, trafen sich auch heute noch in Vollmondnächten die acht Heiler unseres Stammes, um Kräuter und Pflanzen zu sammeln, die nur in diesem Tal wuchsen. Sie sangen die 32 Heiligen Lieder, bevor sie sich die Kräfte des Berges zu eigen machten und die Heilkräuter pflückten. In jeder Generation gab es ja bei uns Menschen, die die Kraft des Heilens besaßen. Diese Kraft übertrug sich von der Mutter auf die Tochter oder vom Vater auf den Sohn. Und an der Herstellung eines Heilmittels waren immer acht Personen beteiligt: vier, die Kräuter mischten und verarbeiteten, und vier, die Zwiesprache mit den Geistern hielten. Mit den Geistern dieses Ortes, der bald nicht mehr sein würde.

Ich spürte die Kraft, die von ihm ausging. Es war, als ob aus den Erdtiefen ein leises, beharrliches Summen stieg.

»Hörst du etwas, Naiche?«

Er legte den Kopf schräg und lauschte. Nach einer Weile nickte er.

»Irgendwie schon. Es klingt wie . . . wie unter einer Hochspannungsleitung.«

»Hier ist keine.«

Wir tauschten ein schwaches Lächeln. Wir spürten den gleichen Schmerz, aber auch die gleiche Freude, dass wir diese Wahrnehmung teilten.

Auf einmal fiel mir ein Gebet ein, das Grandma mich gelehrt hatte. Es war ein Gebet, das sich eigentlich auf den Blitz bezog, um Schutz vor seiner Gewalt bat. Aber die Gefahren, die diesen Fleck Erde bedrohten, waren so beklemmend, dass ich nicht einfach stumm bleiben konnte. Ich musste um Beistand bitten.

Ich kniete vor der Grabstätte nieder, faltete die Hände und sprach:

»Blitz, nimm uns nicht unseren Frieden,
folge deinem Weg ohne Zorn.
Leuchte über uns, ohne zu verletzen,
zwinge unserem Geist keine Furcht auf.«

Ich wusste nicht, ob ich zu den Totengeistern sprach oder zu irgendeiner anderen Macht, die mich hören konnte. Für ein paar Atemzüge rührten wir uns nicht. Wir fühlten die Erdkraft, sie erfasste uns machtvoll und sanft.

Doch dann zuckten wir zusammen. Wütendes Gebell ertönte am Waldrand. Zwei Wächter in schwarzer Uniform, die Schäferhunde an Ketten führten, kamen mit schnellen Schritten auf uns zu.

7

Der Schreck fuhr uns durch Mark und Bein. Mein erster Gedanken war, mit Naiche auf Lunas Rücken zu springen und zu fliehen. Doch vor uns fiel der Felsen 100 Meter in die Tiefe ab, und bis wir auf der anderen Talseite in Deckung gehen konnten, würden die Wächter womöglich auf uns schießen. Beide Uniformierte waren mit Revolvern und Gummiknüppeln bewaffnet, wie wir blitzschnell erfassten, beide waren hochgewachsen, blond, muskulös. Einer hatte einen Schnurrbart, der andere trug ein Heftpflaster über dem linken Auge. Die Hunde bellten jetzt mit gesträubten Haaren, bleckten die Zähne, zerrten an ihren Ketten. Ich holte tief Luft. Bloß nicht die Nerven verlieren! Ich sprach zu den Hunden im Geist.

»Friede, ihr Hunde. Wir sind Freunde.«

Dabei sah ich die Tiere furchtlos an, schickte ihnen meine Zuneigung entgegen.

Und wie immer verstanden sie mich; das Bellen und Knurren erstarb. Sie spitzten die Ohren. Mit intelligentem Blick sahen sie Naiche und mich freundlich und neugierig an. Sie gehörten zu den Nachkommen jener Zelthunde, die früher unsere Lager bewacht haben. Und obwohl sie selbst dies vergessen haben, wusste ihr Instinkt noch darum. Nun wedelten sie mit dem Schwanz, gaben einige seltsame Laute von sich, eine Mischung zwischen Gähnen und Winseln. Dann setzten sich beide und hechelten, wie entspannte Tiere das tun, wenn ihre Besitzer mit ihnen spazieren gehen.

Die Wächter versuchten vergeblich, sie wieder hochzuziehen. Die Hunde schüttelten den Kopf, dass die Ketten klirrten, verweigerten jeden Befehl.

Unter anderen Umständen hätte uns der Anblick der wutentbrannten Männer und ihrer störrischen Begleiter mit Heiterkeit erfüllt. Aber uns stand der Sinn nicht nach Lachen. Wir hatten furchtbare Angst.

»Verdammte Indianer«, sagte der Schnurrbärtige. »Wie kommt ihr bloß in das Sperrgebiet?«

Wir schwiegen. Wer derartig in der Klemme sitzt, kann bestenfalls darauf hoffen, den Schaden zu begrenzen.

»Wissen eure Eltern, wo ihr euch herumtreibt?«

»Meine Mutter ist nicht da«, sagte Naiche.

»Nein? Wo ist sie denn?«

»Im Krankenhaus.«

Der Mann mit dem Heftpflaster lächelte mit hartem Gesicht.

»Hat sie 'nen Unfall gebaut? Wegen Trunkenheit am Steuer vielleicht?«

»Sie ist Krankenschwester«, rief Naiche empört.

»So?«, sagte der Wächter. »Dann hat sie ja das Geld, um die Buße zu zahlen.«

»Hat sie nicht«, sagte Naiche in herausforderndem Ton.

Der Mann zeigte erneut sein eigenartiges Lächeln.

»Dann wird sie es ranschaffen müssen. Auf dem unbefugten Betreten dieses Gebiets stehen 500 Dollar Buße.«
»Für jeden«, ergänzte der Schnurrbärtige.
Beide hatten ein wirklich dreckiges Grinsen. Naiche war grau im Gesicht geworden. Ich zitterte so stark, dass ich mich kaum noch auf den Beinen halten konnte.
»Aber wir . . . wir sind doch Kinder!«, stieß ich hervor.
»Na, das ist es ja eben«, antwortete der Schnurrbärtige gedehnt. »Deswegen sind es eure Alten, die blechen müssen.«
Das war mit das Schlimmste, was uns passieren konnte. Jede Antwort blieb uns im Hals stecken.
»Los, mitkommen!«, befahl der Schnurrbärtige. »Wir bringen euch nach Hause. Mit dem Streifenwagen. Das Pferd wird beschlagnahmt, bis das Strafgeld gezahlt ist.«
Wir tauschten einen verzweifelten Blick. Die beiden Wächter nahmen uns in die Mitte. Der Mann mit dem Heftpflaster führte Luna am Zügel hinter sich her. Als die Schäferhunde uns beschnüffelten, zerrten die Wächter sie brutal zurück. Die Hunde ließen daraufhin ein unwilliges Jaulen hören.
»Was ist denn in die Köter gefahren?«, knurrte der Schnurrbärtige. Der andere zog verächtlich die Schultern hoch.
»Indianer-Hokuspokus.«
Mein Gehirn arbeitete fieberhaft. Ich warf Naiche einen Seitenblick zu und sagte rasch in unserer Apachensprache:

»Die Hunde sind zahm und Luna ist schnell.«

Der Mann mit dem Heftpflaster schnauzte mich an: »Was hast du gesagt, du verfluchte Rothautgöre?«

»Dass unsere Eltern das Geld nicht haben«, antwortete ich geistesgegenwärtig.

»Dann wandern sie eben in den Knast, bis sie es auftreiben.«

Die Männer führten uns am Waldrand entlang bis zur Baustelle. Dort, vor dem Wächterhaus, stand ein Streifenwagen. Daneben befand sich ein Gehege für die Hunde. Während ein Uniformierter die Hunde hineinbrachte und ihnen die Kette abnahm, ging der andere mit dem Schlüsselbund in der Hand auf den Wagen zu. Für ein paar Sekunden hatten sie uns aus den Augen gelassen. Luna stand neben uns.

Jetzt oder nie!

»Los!«, flüsterte ich Naiche zu.

Wir sprangen fast gleichzeitig aus dem Stand in den Sattel: ein Kunststück, das ich reichlich geübt hatte, wenn ich auf der Koppel Wildwest-Show spielte. Für Naiche dagegen, der ja kein Pferd besaß und nur gelegentlich mit mir ritt, war es eine großartige Leistung. Schon ließ ich die Stute wenden, im gestrecktem Galopp dahinjagen.

In jeder Zirkusmanege hätte unsere Nummer stürmischen Applaus erhalten; hier dagegen löste sie Gezeter und Fluchen aus. Doch ungeachtet aller Drohungen und geschrienen Befehle, lenkte ich Luna zwischen den Lastwagen hindurch. Die Schäferhunde heulten und bellten jetzt wieder, sie sprangen an dem Gitter empor und kratzten an den Maschen. Im wilden Galopp bogen wir von der Straße ab, stürmten die Böschung hinunter, durch den Wald.

Es war eine riskante Flucht. Wenn Luna über eine Wurzel oder einen Stein stolperte, würden wir uns Hals und Beine brechen. Aber ich vertraute der Geschicklichkeit meiner Stute. Zum Glück übertönte das Geräusch der Sägemaschinen das Hämmern der Hufe, das Knacken der Zweige. Außerdem hatten die Wächter keine Pferde zur Verfügung und mit dem Auto konnten sie uns auf diesem Weg nicht folgen. Doch erst als ich sicher war, dass wir nicht verfolgt wurden, ließ ich Luna langsamer gehen.

Wir schöpften tief Atem und blinzelten durch schweißverklebte Lider.

»Mir ist flau im Magen«, sagte ich.

»Mir auch«, gab Naiche zurück.

Ein paar Augenblicke lang schwiegen wir benommen. Dann stieß Naiche einen lauten Jubelschrei aus und rief: »Geschafft!«

Nach und nach lichtete sich der Wald um uns. Das Gelände wurde wieder steinig, von Buschwerk durchzogen. Licht und Schatten wechselten über der Hochebene. In der Ferne flimmerte der Geisterspiegel im trüben Hitzedunst.

Der Geisterspiegel . . . Der bloße Gedanke, ein zweites Mal durch die mörderische Sandwüste zu reiten, erfüllte uns mit Schrecken.

»Ich habe Angst«, gestand Naiche.

»Ich auch. Wir warten lieber ab, bis es dunkel wird. Alope ist noch nicht zurück, sie kann mich nicht vermissen.«

»Aber meine Mutter wird sich Sorgen machen, wenn ich bis spät in der Nacht noch nicht zurück bin!«

Es blieb uns nichts übrig, wir mussten weiterreiten. Unterhalb des Hanges führt eine Sandpiste westwärts. Auf einmal hörten wir Motorengeräusch. Rasch lenkte ich Luna hinter ein paar Wacholderbüschen in Deckung. Naiche und ich saßen reglos im Sattel, als ein Wagen den Weg entlanggeholpert kam, der eine Staubfahne hinter sich herzog. Wir erkannte sofort Bill Schaefers alten Pick-up. Bill Schaefer lebt seit über 30 Jahren im Reservat. Er hat eine Indianerin geheiratet; seine Kinder sind schon erwachsen. Er leitet einen kleinen Handelsposten, wo man Benzin, Lebensmittel, Alkohol und Werkzeuge kaufen kann. Zweimal in der Woche fährt er als fliegender Händler durch die Gegend. Bill Schaefer ist ein komischer Typ, nicht unbedingt freundlich, aber doch irgendwie in Ordnung.

»Glaubst du . . .«, begann Naiche.

Ich nickte.

»Ja, bestimmt.«

Ich ritt mit der Stute aus dem Gebüsch, schräg den Hang hinunter, dann ließ ich sie im Schritt gehen. Bill Schaefer hielt seinen Wagen an und streckte den Kopf aus dem Fenster. Er kaute an einem Streichholz und war wie ein Kinoindianer ausstaffiert: Veloursshemd,

Türkiskette und Stirnband. Sein Haar hing strähnig und grau über die Schultern.
»Wo zum Teufel kommt ihr her, Kids?«
»Wir waren auf dem Dzil Nchaa si an«, sagte ich.
»An sämtlichen Kontrollposten vorbei?«
»Wir haben einen Umweg gemacht. Über den Geisterspiegel.«
Er hob die buschigen Brauen.
»Und seid noch am Leben?«
Wir schwiegen betreten. Bill beförderte sein Streichholz von einem Mundwinkel in den anderen.
»Wo ist Alope?«
»Sie protestiert in Washington.«
»Diese bescheuerte Frau«, knurrte Bill, aber es klang irgendwie anerkennend.
Er kratzte sich unter dem Stirnband und stieg aus. Er trug seine üblichen Jeans, die fast auseinanderfielen, und Cowboystiefel aus Schlangenleder, dreifarbig mit schwarzen Paspeln. Seitdem wir auf der Welt waren, hatten wir ihn nie in anderer Aufmachung gesehen, bloß dass die Stiefel immer abgenutzter aussahen.
»Wenn Alope was erreicht, stifte ich ihr ein Denkmal. Unsere Erde wird allmählich ein höchst ungastlicher Ort und diese Bonzen haben nur ihre Wahlen im Kopf. Steigt ein, Kids. Verträgt es der Gaul, in einem Pick-up zu fahren, oder schlägt er mir den Wagen ein?«
»Wir bleiben bei ihr«, sagte ich.
»Besser.«
Bill öffnete die Ladeklappe. Ich führte Luna hinauf, ohne

dass sie sich sträubte. Bill spuckte sein Streichholz in den Sand, wühlte in einer Kiste und brachte zwei Coladosen zum Vorschein, die er uns zuwarf.

»Gut, für heute lass ich's gelten. Aber wenn ich euch noch einmal beim Geisterspiegel erwische, ziehe ich euch das Fell über die Ohren! Alope wird sich bei mir bedanken. Sie ist eine gute Frau, ja, verdammt, das ist sie. Ich wollte, ich hätte auch den Mut, den Zieraffen in Washington ein Spruchband unter die Nase zu halten.«

Er klemmte sich hinters Steuer, knallte die Tür zu, dass es in alle vier Himmelsrichtungen schallte, und setzte den Wagen in Bewegung. Eine Stunde später waren wir im Reservat.

Bill Schaefer hielt zwei Kilometer nach dem Straßenschild. Er wollte in die andere Richtung. Schwerfällig verließ er den Wagen, stapfte nach hinten und machte die Ladeklappe wieder auf.

»So, raus mit euch! Könnt froh sein, dass ihr mich getroffen habt. Und hört gefälligst mit dem Unsinn auf. 500 Dollar Buße ist eine Menge Geld.«

Ich führte Luna hinunter. Wir bedankten uns bei Bill, bekamen aber nur ein Grunzen als Antwort. Er kletterte zurück in den Wagen, gab Gas und brauste davon.

»Eigentlich ist er wirklich nett«, meinte Naiche versonnen.

Ich lächelte ihn an.

»Das sagt meine Grandma auch.«

Wir trabten mit Luna auf die Häuser zu, vorbei an einer

Reihe von Telegrafenmasten. Wir waren noch keine fünf Minuten geritten, als uns auf der Straße ein Motorrad entgegenkam. Voller Unbehagen erkannten wir die schwarz lackierte Yamaha unserer Lehrerin. Marella Clare hatte sich die Maschine angeschafft, weil sie oft Nachhilfeunterricht gab und viele Häuser weit abseits der Asphaltstraße lagen; dass wir ihr hier begegnen mussten, war Pech. Wahrscheinlich kam sie gerade vom Postoffice. Doch es war zu spät, um das Pferd von der Straße wegzutreiben. Schon hatte uns Mrs Clare gesehen und drosselte die Geschwindigkeit. Kurz vor uns bremste sie, hielt die Maschine an.

Luna wich zur Seite und schnaubte. Ich kraulte ihr mit den Fingernägeln die Haut zwischen den Augen. Besänftigt senkte Luna den Kopf.

»Guten Abend, Mrs Clare«, sagte ich mit flacher Stimme, während die Lehrerin den Motor abstellte und das Helmvisier hochklappte.

Sie blinzelte spöttisch.

»War euer Ausflug schön? Wir haben inzwischen eine Mathearbeit geschrieben.«

Die Hitze schoss mir in die Wangen.

»Es tut uns leid, Mrs Clare. Wir . . .« Ich entschloss mich, sofort mit der Wahrheit herauszurücken. »Wir mussten auf dem Berg übernachten.«

»Auf welchem Berg?«

»Auf dem Dzil Nchaa si an.«

Das verschlug ihr für eine Sekunde die Sprache. Doch schon hatte sie sich wieder gefasst.

»Und die Buße? Für das Geld würde ich mir lieber drei Übernachtungen im noblen Hilton Hotel leisten!«
Doch dabei schmunzelte sie unter ihrem Sturzhelm. Ein Glück, sie war uns nicht böse! Wir atmeten erleichtert auf.
»Die Wächter haben uns erwischt«, rief Naiche, der bisher das Reden mir überlassen hatte, über meine Schulter hinweg. »Sie wollten meine Mutter ins Gefängnis stecken, damit sie die Strafe bezahlt!«
»Und mir Luna wegnehmen«, setzte ich hinzu.
»Aber wir konnten entkommen.«
Sie starrte uns an.
»Entkommen?«
Wir nickten beide heftig.
»Also das war so . . .«, begann ich.
»Mögt ihr Spaghetti?«, fiel sie mir unvermittelt ins Wort.
Das Wasser lief mir im Mund zusammen. Naiche seufzte fast gleichzeitig mit mir auf. Wir saßen seit Stunden mit leerem Magen im Sattel und nach einer Portion Spaghetti hätten wir uns alle zehn Finger geleckt!
Die Lehrerin lächelte uns an.
»Kommt mit, ich lade euch ein. Und ich habe auch eine Überraschung für euch.«
Eine kleine Drehung am Gasgriff, ein energischer Tritt auf den Starthebel und der Motor sprang an. Ich grub meine Knie in Lunas Flanken. Marella Clare fuhr im zweiten Gang, ein Tempo, dem Luna ohne Anstrengung folgen konnte. Wir trabten in einiger Entfernung vom

Motorrad am Straßenrand, um so wenig Staub wie möglich zu schlucken. Bald erreichten wir die Hauptstraße mit ihren Läden und Imbissstuben, überquerten den Platz, wo die großen Greyhoundbusse und die Trucks halten, und bogen in die nächste Straße ein. Dort gibt es einen Autofriedhof, eine Garage, dann ein paar Häuser aus Sandstein, alle hinter Zäunen. Mrs Clare fuhr in einen Hof, in dem einige staubige Zierbüsche wuchsen, und hielt ihr Motorrad direkt vor der Veranda des Hauses an. Sie nahm ihren Helm ab und schüttelte ihr maisblondes Haar.

»Kümmert ihr euch zuerst um das Pferd«, sagte sie zu Naiche und mir. »Da ist eine Pumpe und im Schuppen findet ihr einen Eimer für das Wasser.« Ein paar Minuten später war Luna versorgt; sie hatte genügend Wasser getrunken. Zu fressen würde sie zwar erst später bekommen, aber das machte ihr nichts aus: Sie war ein zähes Pferd.

Scheu klopften wir an die Tür, die Marella für uns offen gelassen hatte. Nachdem sie uns aufgefordert hatte einzutreten, konnte ich meine Neugier nicht bezähmen und schaute mich um. Natürlich wollte ich wissen, wie unsere Lehrerin wohnte . . . Nun ja, ihr Haus war klein, nur drei Zimmer und Küche. Auf dem Sofa lagen bunte Kissen. Bretter, von Backsteinen gestützt, bildeten eine Anzahl Regale, vollgestopft mit Büchern und Zeitschriften. Auf dem Boden war ein Schaffell ausgebreitet. Zwei handgewebte Decken mit indianischen Mustern hingen an der Wand. Die kräftigen Far-

ben zeigten ursprüngliche Kunst, fern vom üblichen Touristenkitsch.
Draußen war es mittlerweile fast dunkel. Marella hatte Licht gemacht. Sie stand in der kleinen Einbauküche und setzte Wasser auf. Nun wandte sie sich uns zu, schob einen Ärmel ihres T-Shirts über ihre zart gebräunte Schulter hoch.
»Wie wär's mit einer Dusche? Gleich rechts die erste Tür. Frische Handtücher liegen schon bereit.«
Sie war wirklich unglaublich nett zu uns!
Während Naiche wartete, ging ich in das winzig kleine Badezimmer, zog mein verschwitztes Zeug aus und stellte mich sofort unter die heiße Dusche. Das Wasser lockerte meine verkrampften Muskeln. Ich wusch mich von Kopf bis Fuß, es war eine wunderbare Wohltat. Als ich mich abtrocknete, bemerkte ich, dass zwei Zahnbürsten in dem Glas steckten; und unter dem Spiegel stand, neben Cremetuben und Shampoo, ein Rasierwasser für Männer. Aha! Ich öffnete den Stöpsel und schnupperte daran. Nicht übel ...
Als ich aus dem Badezimmer kam, fühlte ich mich wie neugeboren. Bloß meine Unterwäsche sah ziemlich mitgenommen aus, aber daran ließ sich im Augenblick nichts ändern.
Naiche, der noch so schmutzig wie bei unserer Ankunft war, stand bei Marella in der Küche und schälte Knoblauch und Zwiebeln, wobei er blinzelte und schniefte. Ich nahm ihm das Messer aus der Hand. »Jetzt bist du mit Waschen dran!«

Marella selbst überbrühte Tomaten, häutete sie und schnitt sie blitzschnell in Würfel. Ich starrte sie an, fasziniert von ihrer Geschicklichkeit. Sie warf mir einen belustigten Blick zu.

»Meine Mutter ist Italienerin. Deswegen habe ich eine Vorliebe für Spaghetti und Tomatensoße.«

»Was sind das für Leute, Italiener?«, fragte ich.

Sie lachte.

»Nicht viel anders als Indianer. Vielleicht verstehe ich mich ja deswegen so gut mit ihnen. Ich bin erst seit einem Jahr in Amerika.«

»Stimmt«, sagte ich, »das merkt man. Sie sprechen nicht wie die Leute hier.«

Wieder ertönte ein Lachen. Ich sah sie entzückt an. Es hörte sich so fröhlich an.

Im Unterricht lachte sie nicht oft, obwohl sie immer freundlich war.

»Ja, das ist nun mal so. Ich werde meinen italienischen Akzent wohl nicht loswerden.«

Ihre Worte hatten einen weichen Klang, wie eine Art Gesang. Ich sagte: »Mir gefällt es, wie Sie sprechen.«

Sie blinzelte mir mit einem Auge zu.

»Das freut mich.«

»Und ehe Sie zu uns nach San Carlos kamen«, fragte ich weiter, »wo waren Sie da?«

»In New York. Aber nur für zwei Wochen.«

»Und ehe Sie in New York waren?« Jetzt wollte ich alles ganz genau wissen.

»Ehe ich in New York war? Da war ich in Florenz. – Florenz«, wiederholte sie langsam und deutlich, als sie merkte, dass ich sie fragend ansah.

»Ist das in Italien?«

Sie nickte bejahend.

»Ist es eine schöne Stadt?«

»Eine der schönsten, die es gibt.«

»Finden Sie San Carlos auch schön?«

Sie schüttelte den Kopf.

»Nein, überhaupt nicht. Hier ist nur die Natur schön. Schöner als irgendwo anders auf der Welt. Und die machen sie jetzt kaputt«, schloss sie, plötzlich mit einem harten Zug um den Mund.

»Warum sind Sie denn hierhergekommen?«

Jetzt funkelten ihre Augen.

»So viele Fragen! Und in der Schule sagst du kaum ein Wort.«

»In der Schule, da ist es was anderes«, erwiderte ich.

Sie strich ihr lockiges Haar aus der Stirn.

»Ja, etwas ganz anderes. Aber du bist sehr begabt, Mila, besonders im Malen und Zeichnen. Du solltest die Kunstakademie besuchen, das habe ich dir schon ein paar Mal gesagt. Ich bin inzwischen entschlossen, ein Stipendium für dich zu beantragen.«

Ich fühlte mich verlegen und glücklich zugleich.

»Das wäre toll! Und Sie . . . Sie werden doch bei uns in San Carlos bleiben?«, setzte ich rasch hinzu.

Das Lächeln auf ihren Lippen kam und ging.

»Vielleicht.«

Einen Augenblick später tauchte Naiche sauber und gekämmt aus dem Badezimmer auf. Marella rief: »Tisch decken!«

Sie zeigte uns, wo das Geschirr stand, gab inzwischen die Spaghetti in eine vorgewärmte Schüssel und bestreute die Soße mit gehackter Petersilie. Wenige Minuten später saßen wir bei Tisch. Marella verteilte die Portionen. Danach goss sie Mineralwasser in die Gläser.

»Cola passt nicht zu Spaghetti und für Wein seid ihr noch zu jung«, meinte sie.

Naiche und ich aßen mit Heißhunger. Es waren die besten Spaghetti unseres Lebens. Marella betrachtete uns mit einem kleinen Lächeln um die Mundwinkel.

»So, und jetzt erzählt mal«, sagte sie, während wir uns über die zweite Portion hermachten.

Wir sprachen beide fast gleichzeitig, mit vollem Mund. Irgendwie wusste der eine immer, was der andere sagen wollte, bestätigte seine Worte durch einen Blick oder ein kräftiges Kopfnicken. Marella hörte aufmerksam zu. Ihre Züge drückten abwechselnd Besorgnis, Mitleid und Zorn aus. Schließlich seufzte sie.

»Kinder, ihr habt euch in Gefahr begeben! Und dabei denke ich nicht nur an die Buße, obwohl 500 Dollar viel Geld ist. Ich denke an die Sprengungen, die sie manchmal ohne Warnsignal vornehmen. Ihr müsst wissen ... ich war auch auf dem Berg.«

Wir starrten sie an. Ihre Augen blitzten spöttisch.

»Als Nicht-Indianerin stand für mich nichts auf dem Spiel. Ich gab als Vorwand an, dass ich das Gebiet im Rahmen meiner Lehrtätigkeit aufsuchen wollte. Es klang, nehme ich an, überzeugend. In Wirklichkeit hatte mich aber jemand um Informationen gebeten.«

»Wer?«, platzte Naiche heraus.

Ich verpasste ihm einen Fußtritt unter dem Tisch. Naiche wurde rot und rieb sich das Schienbein. Die Lehrerin lächelte wieder, wenn auch nur flüchtig.

»Nun, ein Freund von mir, der ebenfalls gegen das Projekt ist, aus gewissen Gründen aber nicht will, dass das bekannt wird. – Ich besichtigte also das Gelände. Ein Ingenieur gab mir aufschlussreiche Erklärungen . . .«

Sie stockte, biss sich auf die Lippen.

»Ich verstehe, dass die Apachen sich gegen den Bau auflehnen. Ich verstehe es so gut, dass mir keiner ein Wort darüber zu sagen braucht. Auf dem Berg berühren sich Himmel und Erde, die Pforten sind offen. Solche Orte dürfen nicht entweiht werden. Das ist ein Frevel und bringt Unglück.«

Wir starrten die Frau an, als sähen wir sie zum ersten Mal. Naiches Augen waren vor Verblüffung kugelrund geworden. Ich stammelte verwirrt:

»Ich dachte, dass . . .«

». . . dass nur Indianer diese Dinge fühlen?«

Naiche und ich wechselten einen flüchtigen Blick. Ich schluckte.

»Na ja, also . . .«

Sie sah mich voller Zärtlichkeit an.

»Alle Menschen sind gleich, Mila. Nur nennen die meisten Weißen heute die Träume früherer Zeiten ›Aberglauben‹. Sie wollen nichts mehr mit ihnen zu tun haben. Die Indianer sind uns um Jahrhunderte voraus. Sie haben ihr Wissen bewahrt, während wir uns in falschen Vorstellungen verstrickt haben. Die Indianer sind die Menschen von gestern und von morgen . . .«

Meine Kehle wurde eng. Ich spürte, wie mir die Tränen kamen. Alles, was sie sagte, hätte auch meine Grandma sagen können.

Naiche war ebenso aufgewühlt wie ich.

»Woher wissen Sie das alles?«

Ich fand die Frage ziemlich neugierig. Doch Marella blinzelte amüsiert.

»Nun, sagen wir mal, ich habe mich eine Weile mit diesen Dingen befasst. Und später einen Menschen kennengelernt, der mir weiterhalf.«

Danach war Stille. Wir starrten auf unsere Teller und dachten uns unseren Teil. Plötzlich brach Marella mit heiterer Stimme das Schweigen.

»Ich habe euch eine Überraschung versprochen. Aber ich dachte, lieber nicht auf leeren Magen.«

Sie stellte den Fernseher an, während Naiche und ich schnell den Tisch abräumten. Es lief einer der üblichen schwachsinnigen Zeichentrickfilme, bis Marella eine Videokassette in den Rekorder einschob. Der Bildschirm flimmerte, wurde schwarz. Dann wurde das Bild wieder klar. Ein Sprecher meldete sich aus Washington, mit dem Weißen Haus im Hintergrund. Und auf einmal sahen wir Spruchbänder und demonstrierende Indianer und . . .

Ich sprang vor Begeisterung auf.

»Grandma!«

Marella nickte mir zu.

»Die Sendung wurde heute Nachmittag übertragen. Ich habe sie aufgenommen.«

Alope trug wie bei der Abreise ihr Prachtgewand aus weißem Hirschleder. Der Wind ließ die langen Fransen wehen. Die Adlerfedern an ihrem Hinterkopf leuchteten in der Sonne. Sie las ihre Rede nicht ab, sondern sprach frei, ruhig und klar, den Blick auf die Kamera gerichtet. Mir war, als ob sie mich ansähe.

»Wir Apachen wandern heute, nach bald 400 Jahren Unterdrückung, erneut auf unseren traditionsreichen Pfaden«, sagte sie. »Heute kämpfen wir, um das zu erhalten, was für uns das Heiligste auf Erden ist. Wir Apachen besteigen den Berg Dzil Nchaa si an, um zu beten, um die Kraft der Sterne und der Ahnen in uns zu sammeln. Auf dem Gipfel lebt der große Geist des Berges, der Gekrönte Tänzer. Sein Reich darf nicht entweiht werden. Die Weißen sagen, dieser Berg sei nicht heilig, weil wir auf seinem Gipfel keine Kirche gebaut hätten. Ich aber frage: Wozu? Der ganze Berg ist für uns eine Kirche. Und jetzt wird uns sogar unter Androhung hoher Geldstrafen verboten, diesen Berg noch zu betreten. Hier sind wir, wir wenden uns an alle Menschen, die ein Herz in der Brust haben, und bitten sie um Hilfe.«

Nun trat Alope zurück. An ihrer Stelle erschien ein hochgewachsener Indianer, mit einem ebenmäßigen Gesicht und nachdenklichen Augen.

»Den kenne ich nicht«, rief Naiche.
»Simon White Thunder ist ein Lakota-Sioux«, sagte Marella. »Er ist ein berühmter Schriftsteller und Jurist, Ehrendoktor an einer deutschen Universität.«
Simon White Thunder sprach mit tiefer, wohlklingender Stimme. Seine Rede endete mit den Worten: »Jede menschliche Gesellschaft verteidigt ihre Kultur, ihre Sprache, die Gräber ihrer Vorfahren. Der Kampf der amerikanischen Ureinwohner um die Bewahrung ihrer heiligen Gebiete muss von allen Völkern dieser Erde wahrgenommen werden!«
Dann flimmerte der Bildschirm. Marella schaltete das Videogerät und den Fernseher aus.
Meine Wangen brannten vor Aufregung.
»Grandma war gut, nicht wahr?«, sagte ich voller Stolz.
»Ja, das finde ich auch«, sagte Marella.
Ich nagte an meiner Unterlippe.
»Glauben Sie . . . dass sie etwas erreichen kann?«
Marella seufzte.
»Ich weiß es nicht, Mila. Es kommt oft vor, dass das Schlechte im Augenblick stärker als das Gute scheint. Aber ich glaube, dass in Wirklichkeit – das heißt auf lange Sicht – das Gute Nutzen daraus ziehen und am Ende siegen wird.«
Sie sprach jetzt mit uns in einem sehr ernsten Ton, wie mit Erwachsenen. Vielleicht, dachte ich, weil sie unsere Probleme versteht und unseren Kummer teilt.
In diesem Augenblick klopfte es an der Tür. Naiche und ich fuhren leicht zusammen. Doch Marella stand ganz

ruhig auf und ging hinaus. Wir hörten, wie sie die Haustür öffnete und lustig auflachte. Eine männliche Stimme sagte etwas. Danach sprachen sie sehr vertraut miteinander, in leisem Ton. Naiche und ich tauschten einen Blick. Er legte die Hand vor den Mund, um ein Kichern zu ersticken. Doch als Hilfssheriff Ajo Turner in den Raum trat und wir sein Gesicht sahen, erstarb unsere Heiterkeit. Wir fühlten uns plötzlich sehr unbehaglich.

8

Dass Ajo Turner und die Lehrerin ineinander verliebt waren, sah man jetzt ganz deutlich, fand ich. Besonders bei Marella. Ihre helle Haut schien von innen zu glühen, was ich sehr hübsch fand. Auch Ajo Turner sah eigentlich nicht übel aus, stellte ich fest. Er hatte etwas sehr Intensives in seinen dunklen Augen. Seine Nase war schmal, seine Lippen weich, die ganzen Linien seines Gesichts drückten eine Art Wehmut aus; aber das ist ein Ausdruck, den viele Indianer an sich haben. Wenn er lächelte, zog er die eine Wangenseite etwas höher als die andere, was ihm etwas Jungenhaftes gab. Er war kräftig gebaut, hatte die trainierte Figur eines Sportlers.

Die Lehrerin freute sich offenbar sehr, dass er gekommen war.

»Ich glaube, es sind noch Spaghetti da«, sagte sie jetzt.

»Nein, danke«, erwiderte Ajo. »Ich habe auf dem Weg hierher in einem Motel gegessen.«

»Dann etwas Kaffee?«

»Ja, gerne.«

Während sie sich in der Küche zu schaffen machte, setzte er sich uns gegenüber. Nebenbei bemerkte ich sogar, dass er ganz leicht nach dem Rasierwasser in Marellas Badezimmer roch.

Wir schlugen die Augen nieder und machten möglichst harmlose Gesichter. Auch wenn Ajo Turner ganz freundlich aussah – Polizei war Polizei und wir hatten gerade vor ein paar Stunden sehr unangenehme Bekanntschaft mit dieser Sorte von Menschen gemacht. Auch dass ich mit Ajo, wenn auch auf ziemlich verworrene Weise, verwandt war, machte die Sache nicht besser.

Es folgten ein paar Sekunden betretenes Schweigen, das Ajo mit den Worten brach:

»Ich habe Luna gesehen.«

Er hatte eine tiefe Stimme, so tief wie ein satter Glockenklang. Eine Stimme, die nicht zu brüllen brauchte, gar nicht brüllen konnte. Ich zögerte. Seine Bemerkung war völlig normal, denn schließlich kannte er Luna. Aber irgendwie hatte er einen besonderen Ton angeschlagen.

Ich schluckte und sagte so gleichgültig wie möglich: »Ja, sie wartet draußen.«

»Sie sieht müde aus.«

Darauf fiel mir keine passende Antwort ein. Ich knetete meine Hände und schwieg.

»Ihr beiden seid heute nicht in der Schule gewesen«, sagte Ajo als Nächstes. Naiche und ich rutschten unruhig auf unseren Stühlen hin und her. Das war keine Frage, sondern eine Feststellung. Hatte Marella es ihm gesagt? In der kurzen Zeit, als sie vor der Tür miteinander gesprochen hatten?

Naiche konnte sich nicht mehr zurückhalten und stellte genau diese Frage.

»Woher wissen Sie das?«

Ajo streckte gemächlich die langen Beine von sich.

»Ich hatte eine Besprechung in Tucson. Auf dem Highway zurück funkte mir die Polizei eine Nachricht zu. Man sucht zwei junge Apachen, die sich auf dem Sperrgelände herumgetrieben haben. Sie gaben mir eine ziemlich gute Beschreibung durch. Ob ich wüsste, um wen es sich handeln könnte.«

Er machte eine bedeutsame Pause. Marella brachte eine dampfende Kanne Kaffee und stellte Tassen auf den Tisch.

»Und was hast du gesagt, Ajo?«, fragte sie mit halbem Lächeln.

»Dass ich ermitteln werde.«

Naiche und ich saßen auf dem Sofa wie verschreckte Kaninchen und sagten kein Wort. Ajo trank seinen Kaffee. Plötzlich sahen wir seinen Blick über den Rand der Tasse hinweg auf uns gerichtet.

»Wie seid ihr auf den Berg gekommen?«

Naiche kaute nervös auf seinen Fingernägeln. Ich holte tief Luft. Ich hielt es für das Beste, auch jetzt die Wahrheit zu sagen.

»Durch den Geisterspiegel.«

Er hob die Brauen.

»Es ist sehr gefährlich da draußen.«

Ich nickte schuldbewusst.
»Luna hat vor einer Schlange gescheut und ist davongelaufen. Aber dann ist sie wiedergekommen.«
»Deswegen haben wir länger gebraucht, als wir dachten, und mussten auf dem Berg übernachten«, sagte Naiche.
»Und was hattet ihr in dem Sperrgebiet zu suchen?«
»Wir . . . wir wollten die Gräber sehen. Wir wollten sehen, ob sie noch unberührt sind.«
Er beugte sich leicht vor.
»Ihr seid bis in das Heilige Tal gekommen?«
Ich rieb meine schwitzenden Hände an den Jeans.
»Sie fällen Bäume ganz in der Nähe.«
»Sehr viele sogar«, rief Naiche. »Dort, wo die roten Eichhörnchen nisten.«
Ajo Turner blickte uns an und sagte nichts. Ich murmelte:
»Meine Grandma hat in Washington protestiert Mrs Clare hat das auf Video aufgenommen.«
Er kräuselte spöttisch die Lippen und ging nicht direkt auf meine Worte ein.
»Es gibt ein Sprichwort: ›Die Indianer suchen die Vision, die Amerikaner den Dollar.‹ Sie werden den Bau nicht einstellen.«
»Aber warum sagen nicht auch Sie öffentlich, dass Sie dagegen sind? Als Hilfssheriff haben Sie doch vielleicht was zu sagen!«, rief Naiche ungestüm.
Ich erschrak. Doch Ajo nahm ihm seinen Ausbruch nicht übel. Es klang vielmehr bitter, als er antwortete:

»Glaubst du das wirklich, Junge?«
»Es würde ihn seinen Job kosten«, sagte Marella ruhig. »Und an seine Stelle würden sie sofort jemanden setzen, der ... nun, der angepasster ist. Ajo kann mehr bewirken, wenn er den Mund hält und zugleich das tut, was er richtig findet.«
Sie tauschten ein Lächeln des Einvernehmens. Ich fühlte, wie meine Lippen zitterten.
»Grandma und Naiches Mutter können die Buße jedenfalls nicht zahlen.«
Jetzt zeigten sich Fältchen in Ajos Augenwinkeln. Ich sah den Schalk in seinem Blick.
»Ich muss der Zentrale leider mitteilen, dass wir die Apachenkinder nicht ausfindig machen konnten. Tja, wir haben tatsächlich keine Ahnung, wer es sein könnte.«
Und er schloss, wobei er voller Ironie den breiten amerikanischen Akzent nachahmte: »Diese Eingeborenen halten wie Pech und Schwefel zusammen, die sagen kein Sterbenswort!«

9

Am nächsten Tag kehrte Alope todmüde von der Reise nach Washington zurück. Ich half ihr, die Tasche vom Pick-up ins Haus zu tragen.

Als wir über die Schwelle traten, blieb sie stehen. Sie schaute sich um, als sei sie lange fort gewesen und versuche, sich alles ins Gedächtnis zurückzurufen. Ich folgte ihrem Blick. Drinnen war es schon dunkel. Die Fenster unseres Hauses sind klein und lassen nur spärlich Licht hindurch. Unsere Einrichtung besteht aus einem Sofa, alt und verschossen, dem Tisch mit seinem Wachstuch, vier Korbstühlen und einem altmodischen Herd. Der elektrische Strom ist schwach und die Deckenlampe trübe. Abends gibt es kaum genügend Licht zum Malen. An den Wänden hängen Fotografien aus alten Zeiten. Die Frauen und Männer auf den Bildern gleichen sich irgendwie alle. Sie haben die indianischen, ausgeprägten Wangenknochen, kantige Kiefer und tief liegende, blitzende Augen. Ihre Kleider sind abgetragen, aber ihre hochmütige Kopfhaltung zeigt Stolz und Unerschrockenheit. Ich habe mich oft gefragt, ob ich, wenn ich mal alt bin, den gleichen Ausdruck zur Schau tragen werde . . .

Das Bild des Eichhörnchens hatte ich mit Reißnägeln

neben den Fotografien an der Wand befestigt. Wenn ich mit einem Bild besonders zufrieden war, tat ich das manchmal. Ich ließ es eine Zeit lang dort hängen, bevor ich es durch ein neues ersetzte. Jetzt also hing das Eichhörnchen dort. Das Erste, was Grandma sagte, nachdem sie ihren Blick hatte schweifen lassen, war:
»Wann hast du das gemalt?«
»Gleich nachdem du weg warst.«
Sie schwieg mit ausdruckslosem Gesicht. Ich sagte etwas verlegen:
»Vielleicht muss man es sich aus der Nähe betrachten.«
Sie trat direkt vor das Bild, kniff die Augen zusammen und studierte es sehr aufmerksam.
»Gefällt es dir nicht?«, fragte ich zögernd.
Alope nickte geistesabwesend. Sie hörte mich offenbar, aber sie hörte mir nicht zu. Sie horchte auf etwas anderes, etwas in ihr selbst.
»Es ist eigenartig«, sagte sie schließlich.
Meine Frage hatte sie nicht beantwortet, aber ich wollte sie nicht noch einmal stellen. Ich schluckte mühsam.
Inzwischen zog Alope ihr schönes Lederkleid über den Kopf und lüftete es aus. Ein paar Minuten später trug sie wieder Jeans und T-Shirt und sah genau wie sonst aus.
Ich hatte für sie gekocht: Maisbrei, dazu Zwiebeln und frische Tomaten. Alope zog ihren Stuhl zurück und setzte sich. Ich füllte ihren Teller. In mir war eine ungewohnte Unruhe – sie musste mit meinem schlechten Gewissen zusammenhängen. Alope aß langsam und ruhig. Ihr Gesicht kam mir seltsam eingefallen vor.

Schließlich stieß sie einen tiefen Seufzer aus. Da sagte ich ihr, dass ich sie auf dem Bildschirm gesehen hatte. Sie nickte gleichgültig.
»Das Fernsehen brachte drei Minuten über die Sache. Die Leute sind durch die Medien mit Informationen überfüttert. 99 Prozent der amerikanischen Bürger haben die Sendung längst vergessen. Jede Talkshow ist wichtiger.«
Doch das Essen schien ihre Lebensgeister wieder ein wenig zu wecken. Sie straffte sich. Ich goss ihr Kaffee ein; Alope rührte löffelweise Zucker in die Tasse.
»Wir haben ein Gesuch eingereicht. Man versprach unser Anliegen ›aufmerksam zu prüfen‹ – auch wenn das noch nichts heißen will. Vielleicht wollen sie bloß Zeit gewinnen, während sie den Bau weiterführen.«
»Und dann?«
Sie rieb sich die Schläfen. Die zurückgewonnene Energie schien sich im selben Moment wieder zu verflüchtigen. Ich hatte eigentlich nie das Gefühl gehabt, dass sie alt war. Jetzt plötzlich merkte ich es.
»Zahlenmäßig sind wir nicht interessant genug, um auf politischer Ebene Druck auszuüben. Hätten wir Geld, um uns teure Anwälte zu leisten, dann vielleicht noch. Aber du kennst unsere Lage, Kind. Du bist mit Mais und Kartoffeln groß geworden.«
»Gestern haben wir Spaghetti mit Tomatensoße und Rindfleisch bekommen«, entfuhr es mir. »Bei Mrs Clare.«
Jetzt lächelte Grandma gutherzig und verschmitzt.
»Es wäre töricht von uns zu denken, wir Indianer seien

ohne Freunde auf der Welt. Viele kluge und großherzige Menschen nehmen an unserem Schicksal Anteil.«
Ich kicherte.
»Wenn die Lehrerin Ajo Turner ansieht, wird sie ganz rot. Sie ist total in ihn verliebt.«
»Das ist kein Geheimnis«, sagte Alope gelassen.
Meine Neugierde ging wieder mit mir durch.
»Werden sie heiraten?«, platzte ich heraus.
Alope antwortete mit gespielt strengem Ton:
»Mila, das geht dich überhaupt nichts an. Ein Kind sollte niemals so vorwitzig sein.«
Ich schlug die Augen nieder. Ich wusste, jetzt wurde es langsam Zeit, dass ich mit den wichtigen Dingen herausrückte. Irgendwie musste ich Grandma beibringen, dass ich mit Naiche auf dem Dzil Nchaa si an gewesen war.
Sie betrachtete mich mit scharfem Blick. Es war schon immer so gewesen, dass ich ihr nichts verheimlichen konnte.
»Und warum«, sagte sie ruhig, »hat euch Mrs Clare zum Essen eingeladen?«
Ich spürte einen Kloß in der Kehle.
»Grandma, Naiche und ich ... wir waren gestern nicht in der Schule.«
In ihren Augen war ein unergründliches Glitzern.
»So? Und deswegen hat sie euch zum Essen eingeladen?«
Ich wich ihr aus.
»Noch etwas Kaffee?«
Ihr Gesichtsausdruck wurde ausgesprochen spöttisch.

»Du hast mir etwas zu sagen, Kind. Dir fehlt es offenbar an Mut.«
Meine Hand zitterte. Ich stellte die Kanne wieder auf den Tisch.
»Wir . . . wir waren oben im Sperrgebiet.«
Ein Zucken ging über Alopes braune, straff über die hohen Wangenknochen gespannte Haut.
»Und wie seid ihr auf den Berg gekommen?«
Die gleiche Frage hatte uns Ajo Turner gestellt.
»Durch den Geisterspiegel.«
Sie legte ihr Besteck neben den Teller.
»Sprich«, sagte sie knapp.
Ich holte tief Luft und erzählte. Mir war seltsam zumute. Ich wusste, dass Alope mein Handeln überhaupt nicht billigte, aber gleichzeitig merkte ich, dass sie auf eigentümliche Weise stolz auf mich war. So fiel mir das Erzählen etwas leichter. Ich konnte ihr wieder in die Augen blicken und erkannte darin einen winzigen Funken Heiterkeit – als ob sie innerlich lächelte.
Schließlich sagte sie:
»Ich werde es den Stammesrat wissen lassen. Eure Erkundungen könnten vielleicht unserer Sache dienen. Macht euch aber nicht auf Lob gefasst. Der Geisterspiegel ist kein Spielplatz für Kinder. Und wie sollen Ola und ich tausend Dollar aufbringen? Wir müssten die Strafe im Gefängnis absitzen.«
Mir wurde heiß und kalt zugleich. Ich stammelte:
»Ajo Turner will dafür sorgen, dass wir nicht bestraft werden.«

Darauf verzogen sich ihre Lippen zu einem amüsierten Grinsen.

»Tja, ein indianischer Hilfssheriff zeigt eben wenig Eifer, wenn es darum geht, die Interessen der Weißen zu vertreten. Den Begriff ›Law and Order‹ haben nicht wir erfunden . . .«

Ihr Blick verlor sich ins Leere. Sie massierte sich den Nacken mit kreisenden Bewegungen.

»Wie sieht es oben aus, Kind?«

»Die Gräber sind noch da. Aber sie fällen schon Bäume ganz in der Nähe. Ich denke, sie wollen einen Parkplatz bauen . . .«

Alope sog scharf die Luft ein. Nach einer Weile sagte sie laut und heftig:

»Wir Indianer waren, bevor die Weißen kamen, 45 Millionen; heute sind wir nur wenig mehr als eine Million und leben unter zum Teil entwürdigenden Bedingungen. Law und Order, alles nach Recht und Gesetz, heißt es? Die Amerikaner haben einen Völkermord auf dem Gewissen! Und jetzt wollen sie noch dazu unsere Seele vernichten!«

Ich spürte ihren Schmerz, ihren Zorn, als wäre es mein eigener. Ich hätte weinen können.

10

In den nächsten Tagen fühlte ich mich auf unerklärliche Weise nervös. Ich hätte mich am liebsten vor der Welt verkrochen; nicht einmal mit Luna auszureiten, machte mir Spaß. Ich hätte nicht sagen können, was mit mir nicht in Ordnung war, weil ich es selbst nicht wusste. Auch in der Schule hätte ich gerne den Kopf auf die Arme gelegt und mich vor allen versteckt. Nur bei einer Beschäftigung hielt ich es aus: Ich malte, und zwar stundenlang, wie aus einem inneren Zwang heraus.

Zuerst malte ich nur Tiere, alle Tiere nämlich, die auf dem Heiligen Berg vorkamen: einen Silberlöwen und eine Dachsfamilie, einen Hirsch und ein Reh; einen Marder, einen schleichenden Fuchs und einen Adler, der mit ausgebreiteten Schwingen am Himmel kreiste. Dann malte ich Bäume, eine Fichte, eine Eiche und eine Kiefer. Die Bäume waren in dunkle Farben getaucht; sie wirkten wie geheimnisvolle, stumme Wächter und mir kamen sie ungeheuer lebendig vor.

Alope ließ mich malen, so viel ich wollte. Sie sprach auch nicht mit mir, wenn ich nicht wollte, sondern ging ihrer Haus- und Gartenarbeit nach. Aber jedes fertige Bild betrachtete sie lange und eindringlich und befestigte es dann an der Wand.

Naiche kam mehrmals, doch auch für ihn brachte ich kaum Interesse auf. Das Reden fiel mir schwer. Naiche hingegen erzählte munter drauflos; er störte sich nicht daran, dass ich ihm nur hin und wieder mit einem knappen Wort oder Satz antwortete. Einmal, als er wieder etwas sagte, blickte ich von meinem Malbogen auf und sah, wie Alope ihm ein Zeichen gab. Das Zeichen war freundlich, verstohlen: Sie legte nur kurz ihren Finger auf die Lippen. Naiche verstummte sofort. Ich senkte wieder den Kopf über meine Arbeit. Einen Atemzug später hatte ich die Sache schon vergessen. Ich hörte nicht einmal mehr, wie Naiche lautlos das Zimmer verließ.

Nach den Tieren und Bäumen malte ich aufziehende Sturmwolken über einem Bergkessel. In sehr dunklen Farben malte ich die Felsengräber der Vorfahren; nur der rote Stofffetzen leuchtete wie ein Signal. Das letzte Bild zeigte einen wirbelnden Wolkenstrudel. Er war wie ein Trichter, der sich über den Berg herabsenkte. Aus den brodelnden Wolken schoss ein Blitz, er fuhr mitten durch den Berg und spaltete ihn.

Ich hatte keine Ahnung, warum ich das gemalt hatte. Sobald die Farben trocken waren, nahm Alope mir das Bild behutsam aus der Hand und heftete es neben den anderen an die Wand.

Dann wandte sie mir ihr ruhiges Gesicht zu und nickte.

»Fertig!«, sagte sie.

Es waren nun im Ganzen elf Bilder, die dort hingen. Ich rieb meine brennenden Augen. Meine Halsmuskeln wa-

ren steif, und obwohl es draußen sehr heiß war, hatte ich kalte Füße. Ich blickte auf meine Arme und sah, dass sie von einer Gänsehaut bedeckt waren.
»Ja, fertig«, bestätigte ich mit rauer Stimme, bevor ich mein Malzeug wegräumte.
In dieser Nacht fühlte ich in mir ein seltsames Vibrieren. Es war, als schwirrte eine Biene in mir herum. Ich hatte ein starkes Bedürfnis nach Schlaf und gleichzeitig brachte ich die Augen nicht zu. Durch das Dachfenster schien der Vollmond in den Verschlag, der mir als Zimmer diente. Plötzliche Hitzewellen durchzuckten mich; ich fragte mich, ob ich Fieber hatte. Meine Stirn war kühl, aber mein Bauch fühlte sich hart und aufgedunsen an, als ob ich Bohnen gegessen hätte. Schmerzen hatte ich keine; deshalb war ich auch nicht eigentlich beunruhigt. Vielleicht war ich so nervös, weil ich zu lange gemalt hatte? Immer wieder klopfte ich das Kopfkissen zurecht, deckte mich zu oder auf, massierte meinen verschwitzten Kopf. Endlich wurde mein Atem regelmäßiger. Der Mond stieg hoch, leuchtete durch das Dachfenster wie ein kühles silbernes Auge. Ich drehte mich auf die Seite und schlief ein. Als ich erwachte, war alles wie sonst. Die Morgensonne schien. Grandma hantierte schon in der Küche. Es duftete nach frischem Kaffee. Während ich mich aufrichtete, spürte ich ein leichtes Ziehen im Bauch. Ich zog meinen Pyjama aus, griff nach meiner Wäsche. Da sah ich zwei rote Flecken in meiner Pyjamahose – und begriff. Mein Herz hämmerte an die Rippen. Meine erste Regelblutung!

Endlich! Nun würde ich zu den Erwachsenen gehören! Manche Mädchen hatten erzählt, dass sie Schmerzen dabei hatten, aber ich spürte kaum etwas. Alope schnitt gerade Brot, als ich in die Wohnküche kam. Ich blinzelte im hellen Sonnenschein. Sie warf mir einen Blick zu und bemerkte:

»Du siehst blass aus.«

»Grandma . . .«, sagte ich. »Ich blute.«

Sie senkte langsam den Kopf. Ein merkwürdiger Ausdruck erschien auf ihrem Gesicht. Sie wirkte zugleich glücklich und ein wenig traurig. Dann flog ein Lächeln über ihr Gesicht.

»Ich gratuliere dir, Mila! Heute ist ein besonderer Tag. Du brauchst nicht zur Schule zu gehen.«

»Ich fühle mich aber nicht schlecht«, sagte ich ehrlich.

Sie schüttelte den Kopf.

»Nein, nicht deswegen. Aber wir müssen die Zeremonie vorbereiten. Ich werde mit Mrs Clare sprechen. Das Fest soll vier Tage dauern, wie früher. Da gibt es viel zu tun.«

»Oh, ich freue mich!«, rief ich.

Sie nickte.

»Es ist wichtig, dass du jetzt glücklich bist. Die Gefühle, die du jetzt empfindest, werden die dauerhaftesten deines Lebens sein. Du sollst nur gute und fröhliche Gedanken zulassen. Komm!«

Ich trat zu ihr. Sie setzte sich, zog mich zwischen ihre Knie und löste mein Haar, das ich beim Aufstehen hastig geflochten hatte. Ich hielt geduldig still. Sie kämmte die offenen Haare, drehte sie mit ihren gelenkigen Händen zusammen. Während sie ein Lied dabei summte, das ich nicht kannte, steckte sie die Haare in meinem Nacken zu einem kunstvoll geformten Knoten.

Die Spangen saßen fest; ich hatte Mühe, den Kopf zu bewegen, und verzog leicht das Gesicht.

»Muss ich diese Frisur jetzt jeden Tag tragen? Sie macht viel Arbeit und ist unbequem, Grandma.«

Sie lachte. Ihre Stimme hatte einen rauen Klang, als wäre sie gerührt und suchte, dies zu verbergen.

»Nein, nur vier Tage lang. Später kannst du dein Haar tragen, wie du willst. Du kannst es sogar abschneiden, wenn es dir Freude macht.«

»Nein«, antwortete ich schnell, »das will ich nicht.«

»Manche Mädchen haben kurzes Haar gern«, meinte Alope. »Früher war das nicht so, aber die Zeiten haben sich geändert. Du kannst jedenfalls selbst darüber entscheiden, denn von nun an bist du kein Kind mehr. Eine junge Frau muss lernen, selbstständig zu sein. Wie sollte sie später Kinder großziehen, wenn es ihr an Verantwortungsbewusstsein fehlt? Älteren Menschen jedoch wirst du nach wie vor mit Respekt begegnen. Erst wenn deine erwachsenen Kinder selbst Kinder haben, wirst du über ausreichend Erfahrung verfügen, um im Stammesrat deine Meinung zu vertreten.«

11

Der nächste Tag war mit vielfältigen Vorbereitungen für das Fest ausgefüllt. Nach altem Brauch wurde die Zeremonie von einer »Patin« geleitet, einer älteren Frau, die ich auszuwählen hatte, indem ich ihr eine Adlerfeder reichte. Niemand störte sich daran, dass ich Alope diese Aufgabe anvertraute. Inzwischen wurde außerhalb der Siedlung auch eine besondere Hütte errichtet. Sie bestand aus einer Firststange und sechs Stützstäben, die kreisförmig in den Boden gerammt und mit Buschwerk bedeckt wurden. Die Firststange war mit einem duftenden Salbeistrauch geschmückt, der wie ein Wimpel emporragte, der Sandboden in der Hütte wurde mit bunten Teppichen ausgelegt. Schließlich war alles fertig; das Fest konnte beginnen.

Am Morgen des ersten Tages, vor Sonnenaufgang, nahm ich ein Bad und wusch mein Haar mit einer Seife, die aus den Wurzeln des Yuccakaktus gewonnen wird. Dann brachte mir Alope ein Gewand aus weißem Rehleder. Mir schien es das schönste, was ich je gesehen hatte.

»Oh, Grandma! Ist dieses Kleid für mich?«

»Ja, Mila. Ich habe es für dich angefertigt.«

»Aber ich wusste ja gar nichts davon!«

Sie blinzelte verschmitzt.
»Natürlich nicht. Ich habe nachts gearbeitet, wenn du schliefst. Es sollte eine Überraschung sein.«
Sie half mir, das Gewand über den Kopf zu ziehen. Das wunderbar weiche und geschmeidige Rehleder schmiegte sich an meine Haut. An den Fransen, die Ärmel und Saum verzierten, hingen kleine Silbermünzen, die wie Glöckchen klingelten. Auf das Mieder war mit Pflanzenfarbe das Symbol des Mondes und des Morgensterns gemalt. Die Zeichnungen waren schlicht und urtümlich wie alte Felsmalereien. Kniehohe Mokassins, mit Stachelschweinborsten und Perlen bestickt, gehörten zu diesem Zeremonialkleid. Nachdem Alope mein Haar aufgesteckt hatte, entnahm sie einer Holzschachtel den Schmuck, den sie von ihrer eigenen Mutter geerbt hatte: eine Kette aus schweren Türkisen und zwei Armspangen aus Silber, die mit Bärenkrallen, Korallen und Opalen eingelegt waren.
»Der Schmuck gehört jetzt dir, bis später einmal deine eigene Tochter eine Frau wird«, sagte sie.
Auch Alope zog ihr kostbares Gewand aus Hirschleder an. An ihrem Kopfband befestigte sie über der rechten Schulter die rot gefärbte Adlerfeder, umgeben von kleinen Quasten und Perlenschnüren.
»Komm!«, sagte sie und führte mich aus unserem Haus.
Der Himmel färbte sich golden, als Alope mich zu der Hütte geleitete. Der Eingang der Hütte blickte nach Osten, in Richtung der aufgehenden Sonne. Mit pochendem Herzen trat ich in den duftenden Raum. Die Hellig-

keit des Ortes war greifbar, legte sich über mich wie ein weicher Umhang. Alope ließ mich niederknien. Sie schminkte mein Gesicht mit Blütenstaub, dem Symbol der Fruchtbarkeit. Dann malte sie auf jede Wange einen Halbmond aus weißer Kreide. Oberhalb der Augenbrauen malte sie kleine Pünktchen, die sich über der Nasenwurzel trafen. Von jetzt an, und bis zum Ende der Zeremonie, würde ich die Weiß-bemalte-Dame verkörpern und die Göttin würde von mir Besitz nehmen.

Die Sonne ging auf; sie schien durch den Eingang, beleuchtete mein Gesicht. Ich blinzelte in der Helligkeit. Zugleich spürte ich in mir eine neue, belebende Kraft, selbst die Luft, die ich einatmete, war davon getränkt. Alope gab mir ein Zeichen. Ich erhob mich. Sie nahm einen Korb mit einigen Gegenständen auf, der in der Hütte bereitstand, und trat nach draußen. Ich folgte ihr.

Während sie mich schminkte, hatte ich Schritte und Stimmen gehört, doch nicht weiter auf diese Geräusche geachtet. Jetzt, da ich die Hütte verließ, sah ich, dass der ganze Stamm versammelt war. Frauen, Männer und Halbwüchsige, festlich gekleidet, bildeten einen Kreis. Sie standen stumm; auf manchen Gesichtern lag neugierige Freude, auf anderen Ergriffenheit. Nur die alten Frauen blickten um sich, als fänden ihre Augen nichts, was ihnen nicht vertraut wäre.

Und da – ganz plötzlich – geschah es: Die Wandlung trat ein. Ich vergaß, wer ich gewesen war, ein unbedeutendes, junges Mädchen. Ich wurde eine andere in diesem Augenblick. Alope hatte mich die gebräuchlichen

Gesten gelehrt. Ich vollführte sie ganz mühelos. Mit erhobenen Armen begrüßte ich die Sonne, wie es seit Jahrhunderten die Apachenmädchen an jenem Tag getan haben. Die Anwesenden standen still; einige alte Frauen murmelten Gebete. Nach einer Weile setzte sich Alope in Bewegung und ich schritt hinter ihr her. In der Mitte des Kreises breitete sie ein Tuch aus Hirschleder auf dem Boden aus. Ich kniete nieder. Und stets hatte ich dieses Gefühl, seit Langem genau zu wissen, wie jede Handlung ausgeführt wurde.

Zuerst reichte mir Alope ein Körbchen mit Blütenstaub. Ich nahm den Blütenstaub zwischen die Fingerspitzen, streute ihn in alle vier Himmelsrichtungen. Nun gab mir Alope ein Säckchen aus zerschlissenem Leder. Ich zog behutsam die rote Schnur auf. Das Säckchen enthielt eine Anzahl kleiner Tiere aus Halbedelsteinen. Manche waren nicht größer als ein Finger. Mir fiel auf, wie abgenutzt die Figuren sich anfühlten. Ich stellte sie um mich herum im Kreis auf, rief sie im Geist an und bat sie, unseren Stamm zu schützen. Die Kraft in mir nahm zu. Nie zuvor, nicht einmal andeutungsweise, war mir zu Bewusstsein gekommen, dass ich das alte Stammeserbe in mir trug: das Erbe der Medizinfrauen, der Schamanen, der Häuptlinge. Und gleichzeitig hatte ich ein Gefühl, als würde um mich herum eine Luftblase anschwellen. Mir war, als ob ich in dieser Luftblase meinen Körper verlassen könnte, hoch über ihm schwebend, während er irgendwo unbewohnt zurückblieb. Es war eine Verzauberung. Ich wusste, dass ich mir diese Magie jetzt zunutze machen konnte. Ich konnte den Wind herbeirufen, mich von ihm tragen lassen wie von meinem Pferd. Ich nahm die Stimmen, die Gesichter vor mir nur noch undeutlich wahr; sie schwangen dahin und dorthin, wie Vorhänge im Wind.

Dann legten sich Alopes Finger sanft auf meinen Arm. Ich fühlte einen leichten Ruck, wie eine Schwimmerin, die aus dem Wasser auftaucht. Der erste Teil des Rituals war beendet.

Ich richtete mich auf, aber jene unsichtbare Hülle, die mich umgab, verließ mich nicht, sondern dehnte sich mit mir aus. Ich war noch immer davon umhüllt, als Alope mich zurück in die Hütte führte, und auch, als ich mich auf den Teppichen niederließ. Ich war für einige Stunden im Besitz einer mächtigen Heilkraft und Weisheit, die ich in den Dienst meiner Mitmenschen stellen konnte. Kranke, Behinderte und Ratsuchende warteten schon vor dem Eingang. Ruhig nickte ich Alope zu; ich war bereit.

Einer nach dem anderen traten nun die Bittsteller in die Hütte. Sie knieten vor mir nieder, zeigten mir ihre Wunden und sprachen von ihren Leiden und Sorgen.

»Weiß-bemalte-Dame, ich bin von einer Leiter gefallen, als ich das Dach ausbesserte«, murmelte ein alter Mann. »Seitdem ich die Schulter gebrochen habe, leide ich große Schmerzen.«

Ich berührte sachte die verletzte Stelle, spürte seinen Schmerz in kleinen Hitzewellen pochen. Leise sagte ich:

»Hab Geduld. Der Knochen heilt. Die Schmerzen werden verklingen.«
Eine schwangere Frau bat mich, ihrem ungeborenen Kind einen Namen zu geben. Ich legte die Hand auf ihren Leib.
»Es wird ein Mädchen. Sie soll *Sonsiray*, Morgenstern, heißen. Dieser Name wird ihr Glück bringen.«
Es kamen noch viele andere. Ich hatte jedes Gefühl für die Zeit verloren, als irgendwann auch Naiche und seine Mutter Ola die Hütte betraten. Ola trug Jeans, ein schwarzes Top, eine billige Windjacke und einen roten Glitzerschal. Ihr ovales, in den Umrissen kindliches Gesicht, das dem von Naiche sehr ähnlich war, sah bekümmert aus. Die mandelförmigen Augen, von dunklen Wimpern beschattet, blickten sorgenvoll. Naiche stand neben ihr, stumm und befangen; das vertraute Verhältnis zwischen uns war in diesem Moment vollständig aufgehoben. Er war nur ein Junge, ich war die Weiß-bemalte-Dame.
Ola sprach schnell und leise, sie hielt die Augen zu Boden gesenkt.
»Weiß-bemalte-Dame, mein Herz ist beunruhigt. Obwohl ich ein ordentliches Leben führen will, begegne ich immer wieder den falschen Männern. Und ich sorge mich um Naiche. Er soll die höhere Schule besuchen und es zu etwas bringen im Leben.«
Ich lächelte ihr zu.
»Sei ruhig. Ich mache dich stark. Du wirst die Kraft haben, für deinen Sohn zu sorgen, solange er deinen

Schutz braucht. Dann wird er es sein, der dich beschützt. Er wird das Glück deines Lebens sein.«

Ihre Wimpern flatterten; sie lächelte scheu mit rot geschminkten Lippen.

Nun wandte ich mich an Naiche.

»Gib mir deine Hand.«

Er tat, was ich sagte. Ich hielt sie zwischen den meinen und fühlte, wie seine Hand leicht zitterte.

»Du wirst lange leben, Naiche«, sagte ich voller Zuneigung. »Alles Gute wird dir zuteil werden. Die Sonne wird für dich scheinen, der Regen dich erfrischen. Du wirst mit Erfolg die Schule der Weißen besuchen, aber niemals wirst du deine Geburt verleugnen. Deine Mutter wird stolz auf dich sein und du wirst sie nie im Stich lassen.«

Langsam öffnete ich meine Finger, gab seine Hand frei. Unsere Augen trafen sich, hielten einander fest. Wir spürten ein starkes Band zwischen uns. Dann war es vorbei; Ola und Naiche verließen die Hütte. Ich saß ganz ruhig, den Blick ins Leere gerichtet, bis erneut ein Schatten den Eingang verdunkelte. Ich hob die Augen. Vor mir stand Ajo Turner.

In der Welt des Mädchens, das ich sonst war, wäre dies nicht möglich gewesen. Noch vor ein paar Stunden hätte ich beim Anblick des Hilfssheriffs Befangenheit empfunden. Hier jedoch galten andere Gesetze. In der Welt von Weiß-bemalte-Dame waren die merkwürdigsten Dinge normal. Und so sah ich ohne Verwunderung, wie Ajo Turner vor mir das Knie beugte, die Hand ehrerbietig an seine Stirn legte. Sein Blick, ernst und dunkel, war fest auf mich gerichtet.

»Weiß-bemalte-Dame«, sprach er, »ich bin gekommen, Euren Rat zu erbitten. Der Dzil Nchaa si an soll nicht entweiht werden. Dafür will der Bund der jungen Männer kämpfen. Nun sagt mir: Ist es ein guter Entschluss?«

Seine Worte bargen ein unvermutetes, schreckliches Geheimnis. Die Antwort aber leuchtete in meiner Wahrnehmung so klar wie Kristall.

»Nein«, gab ich zur Antwort.

Er erstarrte. Sein Atem ging gepresst.

»Was sollen wir tun?«, fragte er.

»Nicht diese Sache«, sagte ich. »Nicht auf diese Weise.«

»Der Plan kann nicht schief gehen«, sagte er. »Unsere jungen Männer wollen nicht tatenlos zusehen, wie die Gräber der Ahnen vernichtet werden. Sie wollen, dass ich sie anführe.«

»Du wirst Nein sagen, Ajo.«

»Sie sind bereit.«

»Du wirst nicht zulassen, dass es geschieht.«

»Ich weiß nicht, ob sie auf mich hören . . .«

»Dann wird Weiß-bemalte-Dame zornig sein.«

Er senkte die Lider. Ich fühlte, wie er innerlich bebte. Mit heiserer Stimme stieß er hervor:

»Und was wird aus dem Parkplatz, den sie auf den Gräbern bauen wollen?«

»Weiß-bemalte-Dame wird es nicht zulassen. Sie wird den Gekrönten Tänzer herbeiträumen. Er wird diese Dinge beenden«, sagte ich.

In seine Augen trat ein seltsamer Schimmer.
»In meinem Kopf sind zu viele Dinge, die mich unsicher machen. Ich selbst bin bereit zu warten. Aber was sage ich den Männern?«
»Dass sie Geduld haben sollen.«
»Sie haben keine mehr. Die Zeit eilt.«
»Das Fest darf nicht getrübt werden«, sagte ich. »Böse Gedanken sind wie Dornenranken. Sie fesseln unser Herz mit Furcht. Wirf sie weg!«
Er seufzte tief und wollte sich erheben. Ich hielt ihn mit einer Handbewegung zurück.
»Alles wendet sich zum Guten, wenn der richtige Augenblick gekommen ist. Auch du wirst es erkennen. Du hast den Geist, das Herz und das Blut unseres Volkes. Du wirst niemals den Pfad der Gerechtigkeit verlassen. Hab Vertrauen!«
Ajo, dessen Gesicht jetzt starr wie eine Maske war, beugte sich vor. Ich nahm ihn in die Arme, drückte meinen Kopf an seine Brust. Plötzlich fiel alle Anspannung von mir, eine unendliche Müdigkeit überkam mich. Ein paar Atemzüge lang rührten wir uns nicht, brachten die Schläge unserer Herzen in Einklang. Dann erhob sich Ajo, verließ wortlos die Hütte. Ich blickte ihm traumbefangen nach. Dann zuckte ich zusammen und wurde wie aus einer tiefen Bewusstlosigkeit wach. Worüber hatten wir soeben gesprochen? Ich wusste, es waren wesentliche Worte gewesen – Worte, die über Leben und Tod entschieden. Aber diese Worte waren mir entfallen, obgleich der Klang gerade erst verblasste. Sie

waren irgendwo in mir – in meinem Bewusstsein versenkt. Ich versuchte angestrengt, mich zu erinnern; doch ich konnte mich bemühen, wie ich wollte, sie blieben verschwunden.

12

Als das Sonnenlicht schwächer wurde, bereiteten sich Frauen und Männer für den Tanz vor. Die *gahe*, die Geistertänzer, legten ihre Gewänder und Masken an. Sie ließen sich Zeit, denn wir wollten die Sache ja so prächtig wie in alten Tagen feiern. Wann der Tanz begann, konnte daher keiner sagen. Zeit spielt eigentlich für uns Indianer keine bedeutende Rolle. Früher bestimmte nur der Wechsel von Tag und Nacht, von Sonne und Mond den Lebensrhythmus.

Es wusste auch keiner, welche Männer des Reservates unter den Masken verborgen sein würden. Cleve Ochay, der älteste Medizinmann, hatte die Tänzer ausgewählt. Cleve Ochay war zu diesem Zeitpunkt 80 Jahre alt, spindeldürr und trug das Haar unter einem alten Strohhut zu weißgrauen Zöpfen geflochten. Seine tiefschwarzen Augen funkelten, obwohl sie viel von ihrer Sehschärfe verloren hatten. Nicht selten dehnte ein spöttisches Grinsen seinen zahnlosen Mund. Cleve war es auch, der den Tänzern in geheimen Zeremonien die Schritte beigebracht hatte.

Während sich also die Männer zurückzogen, frisierten und schminkten sich die Mädchen und die alten Frauen beschäftigten sich mit der Zubereitung des Essens. Nur traditionelle Speisen durften zu dem Fest gereicht werden: Maiskuchen, geröstete Nüsse und Agavenfrüchte, reife Eicheln und Gebäck aus Wacholderbeeren – vieles davon Gerichte, die den Pommes- und Cola-gewohnten jüngeren Leuten fremdartig schmeckten.

Schließlich wurde, sobald die Nacht hereinbrach, ein Feuer vor der Hütte angezündet. Ein kühler Wind bewegte die Luft, die Flammen prasselten; durch den Eingang der Hütte sah ich, wie sich alle Männer und Frauen versammelten. Auch Marella Clare befand sich unter ihnen. Wir Indianer mögen keine Touristen. Sie war die einzige Fremde, die zugelassen wurde. Ich blickte sie an, glücklich, dass sie da war, aber auch mit einer ungewissen Unruhe. Ich spürte irgendwie, dass ihre Anwesenheit mit einer Sache zusammenhing, die mich beschäftigte. Aber ich war unfähig herauszufinden, was diese Sache eigentlich war, und nach einer Weile scheuchte ich den Gedanken weg.

Der Mond leuchtete über die Berge, golden und rund, und die Nebel der Milchstraße schlugen eine Brücke von einer Himmelsseite zur anderen. Plötzlich lief ein Beben durch die Anwesenden. In der Ferne vibrierten Trommeln! Der Wind trug das Dröhnen her, die Luft wurde lebendig.

Die Trommelspieler waren die Ersten, die kamen. Sie ließen die Trommeln unter den Fingern tanzen. Und dann, wie von der Musik herbeigelockt, traten die Tänzer aus der Dunkelheit. Sie kamen aus dem Land der Schemen und Schatten und sahen wahrhaft eindrucksvoll aus: Sie waren in Lendenschurze aus Leder gehüllt; ihre Gesichter waren von Masken aus Baumrinden bedeckt, weiß oder schwarz bemalt. Auch ihre nackten Oberkörper waren weiß und schwarz bemalt. Die Masken wurden von einem hohen Kopfputz überragt, der mit heiligen Symbolen verziert und mit Holzlamellen versehen war; sie klapperten bei jedem Tanzschritt. Oberhalb der Ellbogen hatten die Tänzer lange rote Bänder um die Arme geschlungen, an denen Adlerfedern befestigt waren. Und als ob das alles noch nicht aufregend genug gewesen wäre, kündigten die Männer ihr Erscheinen mit schrillen Rufen an.

Alle Anwesenden mimten Erschrecken, die jungen Frauen kreischten und duckten sich in den Schatten. Die Tänzer drehten sich um sich selbst, führten gewaltige Sprünge auf. Ihre Ketten und Ringe sprühten rote Funken. Zuletzt trat Cleve Ochay vor die Hütte, auch er maskiert und nur mit einem Lendenschurz bekleidet. Sein schmächtiger Oberkörper war mit weißen und roten Kreisen bedeckt. Er schüttelte einen Stab, an dem Schellen klingelten, und sang mit seiner brüchigen Stimme das Lied von Weiß-bemalte-Dame und dem Gott des Regenbogens:

»Der Regenbogen kommt
und bewegt sich von dir fort,
der Morgen strahlt auf deinem Gesicht,
Kind der Morgenröte.
Die Sonne steigt empor,

sie leuchtet über dich.
Du wirst lange leben,
deine Kräfte sind gut . . .«

Mitternacht war längst vorüber, als sich die Berggeister wieder verzogen. Nun konnten auch die Jungen und Mädchen tanzen. Ich selbst sah von der Hütte aus zu. Die Mädchen bewegten sich mit kleinen, graziösen Schritten im Uhrzeigersinn, während die Jungen in entgegengesetzter Richtung tanzten. Danach wirbelten die Mädchen nach außen, bildeten einen neuen Kreis hinter den Jungen.

Jedes Mädchen suchte sich jetzt einen Tänzer aus, indem sie ihn leicht mit der Hand an der Schulter berührte; der Junge aber musste herausfinden, welche Tänzerin ihn gewählt hatte. Die Mädchen erschwerten die Aufgabe, indem sie eine gleichgültige Miene zeigten. Hatte ein Junge das Rätsel gelöst, durfte er das Mädchen an der Hand nehmen und mit ihr tanzen. Schließlich formierten sich alle Paare, die sich gefunden hatten, zu einem gemeinsamen großen Kreis.

Inzwischen saßen die älteren Leute in kleinen Gruppen am Boden, sangen, sahen nachsichtig lächelnd der Jugend zu und tranken Tiswin-Bier. Mit fortschreitender Nacht wurden die Lieder süßer und schwermütiger; Mädchen und Jungen verschwanden in den Büschen am Flussufer. Dann zogen sich die Festgäste allmählich zurück oder schliefen da, wo sie waren, am Boden, bis es Tag wurde. Ich allein wachte die ganze Nacht hindurch.

Als der Himmel sich wieder rot färbte, kam Alope in die Hütte und nickte mir zu. Ich erhob mich mit steifen Beinen und trat nach draußen in den kühlen Morgen. Außer Wasser hatte ich nichts zu mir genommen; das Ritual schrieb vor, dass ich einen Tag und eine Nacht fasten musste. Meine Glieder waren schwer wie Blei, ich klapperte mit den Zähnen vor Müdigkeit. Die Hände auf der Brust gefaltet, blickte ich auf den Heiligen Berg, der sich schwarz vor dem zartgelben Himmel abhob. Der Morgen kam sehr schnell, mit jedem Atemzug wurde es heller. Ein Fels färbte sich rosig, ein einzelner nur, und schimmerte im Licht. Dann glitt die Sonne hinter dem Bergkamm hervor; ihre Strahlen erreichten die Wüste. Ein warmer Hauch berührte mein Gesicht. Geblendet schloss ich die Augen, bewegte den Kopf, als wäre sein Gewicht zu schwer zu tragen. Alope umfasste sanft meine Schulter.

»Jetzt kannst du dich ausruhen.«

Die erste der vier Nächte war vergangen. Die restlichen Festteilnehmer zerstreuten sich, kehrten in ihr alltägliches Leben zurück. Heute Abend, wenn die Sterne leuchteten, würden die Trommeln erneut dröhnen, die Berggeister ihren stampfenden Reigen drehen. Ich ging in die Hütte zurück, legte mich auf mein Lager. Die Augen fielen mir zu. Als Alope eine Decke über mich legte, war ich bereits halb eingeschlafen.

13

Die vier Tage waren vorbei.
Sie hinterließen in mir eine Erinnerung wie an einen seltsamen Traum. Ich ging wieder in den Unterricht, machte meine Schularbeiten. Die Mitschüler behandelten mich nicht anders als sonst. Ich trug auch mein Haar wieder offen oder zu einem Zopf geflochten. Zwar hatte ich gelernt, den hochgesteckten Knoten selbst anmutig zu drehen, aber die Arbeit, die damit frühmorgens verbunden war, machte mir keinen Spaß. So ließ ich es bleiben.
Die Tierfiguren gehörten jetzt für eine Weile mir. Ich schüttete sie aus dem Ledersäckchen, stellte sie auf dem Tisch auf oder ließ sie vor dem Einschlafen durch meine Finger gleiten. Die abgeschliffenen Kanten waren kühl und weich. Behielt ich sie eine Zeit lang in der Hand, nahmen sie meine Körperwärme an. Es waren scheinbar nur kleine Steinfiguren, doch für mich waren sie lebendig. Oft hatte ich das Gefühl, dass ich ihre Kraft spürte wie einen leichten Pulsschlag, der sich auf den meinen übertrug.
Und jeden Abend saß ich mit Alope auf der kleinen Bank vor der Haustür und sie lehrte mich die Heiligen Lieder. Alope schien ebenso viel daran gelegen, sie mir rasch

beizubringen, wie mir, sie zu lernen. Diese Lieder sind in einer Sprache gehalten, die vor 100 Jahren geläufig war; viele Worte musste mir Alope erklären. Sie meinte jedoch, es sei unwichtig, wenn ich nicht alles verstünde. »Du bist noch sehr jung. In ein paar Jahren wirst du die richtige Bedeutung schon erfassen.«
Sie hielt meine Hände zwischen ihren Fingern und sang für mich. Jedes Lied war einem Tiergeist oder einem Baum gewidmet. Manche bestanden nur aus wenigen Strophen, andere dagegen waren sehr lang. Alopes Stimme ist klangvoll, tief im Ton. Es war wunderbar, ihr zu lauschen.
Da ich ein gutes Gedächtnis habe, lernte ich schnell. Mir war bewusst, dass mit all diesen mündlich überlieferten Liedern Worte aus der Vergangenheit auftauchten, die von der Gegenwart mit neuem Sinn erfüllt wurden. Dabei durchströmte mich ein starkes Glücksgefühl. Wenn nur nicht gleichzeitig diese tiefe Unruhe in mir gewesen wäre . . .
Das Unbehagen hing mit etwas zusammen, was Ajo betraf. Das Empfinden, etwas Wesentliches vergessen zu haben, ließ mich nicht los. Je mehr Tage vergingen, desto mehr verstärkte sich dieses Empfinden. Etwas war nicht, wie es sein sollte. Es gab da eine Sache, die ich tun musste, die keinen Aufschub duldete. Aber was war das? Die Frage verfolgte mich Tag und Nacht, in der Schule oder wenn ich mit Luna ausritt, auch wenn es nicht mehr als eine vage Ahnung war, ein Fieberpochen in meinem Hirn.

Dann kam der Tag, an dem ich das letzte der 32 Lieder lernte: das Lied, das den Gekrönten Tänzer beschwört.
»Es ist das heiligste Lied, das alle anderen Gesänge enthält«, sagte Alope. »Kennst du dieses Lied nicht, sind alle anderen nutzlos. Aber ohne die 31 anderen, kann dieses Lied allein nichts bewirken.«
Nachdem ich das Lied gelernt hatte, gab sie mir eine winzige Trommel aus Birkenholz. Das Trommelfell wies schon an manchen Stellen Risse auf. Die Trommel war so klein, dass sie in den Handteller eines Erwachsenen passte.
»Diese Trommel gehört jetzt dir«, sagte Alope. »Sie ist über 100 Jahre alt. Wenn du singst, muss jemand sie für dich schlagen. Es ist eine Sache des Vertrauens: Der Spieler muss seinen Lebensrhythmus mit dem deinen in Einklang bringen. Sonst kann der Zauber der Heiligen Lieder nicht wirken.«
Am nächsten Tag, vor dem Unterricht, sagte Naiche zu mir:
»Findest du Mrs Clare in letzter Zeit nicht seltsam?«
Ich runzelte die Brauen.
»Wie meinst du das?
»Sie ist nicht bei der Sache. Sie sieht krank aus.«
»Krank? Ich weiß nicht.«
Er zog die Schultern hoch.
»Vielleicht hat sie sich mit Ajo verkracht?«
Ich starrte ihn an. Mein Herz begann, hart und schnell zu klopfen.
»Das glaube ich nicht«, sagte ich.

Als Mrs Clare das Klassenzimmer betrat, beobachtete ich sie aufmerksam. Sie war blass und machte tatsächlich einen nervösen Eindruck. Als sie an die Tafel schrieb, brach ihr zweimal das Stück Kreide ab. Und sobald draußen irgendein Lärm erklang, zuckte sie zusammen.

Wieder packte mich Unruhe. Ihr Zustand hing irgendwie mit der Sache zusammen, die auch mich bedrückte. Mein ganzer Körper stand unter Spannung. Mir schien, als hätte ich die Antwort auf die Frage, die mich seit Tagen beschäftigte, in Reichweite. Aber diese Antwort war wie ein Holzstück auf dem Wasser. Jedes Mal, wenn ich danach zu greifen versuchte, tauchte es unter.

Nach dem Unterricht spielten ein paar Schüler in der Sporthalle Basketball. Naiche wollte mitmachen; ich dagegen hatte keine Lust und ging lieber nach Hause. Mit gesenktem Kopf schlurfte ich über die staubige Straße. Die Hitze machte mich müde. Da ertönte hinter mir Motorengeräusch. Ich wandte den Kopf. Die große Yamaha der Lehrerin fuhr die Straße entlang. Als die Maschine mich eingeholt hatte, verringerte sie die Geschwindigkeit und hielt neben mir. Marella hob das Visier ihres Sturzhelms und lächelte mich an, wenn auch nur mit halbem Herzen.

»Steig auf! Ich fahre in die gleiche Richtung.«

Ich nickte zögernd. Es war nicht ihr üblicher Weg.

»Du brauchst einen Helm«, sagte Marella. »Nimm meinen.«

Ich bewegte meine staubigen Lippen.

»Und Sie?«, fragte ich.
»Ach, das ist schon in Ordnung!«, meinte sie.
Ich streifte den Helm über, den sie mir reichte. Dabei atmete ich den Geruch ihrer Haut ein und dachte: Wie gut sie duftet! Doch in diese Wahrnehmung mischte sich schon wieder ein nervöses Flattern in der Magengrube. Ich befestigte meine Schultasche und setzte mich hinter Marella auf den Sattel. Die Yamaha startete dröhnend.
Der Asphalt war mit grauem Wüstensand gepudert. Die Luft flirrte vor Hitze, der Fahrtwind blies heiß wie aus einem Ofenrohr. Es dauerte keine fünf Minuten, bis wir die Dorfgrenze und Alopes Haus erreicht hatten. Marella fuhr an den Straßenrand und stellte den Motor ab. Ich nahm ihren Helm ab und schüttelte mein Haar.
»Das ging doch schnell, oder?« Marella lächelte mich an.
Ich nickte.
»Zu Fuß ist der Weg ziemlich weit. Eine halbe Stunde.«
»Ich fahre diese Strecke selten«, sagte sie. »Aber ich muss Ajo abholen und zu einer Versammlung bringen. Mit dem Streifenwagen kann er da nicht hin.«
Dunkel regte sich in mir eine Erinnerung.
»Eine Versammlung? Wo?«, stieß ich hervor und erschrak im gleichen Atemzug. So konnte ich doch nicht mit einer Erwachsenen reden, und noch dazu mit meiner Lehrerin! Doch verwirrt, wie sie war, ging Marella auf die Frage ein.
»Ach, außerhalb der Siedlung.«
Ich flüsterte rau:

»Er soll lieber nicht gehen.«
Sie starrte mich an.
»Wie meinst du das?«
Plötzlich hörte ich, wie das Blut in meinen Schläfen klopfte. Ich antwortete wie im Traum:
»Das, was er vorhat, darf er nicht tun.«
Marellas Augen weiteten sich. Auf ihren Wangen erschienen rote Flecken.
»Mila, was soll das heißen?«
Ich schüttelte hastig den Kopf. Ich spürte einen starken Schmerz hinter der Stirn.
»Ich . . . ich weiß es nicht. Es tut mir leid!«
Panik überfiel mich. Ich wandte mich ab, stieß das Tor zu unserem Hof auf und rannte hinein. Erst als die Lehrerin die Maschine wieder in Bewegung setzte, fiel mir ein, dass ich mich nicht einmal bei ihr bedankt hatte.
Ich stürzte ins Haus, schlug die Tür hinter mir zu und lehnte mich dagegen. Keuchend rief ich:
»Grandma?«
Stille. Alope war nicht da. Ich lief in die Küche, goss mir ein Glas Wasser ein und trank in langen, durstigen Zügen. Ich hatte das schreckliche Gefühl, dass mir die Zeit wie Sand aus den Händen rann. Es gab eine bestimmte Sache, die ich tun musste, aber ich war völlig verzweifelt, weil ich noch immer nicht die geringste Ahnung hatte, was diese Sache nun eigentlich war.
Bald danach hörte ich Alopes Pick-up im Hof. Der Briefträger kam nicht bis hierher, aber wir hatten ein Postfach. Alope war hingefahren und brachte nun eine gan-

ze Anzahl Briefe mit. Ihr kurzer Auftritt im Fernsehen hatte ihr viel Sympathie eingebracht. Viele Menschen aus allen Gegenden der USA schrieben ihr seither, drückten den Apachen ihr Mitgefühl aus. Manche schickten sogar einen Scheck, damit sich der Stammesrat einen Anwalt leisten konnte. Alope freute sich über die Briefe. Sie beantwortete alle eigenhändig und bedankte sich, doch die Spenden wies sie zurück.

»Wir wollen keine Almosen«, sagte sie jedes Mal. »Wir wollen Gerechtigkeit.«

Die kostenlose Hilfe eines Anwalts hätte sie zwar angenommen, aber keiner wagte es, dem millionenschweren Konzern zu trotzen.

Auch heute waren wieder Briefe eingetroffen, die die Solidarität anderer bekundeten. Doch Alope schien sie kaum zu beachten. Sie fuhr sich mit dem Handrücken über die Stirn und sah mich an.

»Ich habe keine Kraft mehr, Kind. Vermutlich ist es das Alter.«

Ich schwieg betroffen. Wir tranken Tee, aßen Maisbrei mit Zwiebeln, das Übliche. Wir sprachen wenig und saßen auch nicht lange bei Tisch. Alope schien mit ihren Gedanken weit weg.

Nach dem Essen trat sie vor das Haus und ließ ihre Blicke wandern. Die Abendluft brachte heute nur wenig Kühle. Der Sonnenuntergang setzte ein, schillernd und beunruhigend. Wolkenfetzen zogen über den Himmel, der sich blutrot färbte. Die Wüste war in purpurnen Dunst gehüllt. Ein kupferner Mondsplitter schwebte über dem Berg, kaum groß genug, um eine schmale Lichtspur auszustrahlen. Mit einem Mal gab Alope einen Ton von sich, der wie ein Klagelaut klang.

»Die Wüste spricht heute Abend eine deutliche Sprache. Hörst du sie, Mila?«

Mein Atem stockte. Ich warf ihr einen fragenden Blick zu.

»Es sind die Ahnen«, sagte sie. »Die Ahnen bewegen sich unter der Erde. Sie warten, dass wir sie rufen. Aber unsere Seelen sind geschwächt. Unsere Kräfte reichen nicht aus, um Zwiesprache mit den Geistern zu halten. Wir würden die Belastung nicht aushalten. Du bist noch nicht bereit, Mila. Und die Zeit ist abgelaufen.«

Sie legte mir kurz die Hand auf die Schulter.

»Mein Herz ist voller Trauer über alles. Aber die jungen Leute sind zornig. Ihre Ohren sind taub für die Stimmen der Vernunft. Sie hören in ihren Träumen die Kriegstrommeln von früher . . .«

Ich öffnete den Mund, wollte sprechen. Doch sie schüttelte den Kopf. Ihr Gesicht sah grau und eingefallen aus.

»Ich bin so müde«, murmelte sie. »Ich möchte mich hinlegen.«

Sie schlurfte in ihr Zimmer, schloss leise die Tür hinter sich. Ich starrte verstört hinter ihr her. Dann räumte ich das Geschirr ab, wusch Teller und Tassen. Ich glaube nicht, dass ich mehr Lärm als üblich machte, aber jedes noch so kleine Geräusch verursachte mir Unbehagen. Anschließend setzte ich mich auf einen Stuhl und betrachtete meine selbst gemalten Bilder an der Wand. Im trüben Lampenlicht wirkten sie seltsam lebendig. Es schien, als ob sich die Tiere und Bäume bewegten, und nach einer Weile sah ich sie dicht um mich herum. Ein Frostschauer überlief mich. Rasch löschte ich das Licht und ging ebenfalls zu Bett.

Ich gähnte ein paar Mal, meine Glieder waren schwer wie Blei. Bald schlief ich ein, doch es war ein flacher, unruhiger Schlaf. Ich träumte von der Zeremonie in der Hütte. Ich sah mich in der Morgensonne auf dem Lager knien, in meinem weißen Gewand aus Rehleder, und sah Ajo Turner die Hütte betreten. Ich hörte ihn sprechen, hörte mich selbst, wie ich Antwort gab – und wachte plötzlich auf. Ich öffnete die Augen und setzte mich auf. Mein Kopf schien geöffnet und von Luft durchströmt. Jetzt, endlich, wusste ich wieder, was Ajo gesagt hatte!

Er hatte nur in Andeutungen gesprochen, normalerweise hätte ich ihn gar nicht verstehen können. Aber damals, in der Hütte, war ich Weiß-bemalte-Dame. Und Weiß-bemalte-Dame hatte das Vorhaben des Bundes der jungen Männer durchschaut: Sie wollten in das Sperrgebiet eindringen, die Wächter überfallen, das Baugelände sprengen. Marella wusste von der Verschwörung, meine Großmutter auch. Die Männer würden sich an einer abgelegenen Stelle treffen, die Waffen verteilen, im Schutz der Dunkelheit den Berg besteigen. Sie kannten die alten Pfade.

Ich ballte die Fäuste. Das durfte nicht sein!

Was hatte Alope gesagt? »Die Zeit ist abgelaufen, Mila. Du bist noch nicht bereit.« Im Geist flüsterte ich ihr zu:

»Grandma, dieses eine Mal irrst du dich! Ich bin bereit. Ich rufe die Tiere, ich rufe die Ahnen. Der Gekrönte Tänzer wird mir helfen . . .«

Es war zwei Stunden vor Mitternacht. Jede Minute zählte. Im Dunkeln tastete ich nach meinen Sachen und kleidete mich geräuschlos an. Jetzt nur noch Wasser, Proviant, die kleine Trommel. Ich drückte die Klinke hinunter, bewegte mich geschmeidig durch die Wohnküche. Ein letztes Mal schweiften meine Augen umher. Blaues Nachtlicht fiel durch das Fenster und der Schatten der Möbel zeichnete sich scharf auf dem Steinboden ab. Hatte ich nichts vergessen? Nein.

Ich warf den Rucksack über meine Schulter, schob vorsichtig den Riegel zurück. Die Haustür knarrte leise, als ich sie öffnete, aber Alope hatte einen tiefen Schlaf. Ich lief in den kleinen Schuppen, kam mit Lunas Sattel und Zaumzeug wieder heraus. Die Stute stand schläfrig auf der Koppel und spielte mit den Ohren. Ich legte ihr Satteldecke und Sattel auf, zog die Gurte an, befestigte den leichten Halfter. Leise sprach ich zu ihr:

»Hör zu, Luna. Wir reiten jetzt zu den Gräbern. Wir gehen wieder durch den Geisterspiegel. Hab keine Angst! Nachts ist es bei Weitem nicht so schlimm. Aber zuerst holen wir Naiche. Er versteht mich besser als jeder andere, er wird mir helfen. Weißt du, Luna, die Ahnen helfen uns nur, wenn ich die Zauberlieder singe. Dabei muss ich alles richtig machen. Das ist schwer. Ich schaffe es nicht, wenn Naiche nicht bei mir ist . . .«

Ich stieß das Tor auf und führte das Pferd aus dem Hof.

Die Torflügel schleiften über den staubigen Boden. Bevor ich in den Sattel stieg, warf ich noch einen Blick auf das Haus. Mir war, als würde ich am Fenster den hellen Umriss eines Gesichtes erkennen. Doch als ich genauer hinsah, war das Fenster wieder schwarz wie zuvor. Ich setzte den Fuß in den Steigbügel, schwang mich in den Sattel. In weichem Trab setzte sich Luna in Bewegung. Der Sandboden, leuchtend unter dem Nachthimmel, verschluckte den Hufschlag des Pferdes.

14

Das Wohnwagen stand an einem Drahtzaun unter einer Gruppe alter Weidenbäume, die tagsüber spärlichen Schatten spendete. Alles war dunkel und still. Ich wusste nicht, ob Ola Nachtdienst hatte, und wollte nicht riskieren, sie zu wecken. Immerhin wusste ich, wo sich Naiches Pritsche im hinteren Teil des Wohnwagens befand. Ich ließ Luna in kurzer Entfernung stehen, näherte mich leise dem Wohnwagen und klopfte mit einem kleinen Stein an das Fenster.

Eine Weile regte sich nichts. Ich klopfte noch einmal. Schließlich vernahm ich ein leichtes Geräusch und Naiches Gesicht erschien hinter der Scheibe. Ich legte den Finger auf die Lippen. Er verschwand. Einen Atemzug später ging die Tür leise auf. Naiche, im Schlafanzug, kletterte auf bloßen Füßen schnell und lautlos die Stufen herunter.

»Mila! Was ist los?«

»Schläft Ola?«, hauchte ich.

»Sie hat eine Tablette geschluckt. Sonst kann sie nicht schlafen bei dieser Hitze.«

»Komm!«, flüsterte ich. »Wir reiten auf den Dzil Nchaa si an.«

Ich sah die Verblüffung auf seinem Gesicht.

»Mitten in der Nacht?«

»Es ist ganz furchtbar wichtig, Naiche. Du darfst mich jetzt nicht im Stich lassen!«

Er stellte keine weitere Frage, sondern nickte nur. Er kletterte zurück in den Wohnwagen, geräuschlos, wie er gekommen war, und ein paar Minuten später stand er fertig angezogen da und stieg hinter mir in den Sattel.

Während wir durch das flache Tal ritten, erzählte ich ihm von dem geplanten Anschlag.

»Sie wollen das Baugelände sprengen, Naiche. Sie haben Munition. Und Gewehre. Alle Erwachsenen wissen Bescheid. Uns sagen sie nichts, weil wir Kinder sind. Ajo war bereit, den Plan fallen zu lassen, aber er wusste auch, dass die anderen nicht auf ihn hören würden. Damals in der Hütte hat er mit Weiß-bemalte-Dame darüber gesprochen. Er musste wohl auf irgendeine Weise sein Gewissen erleichtern. Und sie hat ihm gesagt, dass diese Sache nicht geschehen darf.«

»Ja, ich verstehe«, sagte Naiche gepresst.

Er versteht mich tatsächlich, dachte ich in einem plötzlichen Glücksgefühl. Ich stöhnte leise auf.

»Ach, Naiche, wie gut ist es manchmal, reden zu können!«

Er lehnte von hinten das Kinn an meine Schulter.

»Mit anderen Jungen kannst du das nicht?«

»Doch, schon. Aber nur über die Dinge, die nicht wirklich wichtig sind.«

»Und was nun?«

»Wir müssen den Anschlag verhindern.«
Seine Arme, mit denen er sich an mir festhielt, verstärkten ihren Druck.
»Wie?«
Und dann schwieg er und in dieses Schweigen hinein erzählte ich ihm, was ich vorhatte. Er hörte zu. Und auch, als ich alles erzählt hatte, sagte er eine ganze Weile nichts. Ich fühlte seinen ruhigen Atem, der meinen Nacken streifte. Unwillkürlich lehnte ich mich enger an ihn.
»Wirst du mir helfen, Naiche?«
Ich wandte den Kopf. Unsere Lippen berührten sich flüchtig.
»Ich bin für dich da«, sagte er an meinem Mund.
Als wir die letzten Häuser hinter uns ließen, kam Wind auf. Abgerissene Blätter flogen uns, wie von Händen geworfen, in Büscheln entgegen. Merkwürdig – dieser Nachtwind war viel zu warm. Ich drückte Luna die Fersen in die Flanken, wir ritten schneller. Es war kurz vor Mitternacht, als wir die Stute nach langem Galopp erstmals wieder langsam gehen ließen. Sie hatte uns inzwischen ohne Zwischenfall durch den Geisterspiegel getragen. Nun lief sie allmählich schwerfälliger.
Ich ließ Luna an dem felsübersäten Hang verschnaufen. In der Nähe der Sickerquelle stiegen wir aus dem Sattel. Ich führte Luna an das Wasserloch und ließ sie etwas trinken. Dann nahm ich eine Hand voll triefender Gräser und rieb damit die schweißbedeckten Flanken der Stute ab. Das kühle Wasser beruhigte sie. Ich ließ sie eine

Weile grasen. Für Naiche und mich holte ich zwei Äpfel aus dem Rucksack, warf einen davon Naiche zu. Er biss kräftig hinein und sagte:

»Luna ist ein tüchtiges Pferd.«

Luna hob den Kopf; sie schlug mit dem Schwanz und schnaubte. Wir tauschten ein Lächeln.

»Sie weiß es auch«, sagte ich. »Aber der schwerste Teil der Strecke kommt noch.«

»Erst um vier wird es hell«, sagte Naiche.

»Wir werden es schaffen.«

»Ob die andern schon oben sind?«

»Nein. Sie klettern zu Fuß durch die Wälder. Sie werden sich anschleichen und das Gelände beobachten, bevor sie die Sprengkörper anbringen.«

»Das geht aber nur bei Tageslicht.«

»Eben, ja. So lange müssen sie warten.«

»Erst in der nächsten Nacht also . . .«

»Vorher ist es nicht möglich.«

Naiche seufzte.

»So ein Wahnsinn, das Ganze!«

»Ja. Aber ist es nicht irgendwie auch verständlich? Sie glauben, es ist die einzige Möglichkeit.«

»Sie machen sich falsche Hoffnungen. Die Sache muss in einer Katastrophe enden.«

Ich schluckte würgend.

»Ich . . . ich meine zu wissen, dass es auch anders geht. Aber ich kann mich entsetzlich irren, Naiche.«

Er umfasste meine Schultern.

»Du kannst Dinge tun, Mila, die andere nicht tun kön-

nen. Du bist nicht mehr wie früher. Du bist anders, hat meine Mutter gesagt.«
Ich holte tief Luft.
»Anders? Wie meint sie das?«
»Du bist jetzt eine Medizinfrau«, sagte Naiche.

15

Wir stiegen in den Sattel und ritten bergan. Während Luna ihren Weg durch die Dunkelheit des Waldes suchte, hielt ich den Blick auf die einzigen Orientierungspunkte gerichtet, die mir zur Verfügung standen: die Sterne, die dann und wann zwischen den Zweigen leuchteten. Die Steigung wurde immer steiler. Im Widerschein der Sterne konnte ich gerade noch Lunas nickenden Kopf sehen, die wippenden Ohren. Doch plötzlich wurde es so dunkel wie in einer Höhle. Die Sterne waren einfach fort – wie weggeblasen.

»Wolken«, bemerkte ich. »Es wird regnen.«

Naiches Stimme klang dicht an meinem Ohr.

»Um diese Jahreszeit?«

»Merkwürdig, nicht wahr?«

»Deswegen ist es auch so warm«, meinte er.

In der Finsternis wanderte die Stute an unsichtbaren Abgründen vorbei, orientierte sich mit Sinnen, die kein menschliches Wesen kennt. Die Luft im Unterholz war stickig, unheimlich. Wir spürten die Gegenwart unzähliger Tiere, Vögel und Insekten. Wir hörten sie rascheln, huschen und leise piepsen. Blätter streiften unsere Schultern, Zweige schlugen uns ins Gesicht. Die Äste wuchsen so tief, dass wir uns im Sattel ducken mussten, um nicht von ihnen verletzt zu werden. Immer noch ging es bergan. Die Dunkelheit hing über dem Wald wie ein riesiges schwarzes Tuch. Sie war gewaltig, ohne Form, ohne Ende, mit einem seltsamen Geruch nach modriger Erde. Erst allmählich nahmen unsere Augen ein fernes, kreidiges Licht wahr, das undeutlich zwischen den Bäumen flackerte.

»Das sind die Scheinwerfer«, sagte Naiche. »Jetzt ist es nicht mehr weit! Wenn nur die Hunde nicht bellen.«

»Ich hoffe, sie kennen uns noch.«

Hinter dem Bergkamm schob sich eine Wolkenwand langsam, aber stetig in die Höhe. Kein Grashalm regte sich mehr, kein Blatt bog sich im Wind. Es würde wohl noch einige Stunden dauern, bis der Regen losging. Jetzt, wo wir die Grenze der Laubwälder erreicht hatten, lief Luna wieder rascher. Sie war müde, aber sie brauchte ihre Tritte nicht zu suchen. Doch dann begann der steilste Abschnitt der Strecke. Klug, wie sie war, senkte Luna den Kopf, untersuchte aufmerksam den Boden und begann, sich mit äußerster Vorsicht vorwärts zu bewegen. Es war mehr ein Klettern als ein Laufen; aber sie schaffte es, auch wenn sie, um von einer Plattform zur anderen zu gelangen, sich manchmal fast senkrecht aufstellte. Naiche und ich klammerten uns mit Armen und Beinen fest, spürten jedes Dehnen und Zusammenziehen des Pferdekörpers.

Das Licht der Scheinwerfer entfaltete sich, kam näher. Hoch über dem grellen Leuchten waren kupfergrüne Wolken aufgetürmt, die mehr vom Himmel herabzuhängen als dahinzuziehen schienen. Ich hatte noch nie solche Wolken gesehen. Endlich war die Steigung überwunden, vor uns lag der Waldrand, wo sie die Fichten fällten. Ich warf einen raschen Blick ringsum: Entästete Stämme lagen zum Abtransport bereit. Die Holzfäller schliefen abseits, in einer Baracke.

Es war die Stunde vor Tagesanbruch, alles lag still. Kein Hund schlug an, kein Vogel erhob seine Stimme. Noch während wir in weitem Bogen die Stelle umgingen, brach im Osten das Grau der Dämmerung hervor, berührte die Felsen mit silbernem Schein. In diesem fahlen Morgenlicht fand ich ziemlich schnell den Pfad, der durch das Dickicht ins Hochtal führte. Ich beschleunigte Lunas Gangart, indem ich ihre Zügel locker ließ und zugleich den Schenkeldruck verstärkte. Und plötzlich senkte sich der Pfad: Wir hatten unser Ziel erreicht! Vor uns, in der Mitte des Talgrundes, ragten die Grabstätten in einem dunklen, fast kreisrunden Hügel auf. Der rote Tuchfetzen, von keinem Wind bewegt, hing an dem Stab herunter.

Ich spürte einen Kloß im Hals. Der erste Teil meiner Aufgabe war beendet; der zweite – der wesentliche – stand noch bevor. Wir ließen uns mit steifen Beinen zu Boden gleiten. Naiche sah mich an.

»Was nun?«

»Du musst mir jetzt helfen«, sagte ich.

Er nickte nur.

»Ja, Mila. Und was soll ich tun?«

»Du musst für mich die Trommel schlagen.«

Ich nahm sie aus meinem Rucksack und reichte sie ihm. Naiche ergriff die Trommel mit Ehrfurcht, führte sie kurz an seine Stirn. Ich sagte:
»Ich werde jetzt die Heiligen Lieder singen. Ich werde alles tun, was nötig ist. Noch nie habe ich das allein gemacht. Ich weiß nur: Sobald ich meine Vision erlebe, darfst du mich nicht mehr stören.«
»Aber wenn Gefahr droht, muss ich dich warnen!«, protestierte Naiche.
»Nein«, sagte ich.
Ich wusste, was auf dem Spiel stand. Erwachte ich zu abrupt aus dem Traumzustand, würde ich meine Seele einem Schock aussetzen. Es gab Menschen, die dabei den Verstand verloren hatten.
»Willst du das Risiko eingehen?«, sagte er.
»Ich gehe es ein«, sagte ich.
Naiche holte tief Atem. Trotz seiner äußerlichen Ruhe war seine Bewegung spürbar. Wir machten einen Schritt aufeinander zu. Er legte beide Hände um meinen Hals, zog mich an sich.
»Sei ruhig«, flüsterte er. »Sei ganz ruhig.«
Wir schmiegten unsere Gesichter aneinander. Seine Wangen waren feucht, von Tau und Tränen. Eine Weile rührten wir uns nicht, spürten das harte Pochen unserer Herzen. Dann drückte ich seine Hände, löste mich von ihm. Ich wandte mich ab, trat langsam der Grabstätte der Ahnen entgegen.
»Wir begrüßen Euch«, sagte ich. »Wir sind gekommen, Eure Hilfe zu erbitten.«

16

Ich kniete vor dem Felsengrab nieder und wartete, bis Ruhe in meine aufgewühlten Gedanken einkehrte. An dem leisen Sirren aus der Erdtiefe spürte ich, dass die Vorfahren lauschten. Ich ließ Bilder und Geräusche durch meinen Kopf strömen. Naiche saß mir mit gekreuzten Beinen gegenüber. Ich hörte ihn atmen. Nach einer Weile sagte ich leise:
»Ich bin bereit.«
Naiche berührte mit den Fingern der rechten Hand die winzige Trommel, die er zwischen seinen Knien hielt. Der erste Ton war leise und dumpf:
»Hör zu!«
Dann traf die linke Hand das Trommelfell.
»Ich höre!«, schien die Trommel zu antworten.
Nun prasselten die Töne, leise und dumpf wie Herzschläge. Der schwingende Klang jagte mir Schauer über den Rücken. Ich ließ mich von diesen Tönen tragen und meine Stimme formte die Worte des ersten Heiligen Liedes, Worte aus den Tiefen uralter Zeiten. Ich sang vor mich hin. Ich wusste, dass ich keine schöne Stimme hatte; sie war kindlich und ungeschult, aber das spielte keine Rolle.
Nach und nach verwandelte sich der Rhythmus, wurde

schneller, drängender. Wie im Traum begriff ich: Auch Naiche hatte eine natürliche Gabe für diese Dinge. Niemand hat es ihm beigebracht und doch fand er genau, instinktiv den Rhythmus. Ich konnte mich ihm voll anvertrauen.

Nach einer Weile vergaß ich völlig, wo ich mich befand. Ich hatte das Gefühl, dass meine eigene Haut wie das Trommelfell bebte, dass Feuer in meinen Adern kreiste. Die Worte kamen jetzt ganz mühelos über meine Lippen, die Strophen formten sich ohne Unterlass. Die Trommel ahmte mein Herzklopfen nach, im gleichen, beständigen Takt: den Rhythmus, den ein Embryo hört, neun Monate lange. Es war der Rhythmus des Lebens, der nun in die Erde sickerte, zu den Ahnen sprach. Meine Seele entfaltete ihre Flügel, schlüpfte wieder aus meinem Körper, ließ ihn zurück. Ich schwebte über der Erde, sah die Bäume, das Hochtal, die Wüste. Ich nahm die Schwingungen des Berges auf, die knirschenden Kräfte unter der grasbewachsenen Erdoberfläche. Dann war mir, als kreiste ich hoch oben über unserem Planeten, eine Masse aus schillerndem Blau und Grün. Der Anblick war schön, unbeschreiblich schön. Doch ich sah auch, wie an manchen Stellen Wälder starben, Meere verschlammten, Flüsse versiegten. Gewässer waren giftgetränkt, große Teile der Wüste waren Versuchsgelände für Bomben und chemische Waffen. Ich erkannte: Die Menschen hatten die Macht, die Erde zu verletzen und zu zerstören. Vieles würde niemals wieder gutzumachen sein. Oder

vielleicht in 1000 Jahren erst. Ob es dann wohl noch Menschen gab?
»Es ist schon sehr spät zum Handeln. Nur wenige Menschen ehren die Erde, der sie ihr Leben verdanken. Sie wenden sich lieber an erfundene Götter.«
Hatte ich diese Stimme wirklich vernommen? Undefinierbare Geräusche erreichten mein Bewusstsein, doch sie waren zu fern, als dass ich ihnen Beachtung geschenkt hätte. Irgendwo schlug eine Trommel – oder war es mein Herz?
Vor meinen Augen bewegte sich etwas. Es war ein Flimmern und Drehen, ein Tanz von Funken. Sie bildeten eine Art Reigen, der golden loderte. Allmählich gewannen die tanzenden Flimmerstäubchen Gestalt. Im Zentrum bildete sich eine Figur, kam näher, wurde deutlicher. Es war die Gestalt eines Mannes. Er war bemalt, trug den weißen Lendenschutz der Geistertänzer, die Maske und den Kopfputz in Form des mit Adlerfedern gekrönten Lebensbaumes. Er schwang eine Rute aus Weißholz, das Zeichen der Weihe und der Macht.
Ich begrüßte ihn voller Freude: Er war der Gekrönte Tänzer, der Wächter der Toten, der Zwischen-den-Welten-Lebenden. Nun wusste ich, dass ich das letzte der Heiligen Lieder gesungen hatte – das Zauberlied, das ihn herbeirief. Und so stand er vor mir, mit funkelnden Augen.
»Weiß-bemalte-Dame«, sprach er. »Du bist mit einem Wunsch zu mir gekommen. Sprich!«
»Ich will der Sache hier ein Ende machen. Bevor unsere eigenen Leute zu den Waffen greifen.«

»Sie sind schon auf dem Weg«, sagte der Gekrönte Tänzer.
»Ich weiß es. Aber sie sollen ihr Leben nicht aufs Spiel setzen. Zu viele Apachen wurden im Kampf getötet. Der Kampf geht weiter, aber anders. Ich bitte dich: Hilf uns, bevor Gewalt entsteht.«
»Weiß-bemalte-Dame, dein Wunsch soll in Erfüllung gehen.«
Er bewegte den Stab aus Weißholz, eine kraftvolle Bewegung. Und schon verblasste seine Erscheinung, ich sah ihn nur noch in Umrissen. An seiner Stelle flatterte ein roter Fleck.
In meinen Ohren entstand eine Art Druck, ein seltsamer Summton. Meine Augen klärten sich; ich sah, dass der bewegliche Fleck der rote Stofffetzen war, der von Windstößen geschüttelt wurde. Der Wind rauschte jetzt in den Bäumen; ein mächtiger Geräuschestrom erfüllte das Hochtal. Wolkenmassen schimmerten bronzegelb und grün; sie sahen aus, als ob sie aus den Bäumen emporbrodelten. Die Luft knisterte, vibrierte. Ein dumpfes Grollen wuchs hinter den Bergen. Da – ein grelles Leuchten fegte über den Himmel! Es war, als ob hinter den Wolken ein gespenstisches Feuer tobte.
»Mila?«Die Stimme ließ mich vollends zu mir kommen. Ich wandte den Kopf, sah Naiche im Gras kauern. Über ihm stand Luna mit wehender Mähne. Er hielt sie an den Zügeln fest. Ich kroch auf ihn zu, ließ die kleine Trommel wieder im Rucksack verschwinden.
»Mila«, wiederholte er hastig. »Das ist ein Wirbelsturm!«

»Ich weiß ...«, sagte ich. »Der Gekrönte Tänzer kommt.«
»Wir müssen uns in Sicherheit bringen!«
»Hier sind wir in Sicherheit. Die Ahnen beschützen uns.«
Wir starrten hinauf zum Himmel. Unter Wolkenfetzen flog ein Adler mit mächtigen Flügelschlägen dahin. Er schien die Wolken zu führen, sie zu einem seltsamen, trichterähnlichen Gebilde zu formen. Ich hatte diesen Trichter schon früher gesehen. Aber wo? Da fiel es mir ein: Das Bild! Das letzte Bild, das ich gemalt hatte. Und im selben Augenblick, da ich mich schlagartig entsann, zuckte ein Blitz wie ein riesiges Flammenschwert aus dem Wolkentrichter herab.
Ein heißer Luftstrom wirbelte durch das Hochtal, die Erde erzitterte. Die Druckwelle warf uns zu Boden. Luna wieherte vor Schreck, bäumte sich auf. Da wir die Zügel nicht losgelassen hatten, riss sie uns eine kurze Strecke mit sich. Als wir danach die Köpfe wieder hoben, ging vor unseren Augen die Welt unter – die Kuppel der Sternwarte platzte wie ein Feuerball. Die Explosion lief durch das Fundament, löste immer neue Feuerherde aus. Wo elektrische Leitungen zusammentrafen, zischten die Flammen wie Riesenschlangen, sprengten Beton, rissen Backsteinmauern nieder. Die Erde klaffte auf, Wasser drängte aus den Rohren, schoss in Fontänen in die Luft. Nun überzog ein Netz von Blitzen den Himmel, Donnerschlag krachte auf Donnerschlag. Auf dem Baugelände ging alle Materie, Mauern, Kräne, Lastwagen, die Straße selbst, in einem Flammenmeer auf.
Erst als Regentropfen auf unser Gesicht fielen, als uns

der Wind den Geruch von Schwefel und Verbranntem herbeitrug, wandten Naiche und ich die Augen von der Stätte der Verwüstung ab. Wir kauerten neben den Grabstätten der Ahnen; die Lavablöcke glänzten im Regen wie schwarze Diamanten. Wir legten uns dort, wo wir waren, hin, auf das nasse, warme Gestein. Der Regen prasselte auf uns herunter. Wir tranken ihn mit offenem Mund, wie Verdurstende. Die Ahnen hatten ihre Stimmen erhoben. Das Sirren aus den Erdtiefen war verstummt.

17

Samstagnachmittag. Schulfrei! Naiche und ich trainierten auf der Koppel mit Luna. Nach den starken Regenfällen der vergangenen Woche war der Himmel klar wie Kristall. Die Sonne schien, Libellen flitzten über die Büsche, Schmetterlinge mit irisblauen Flügeln schaukelten trunken im Gras. Luna galoppierte im Kreis, ihre Hufe wirbelten die rötliche Erde auf. Das neue Kunststück, das Naiche und ich gemeinsam übten, war, uns an Lunas Hals zu hängen. Wir ließen uns im Galopp mitschleifen, schwangen uns dann abwechselnd von beiden Seiten wieder in den Sattel.
Alope stand unterdessen neben dem Schuppen vor einem Hackklotz und hielt eine Axt hoch über den Kopf. Die Axt fiel immer im gleichen Rhythmus hinunter. Manchmal hielt Alope inne, wischte sich den Schweiß aus der Stirn und beobachtete amüsiert, wie wir uns von Luna wegschleppen ließen oder auch gelegentlich bäuchlings im Sand landeten. Das Geräusch der aufschlagenden Hufe und Lunas Schnauben übertönte das Knattern des anrollenden Motorrads. Erst als die schwarze Yamaha bereits vor dem Tor hielt, zügelte ich die Stute und Alope senkte ihre Axt. Marella stellte den Motor ab. Hinter ihr auf dem Sitz saß Ajo, in Jeans und T-Shirt statt

in Polizeiuniform, und hielt die Lehrerin mit den Armen umfasst. Beide nahmen ihren Helm ab, traten auf das Tor zu. Ajo schaute zu meiner Grandma hinüber und grinste.

»Sie sind ganz schön stark, Grandma Alope.«

Sie bückte sich, hob die gespaltenen Holzscheite auf und legte sie sorgfältig auf einen Haufen.

»Nicht wahr, Ajo Turner? Ich bin froh, dass Sie bemerken, wie stark ich für mein Alter noch bin.«

Naiche starrte auf den Hilfssheriff, ich konnte sehen, dass er verwirrt war.

»Warum sind Sie nicht mit dem Streifenwagen unterwegs?«, fragte er schließlich.

»Er hat gekündigt«, antwortete Marella an Ajos Stelle.

Ajo verzog spöttisch die Lippen.

»Tja, ich glaube, ich war ein miserabler Polizist. Vielleicht werde ich ein besserer Verleger.«

Alope sah ihn durchdringend an.

»Dann hast du eine gute, neue Aufgabe, mein Sohn. Sie ist besser als die, die du vorher hattest.«

Er stimmte ihr freimütig zu.

»Ja, das glaube ich auch. Ich habe darüber nachgedacht: Es gibt einige indianische Geschichtenerzähler – in unserem Stamm und in anderen –, hoch begabte Menschen, deren Werke noch völlig unbekannt sind. Ihre Stimmen sollten gehört werden.«

Marella nickte ernsthaft.

»Nachdem wir Weißen über Hunderte von Jahren die indianische Weisheit missachtet haben, sind manche von uns vielleicht jetzt bereit, von ihr zu lernen.«

»Möchten Sie etwas trinken, Tee oder Kaffee?«, fragte Alope.
»Ein Tee wäre nicht schlecht«, meinte die Lehrerin. Wir gingen ins Haus. Grandma steckte die Handflamme an und setzte Wasser auf. Inzwischen weckten meine Bilder, die noch an der Wand hingen, die Neugier unserer Gäste. Ajo und Marella betrachteten sie sehr eingehend. Ajos Gesicht zeigte einen merkwürdigen Ausdruck dabei. Schließlich sagte er: »Du wirst mal eine große Künstlerin werden, Mila. Aber wie kommst du zu diesem Bild von dem Wirbelsturm . . .«
Ich wandte die Augen ab.
»Ich weiß es nicht.«
Der Wirbelsturm hatte landesweit Schlagzeilen gemacht. Flüsse waren über die Ufer getreten, Bäume waren entwurzelt worden, auch Häuser im Reservat hatten Schaden genommen. Aber der Hauptanteil der Verwüstungen betraf das Baugelände auf dem Dzil Nchaa si an. Ganze Straßenteile waren weggerissen worden. Baukräne, Lastwagen und Bulldozer lagen nun unter Tonnen von Gestein begraben. Der Einschlag des Blitzes in den Rohbau der Sternwarte hatte eine Kettenreaktion ausgelöst und die Kraft der nachfolgenden Explosionen hatte die Grundfundamente gesprengt. Das Feuer hatte sich bis in unterirdische Schieferschichten weitergefressen. Über 30 Stunden hatte der Brand gewütet und er hatte auch mehrere Verletzte gefordert. Als die Flammen endlich erloschen waren, war von der Baustelle nur noch ein riesi-

ger Kraterschlund übrig. Der Bau hatte zuvor 20 Millionen Dollar verschlungen, der Sachschaden aber übertraf diese Summe um das Vierfache, wie aus den Medien zu erfahren war. Unter diesen Umständen würde der Baukonzern wohl von einer Wiederaufnahme des Projekts absehen . . .

Das Teewasser kochte. Naiche und ich holten Becher, stellten Zucker auf den Tisch. Alope brachte die Teekanne. Ein kurzes Schweigen folgte. Dann legte Ajo Marella die Hand auf die Schulter.

»Grandma Alope, Sie sollen die Erste sein, die es erfährt. Marella und ich werden heiraten.«

Naiches Augen glänzten vergnügt. Wir tauschten einen Blick. Etwas Besseres konnten wir uns nicht wünschen! Auch Alope lachte. Das Lachen gab ihrem runzligen Gesicht einen Ausdruck, der nicht mit ihrem Alter in Einklang stand: Es war das Lachen einer fröhlichen, jungen Frau.

»Regen vor der Hochzeit ist ein gutes Vorzeichen«, meinte sie dann und damit war für sie das Thema erst einmal erledigt.

Naiche seufzte zufrieden auf.

»Dann werden Sie also bei uns bleiben?«, fragte er Marella.

Sie zwinkerte ihm zu.

»Ajo wird mich nicht fortlassen, fürchte ich.«

»Nein«, antwortete er mit Nachdruck. »Niemals.«

Er hob den Becher mit dem Tee an seine Lippen und trank. Seine Augen kehrten zu den Bildern zurück. Als er nach einer Weile wieder sprach, klang seine tiefe Stimme noch tiefer.

»Mila . . . ich möchte dich etwas fragen: Wann hast du dieses Bild vom Unwetter gemalt? Danach, nehme ich an?«

Diesmal wich ich seinem Blick nicht aus. Die Augen fest auf die seinen gerichtet, schüttelte ich den Kopf. »Ich wollte, dass es so geschah«, sagte ich.

Ein paar Atemzüge lang herrschte Schweigen. Es war, als ob wir ein Geheimnis teilten. Und plötzlich lächelten wir beide.

Federica de Cesco

Im Wind der Camargue

Endlose Ebenen, türkisblaues Meer, Flamingos, Pferde und wilde Stiere – das ist die Camargue wie die sechzehnjährige Estella sie liebt. Und als ihr Vater bei einem Unfall ums Leben kommt, ist sie fest entschlossen, seinen Job als einfacher Stierhüter zu übernehmen und ganz allein in der kleinen Bauernkate wohnen zu bleiben. Doch die Camargue verändert sich, und Stierhüter werden bald nicht mehr gebraucht – Estella muss kämpfen, um weiter selbst über ihr Leben bestimmen zu können!

ENSSLIN 192 Seiten. Gebunden.
www.arena-verlag.de ISBN 978-3-401-45247-0

Federica de Cesco

Wilde Pferde, weites Land

Ob unter der heißen Präriesonne oder in den unbegrenzten Weiten der Camargue: Auf dem Rücken seines geliebten Pferdes spürt jeder Reiter den Ruf der Freiheit. So geht es auch Jenny, Mari und Cathy. Was immer sich ihnen in den Weg stellen mag: Nichts wird diese drei Amazonen davon abhalten, dem unwiderstehlichen Ruf zu folgen und ihr Schicksal herauszufordern! Drei spannende Reiterabenteuer der beliebten Autorin in einem Band.

Federica de Cesco

Der Schicksalsritt

Wenn Felipe etwas richtig will, dann setzt er Himmel und Hölle in Bewegung, um es auch zu kriegen. Und er will Chico, den kleinen, drahtigen Hengst. Dumm nur, dass das schöne Tier schon eine Besitzerin hat: das Roma-Mädchen Luna. Als Felipe begreift, dass seine Intrigen, die er spinnt, um an das Pferd heranzukommen, schlimme Folgen haben, ist es bereits zu spät: Die Roma müssen aus der Stadt fliehen. Aber Felipe erhält eine zweite Chance: Wird das Schicksal Felipe, Luna und Chico doch noch zusammenführen?

ENSSLIN 192 Seiten. Gebunden.
www.arena-verlag.de ISBN 978-3-401-45244-9

Federica de Cesco

Mari reitet wie der Wind

Mari liebt ihr Pony Paloma über alles. Und die Stute lässt sich von niemand anderem reiten. Denn Mari reitet ausgezeichnet, ohne Sattel und mit großem Einfühlungsvermögen. Als ihr Onkel stirbt, muss Mari machtlos mitansehen, wie der grausame Großbauer Aumale ihr die geliebte Stute wegnimmt. Nach einer dramatischen Flucht mit Paloma kommt Mari bei Zirkusleuten unter. Doch wie soll es nun weitergehen?

120 Seiten. Gebunden.
ISBN 978-3-401-45373-6